Marc Levy

LA SYMPHONIE DES MONSTRES

roman

Dessins de Pauline Lévêque

Robert Laffont | Versilio

Cartes : EdiCarto
ISBN 978-2-221-24360-2
Dépôt légal : octobre 2023
Éditions Robert Laffont – 92, avenue de France, 75013 Paris
Éditions Versilio – 28, rue Bonaparte, 75006 Paris

À ma mère

Tout avait commencé bien avant le 24 février,
Les 9.

Ce roman est inspiré de faits réels.

Aujourd'hui tu as disparu.
Tu es en vie, je le sais puisque je le sens de toutes mes forces.
Maman ne sait pas encore qu'ils t'ont pris.

C'était avant que tout ne change. Papa était arrivé de son travail, épuisé, comme trop souvent. Maman semblait aussi fatiguée que lui et l'ambiance à table n'était pas des plus légères. Toi et moi, nous nous regardions, guettant le mot de l'un, la phrase de l'autre qui ferait éclater l'orage. C'était presque un jeu entre nous, d'être celui qui, le premier, lancerait un clin d'œil quand il était certain que le moment était venu. Dans ta chambre, il y avait un bocal de bonbons, celui qui avait gagné la partie avait le droit de se servir. C'était notre façon de nous réconcilier avec la joie, d'oublier quand nous allions nous coucher ce que nous croyions alors être les guerres d'adultes. Aujourd'hui, j'aimerais entendre encore leurs cris, les soupirs de maman, revoir notre père fuir le combat en partant promener le chien. Aujourd'hui, j'aimerais que tout redevienne comme avant. Avant que la folie d'un homme fasse courir sur nos terres ses brouillards sanglants.

Quand tu n'es pas apparu à l'heure où tu rentres tous les soirs, j'ai compris que quelque chose t'était arrivé, j'ai su que les monstres t'avaient pris dans leurs griffes. J'ai couru à perdre haleine, en promettant à Dieu que si je m'étais trompée et te voyais dans la cour d'école, seul assis sur le banc comme cela t'arrive parfois quand la journée a été trop dure, ou à l'infirmerie parce que tu te serais encore esquinté un genou au cours d'une bagarre que tu aurais perdue, je croirais en lui pour toujours. Je suis passée devant la maison de Mme Blansky, dont les volets étaient fermés, puis j'ai accéléré. En longeant les ruines de l'immeuble où vivait M. Zillig, le pianiste, je n'ai pas pu me rappeler s'il comptait sept ou huit étages et cet oubli a fait monter en moi une rage terrible. Comment peut-on oublier une chose pareille aussi vite… comme si les jours heureux avaient été emportés à jamais.

1

La tête penchée de côté, Valentyn dévisage l'homme. Quand il observe quelqu'un, cette position lui offre une perspective intéressante, un angle qui lui permet de voir plus de choses. Peut-être n'est-ce qu'un prétexte pour justifier une manie précoce. À neuf ans, tout ce qui sort de l'ordinaire est qualifié ainsi. Aux échecs comme au piano, Valentyn est précoce, il l'est aussi en mathématiques, mais ce qu'il a de plus précoce encore, c'est son intuition ; une aptitude hors norme à deviner ce que les gens ont en tête. Le seul domaine où il accuse un sérieux retard est la parole. Mutisme sélectif de l'enfant, un blocage temporaire, avait assuré le Dr Zablonsky aux parents de Valentyn, alors qu'à l'aube de ses six ans, ce dernier n'avait toujours pas prononcé un mot. Zablonsky, un excellent pédiatre, n'était pas de ceux qui se contentent d'un diagnostic hypothétique, surtout si le problème est délicat. Il étudiait toutes les pistes possibles, cherchait la moindre corrélation entre les symptômes, et son orgueil ne souffrait pas de demander l'avis d'un collègue. Après avoir fait examiner son jeune patient par un spécialiste du langage et envoyé son dossier à un neurologue, il s'était montré formel. L'enfant avait une audition irréprochable, son développement intellectuel était au-dessus de la moyenne, et le compte rendu d'un examen IRM avait confirmé que le cerveau était absolument normal. Si Valentyn avait pu parler, il aurait demandé à Zablonsky ce qu'était un cerveau normal. Au moins, se taire évitait de poser des questions idiotes.

Ce matin-là, l'homme qui fait mine de choisir une boîte de céréales dans les rayons de la supérette a un comportement bizarre. Valentyn jurerait qu'il est en train de le suivre. Deux semaines plus tôt, il l'avait remarqué sur le trottoir en face du dispensaire. Le type avait pris un temps fou à ouvrir un paquet de chewing-gum, ce qui n'était tout de même pas une opération compliquée ; plus étrange encore, quand Valentyn était arrivé à sa hauteur, il avait rangé le paquet dans sa poche sans en avoir pris un.

Quelques jours plus tard, il lui avait semblé le reconnaître, poireautant cette fois à la station de bus. Or les bus ne passent plus depuis longtemps, tout le monde le sait, alors pourquoi s'attarder ainsi ? En tout cas, il n'était pas du coin. Valentyn connaît à peu près tout le monde, rares sont les visages dans le quartier à lui être étrangers. Il aurait dû partager son inquiétude avec sa sœur, pense-t-il, mais Lilya a suffisamment de soucis comme ça et puis peut-être se fait-il des idées. Valentyn a son monde à lui, qu'il peuple d'êtres imaginaires dès qu'il s'ennuie, un monde où les aventures extraordinaires s'enchaînent, s'il s'ennuie encore, comme en classe par exemple. C'est en songeant à cela, et pour se rassurer, qu'un détail important lui revient en mémoire. Trois jours plus tôt, il a vu deux autres hommes postés sur le trottoir ; pas directement en face de l'école, mais à vingt mètres de chaque côté de l'entrée, tellement symétriques qu'il avait trouvé cela étrange.

Ce souvenir fait battre son cœur un peu plus vite. Il décroche son sac à dos pour y prendre son carnet de locution. Un cahier à spirales grâce auquel il communique avec son entourage. Il s'empare du premier stylo-bille qu'il trouve dans sa trousse et se comporte comme s'il rédigeait une liste de courses. Il écrit un mot à son professeur de mathématiques, le premier cours de la journée, range ses affaires et se dirige, comme si de rien n'était, vers l'espace où sont rangées les boîtes de conserve, tout au fond de l'épicerie. Il vérifie d'un rapide coup d'œil que le type ne l'a pas suivi, pousse doucement la porte à l'arrière du magasin et sort. L'avantage du terrain, aurait dit son père qu'il n'a pas revu depuis de longs mois.

Une fois au-dehors, il détale à toutes jambes, bifurque dans une ruelle, se faufile sous la clôture du terrain vague et arrive par le chemin de traverse qu'il emprunte les matins où il a un peu trop traîné au lit.

Valentyn ne s'attarde pas dans la cour de récréation, il passe devant ses camarades sans les saluer, s'engouffre dans le vieux bâtiment en briques pour grimper les marches. Au premier étage, il s'arrête net devant la porte de sa classe pour réfléchir un instant.

S'il montre ce qu'il a écrit, il risque de passer pour quelqu'un qui veut faire l'intéressant. Soupçonner un homme parce qu'il a eu du mal à ouvrir un paquet de chewing-gums et qu'il a recroisé à l'épicerie, ou deux autres parce qu'ils se sont attardés sur un trottoir, ne justifie pas d'alarmer son entourage ; mais Valentyn est certain que son instinct ne le trompe pas. Si la nature l'a condamné au mutisme, elle lui a donné en contrepartie un pouvoir de perception hors du commun. Prenant son courage à deux mains, il reporte avec soin dans son cahier les dernières conclusions de son enquête, entre dans la salle et pose sa prose sur le bureau du professeur.

Après lecture, Mme Jaruski relève la tête pour le fixer avec attention. Valentyn hausse les épaules, résolu à se faire sermonner. Mais il n'est pas la cause du regard sévère de sa professeure.

— Tu as bien fait de me rapporter cela. J'en parlerai à mes collègues. Ce soir, ne traîne pas en rentrant chez toi. Si tu le souhaites, je peux appeler ta mère pour qu'elle vienne te chercher.

Valentyn fait non de la tête.

— Comme tu voudras, mais reste sur tes gardes. Et si tu repères encore l'un ou l'autre de ces hommes, viens me prévenir sans tarder. Maintenant, tu peux aller t'asseoir, ajoute-t-elle en lui rendant son carnet, la sonnerie va bientôt retentir.

L'instinct de Valentyn ne l'a pas trompé ; ce ne sera pas une journée de classe comme les autres.

*

Dans un collège, à quatre rues de là, Lilya, assise à son pupitre, fait rouler entre ses doigts le crayon qu'elle mâchonne, fixant les peintures écaillées des murs de sa salle de classe. Les vitres, blanchies de poussière agglutinée par les pluies, sont encore intactes. Un miracle, car les bâtiments aux fenêtres intactes ne sont plus très nombreux dans le quartier. Le directeur a assuré que les écoles étaient des lieux sûrs, les barbares qui bombardent les habitations civiles ne feraient pas la guerre aux enfants. Le directeur est un doux rêveur, Lilya n'en doute pas. À l'ouest, les barbares ont pilonné une maternité et, à Marinka, un obus a traversé le mur d'une maternelle au rez-de-chaussée avant d'exploser dans une salle de jeu. Heureusement, l'attaque s'est produite à l'heure du déjeuner et la cantine se trouve au deuxième étage. Pas de morts, mais de nombreux blessés. Comment expliquer à un enfant de quatre ans que des hommes, en planque à des dizaines de kilomètres de là, les ont délibérément visés ? Le directeur a menti, les écoles ne sont pas des sanctuaires.

Le regard de Lilya se promène de table en table, sautillant comme un moineau qui ne peut pas s'envoler. L'oiseau finit par s'arrêter sur la nuque de Stefan, assis au troisième rang.

Il y a quelque chose d'émouvant chez ce garçon. Les autres déambulent en groupes dans les couloirs en roulant des mécaniques ; lui traîne sa longue silhouette, et son redoublement qui lui donne un an de plus, avec une nonchalance qu'elle trouve élégante. Sa présence cause à Lilya une sensation nouvelle, un nœud qui se forme dans sa gorge dès qu'elle s'approche de lui ; mais ce qui la trouble plus que tout c'est l'attention avec laquelle il l'écoute. Comme si chacune de ses paroles avait de l'importance. À la fin de la journée, il arrive qu'il marche à ses côtés, silencieux, sur le chemin du retour et Lilya, pourtant si fière de sa témérité, s'avoue que sa présence la rassure.

Leur première vraie rencontre avait eu lieu un soir où Stefan avait fait un pas vers elle à la sortie du collège.

— Tu rentres chez toi ? avait-il demandé.

— Non, je passe d'abord chercher mon petit frère.

— Je t'accompagne ?

Lilya en mourait d'envie.

— Ce n'est pas la peine, avait-elle répondu.

— Comme tu voudras.

— Attends, ce n'est pas ce que tu crois. Mon frère est différent.

— On l'est tous, non ?

Et avant que Stefan ne pose une autre question, Lilya lui avait raconté la vérité.

— Il ne parle pas.

— Moi non plus je ne parle pas beaucoup.

— Oui, mais lui, jamais.

Stefan avait haussé les épaules et sa réponse avait étonné Lilya.

— C'est son droit après tout. Et nous, on a le droit de lui parler ?

— Évidemment, il répond avec des gestes ou en écrivant dans son carnet.

— Alors ton frère est un poète.

— Oui, quelque chose comme ça.

Deux jours plus tard, Stefan avait attendu Lilya au même endroit. En longeant les ruines de ce qui était autrefois un centre commercial, il avait sorti un petit livre de sa poche.

— Pour ton frère, avait-il dit.

Lilya avait regardé la couverture de l'ouvrage, un recueil de poésies de Serhiy Jadan.

— Tu sais, avait ajouté Stefan, le plus précieux, ce n'est pas la voix, mais la liberté ; je crois que maintenant, plus de gens s'en rendent compte. Ceux qui nous envahissent ne l'ont jamais connue, c'est pour cela qu'ils nous haïssent autant, enfin pour ceux qui nous haïssent.

Il s'était arrêté de marcher, avait souri à Lilya et rebroussé chemin. Et elle, tenant un recueil de poèmes dont la chaleur irradiait dans ses mains, l'avait regardé s'éloigner, le cœur plein d'une ardeur dont elle ignorait tout.

Durant l'un ou l'autre de ces soirs où ils s'étaient connus, sans jamais le révéler à quiconque, une amitié teintée d'amour avait surgi dans leur adolescence.

*

À l'heure où ses élèves sont à la cantine, Mme Jaruski observe par la fenêtre les deux autocars stationnés devant la porte du bâtiment. Elle n'a été informée d'aucune sortie scolaire, ce qui, en ces temps, serait de toute façon inconcevable. La présence d'un camion bâché garé non loin des autobus l'inquiète d'autant plus. Soudain, les cars démarrent, le grondement des moteurs fait trembler la vitre sur laquelle elle a posé son front. Une peur stupide, se dit-elle, mais comment ne pas être apeurée quand des explosions déchirent la nuit, quand les sirènes retentissent à l'improviste et qu'il faut conduire aux abris cette marmaille dont elle est responsable, en se retenant de crier pour ne pas les inquiéter, quand seul le calme de sa voix rassure les enfants. Il y a quelques mois, Mme Jaruski pestait contre la réforme des menus scolaires qui avait causé bien des problèmes à la cantine, aujourd'hui elle peste contre les serviteurs de la haine et de l'oppression.

Le camion bâché repasse devant l'école, précédant les cars. Mais pourquoi avoir fait le tour du pâté de maisons, se demande Mme Jaruski, sinon pour ne pas éveiller l'attention trop tôt ? Quelque chose se trame. Elle sort de sa classe pour en aviser le directeur et accélère le pas dans le corridor. Elle doit encore grimper au deuxième étage et ses poumons sont déjà en feu. Elle hésite en arrivant dans la cage d'escalier, le temps presse et pour sauver les enfants d'un danger qui lui semble imminent elle devra faire preuve d'initiative.

Au lieu de monter dans les étages, elle dévale les marches jusqu'au rez-de-chaussée. Une quinte de toux la retient sur le palier. Elle a du mal à respirer ; son médecin l'a suppliée de se ménager, mais ce n'est pas le moment de lui obéir. Vingt mètres encore, elle serre les coudes contre son torse, comme une marathonienne en bout de course ; ses jambes vacillent. Elle entend au loin des hommes qui hurlent, des portes qui claquent. Elle ouvre en grand celle du réfectoire. Le souffle coupé, incapable de prononcer un mot, elle jette un regard désespéré à la surveillante qui veille à ce que le repas se déroule dans le calme. La cuisinière, occupée à nettoyer ses plats, comprend, en voyant la mine défaite de Mme Jaruski, l'urgence de la situation. Elle ordonne aux enfants de se lever pendant que la professeure de mathématiques recouvre peu à peu ses esprits.

— Laissez vos affaires, courez jusqu'au gymnase et quittez l'école par la porte de secours ; une fois dehors rentrez chez vous sans vous arrêter et ne revenez plus avant d'en avoir reçu l'ordre, vous avez compris ? Allez ouste, déguerpissez ! crie la cuisinière.

Mais les enfants n'ont rien compris. Les sirènes qui annoncent un bombardement n'ont pas retenti, et pourquoi le gymnase au lieu de descendre dans la cave comme ils le font chaque fois ? Mme Jaruski tape dans les mains, pousse vers la sortie ceux qui se sont levés, en trop petit nombre. La cuisinière brise la vitre de l'alarme incendie et tire sur la poignée.

Dès que les cloches sonnent, la cantine se vide enfin. Les enfants se ruent dans le couloir vers les portes battantes de la salle de sport.

Cosima est à la traîne, non par mauvaise volonté, mais parce qu'elle aussi est différente. Sa jambe artificielle la fait claudiquer. L'orthopédiste lui a promis, quand elle aura atteint sa taille définitive, une prothèse plus moderne qui lui permettra de marcher comme tout le monde, même de courir ; mais Cosima va devoir patienter, le temps qu'elle grandisse et que son pays soit libéré des oppresseurs.

Valentyn refuse de l'abandonner. Cosima, elle, refuse qu'on la prenne par le bras, et d'une manière plus générale, qu'on l'aide à se déplacer. Alors, il se contente de marcher à côté d'elle en calant son pas sur le sien. Lorsqu'il entend des voix dans son dos, il se retourne et découvre un étrange spectacle. La cuisinière et Mme Jaruski tentent de faire barrage de leur corps aux hommes qui avancent vers eux. Mme Jaruski est aussi épaisse qu'une allumette, mais la cuisinière en a impressionné bien d'autres, même le directeur ne fait pas le poids face à elle. Elle a de l'autorité jusque dans ses yeux, et lorsqu'elle campe ses mains sur ses hanches, celui qui lui fait front s'apprête à connaître de sérieux ennuis. Alors, quand Valentyn la voit tomber lourdement en arrière, poussée manu militari par un homme en uniforme, il n'en revient pas et s'il avait pu parler, il aurait dit à Cosima qu'il était urgent de se grouiller. Il enfreint la règle et attrape sa meilleure amie par la main jusque dans le gymnase.

La cuisinière a perdu le combat, mais la ruse dont Mme Jaruski et elle ont usé a tout de même fonctionné, car tous les autres enfants ont réussi à déguerpir. Dans le gymnase désert, Valentyn montre du doigt à Cosima la porte de secours, derrière le mât du panier de basket. Cosima, tétanisée par la peur, tremble de tout son corps. Valentyn comprend qu'ils n'atteindront jamais leur but à temps. Il pense aussitôt à son père dont il n'a plus de nouvelles depuis qu'il est parti au front. Qu'aurait-il fait en pareille circonstance ? La réponse lui paraît évidente. Il pointe à nouveau du doigt le panier de basket, sourit à Cosima en la poussant vers la sortie et fait demi-tour. Il va retenir l'ennemi le plus longtemps possible.

Quand les militaires le saisissent, il s'est pourtant débattu comme un diable, les faisant tourner en bourrique en zigzaguant dans les gradins, Valentyn se retourne une dernière fois, pour voir le rai de lumière diminuer sur le sol au fur et à mesure que la porte de secours se referme.

Les deux cars qui devaient emmener une centaine d'enfants vers une destination inconnue n'en convoieront que deux. Valentyn et l'un de ses camarades, qui a eu le malheur de traîner aux toilettes.

*

Comment comprendre ce qui motive les hommes à se nourrir de mensonges ? se demande Veronika. Peut-être parce que plus que Dieu, ils craignent de voir leur propre vérité en face. Durant sa pause, l'infirmière en chef du dispensaire de Rykove n'a d'autre possibilité que d'accepter la sienne. Si ceux qui occupent sa ville gagnaient leur guerre, son pays disparaîtrait, et sa mémoire avec. Les envahisseurs ont besoin d'effacer le passé, réécrire la grande histoire pour justifier leur idéologie et gommer leurs crimes. Sous la plume des historiens du régime de Poutine, les crimes du système soviétique dont furent victimes des millions de Russes ont été oubliés, les déportations massives transformées en simples internements ou en relocalisations. Il est de l'intérêt général, justifient les partisans de l'oubli, que les victimes cohabitent en paix avec leurs bourreaux. Ils ont si peur du devoir de mémoire qui préviendrait que les atrocités ne se reproduisent. Seulement la grande histoire n'est faite que des petites histoires des gens qui ont vécu. Combien de témoignages ont déjà disparu avec ceux que Veronika a recouverts d'un drap aux urgences du dispensaire ? Deux cents corps enterrés aux abords de la ville depuis le début de l'invasion. Autant de vies perdues, parents et grands-parents qui ne transmettront plus rien à leurs enfants et petits-enfants. Sur les cimetières des mémoires disparues ne pousseront plus que des chardons de haine.

Son pager vibre à sa ceinture, elle a à peine le temps de le consulter.

— On a une nouvelle arrivée, mauvais état, indique sa collègue en entrant dans la salle de repos. Tu sais qu'il est interdit de fumer, même à la fenêtre.

Veronika écrase sa cigarette, rêvant comme chaque jour à la même heure à l'ouverture d'un nouveau Nuremberg[1] qui se

1. Le procès qui s'est tenu dans le palais de justice de Nuremberg entre le 20 novembre 1945 et le 1er octobre 1946 a jugé pour crimes contre la paix,

tiendrait à Simferopol, en Crimée libérée. En attendant, sa pause est terminée et, avec l'opération qui s'annonce, sa garde est loin de l'être, à moins que le patient décède. Elle regarde sa montre, dans deux heures Lilya ira chercher Valentyn à l'école. Ses enfants lui en font voir de toutes les couleurs, son fils, muré dans son silence et sa fille, poussée trop tôt aux portes de l'adolescence. Elle a mauvaise conscience d'avoir presque souhaité que l'opération se termine prématurément et se résout à ne les retrouver qu'après le dîner, ce qui est souvent le cas depuis le début de la guerre. Tard dans la nuit, elle les embrassera dans leur lit et priera de toutes ses forces pour qu'aucune explosion ne vienne troubler leur sommeil. Maintenant que la ville a été capturée, les nuits sont plus calmes, mais ici, tout le monde guette la contre-offensive.

Elle s'arrête devant les lave-mains, veillant à ne pas user plus de désinfectant que nécessaire, enfile sa blouse et noue son masque avant d'entrer dans le bloc. Deux blessés sont allongés sur la table, un homme d'une cinquantaine d'années et un autre qui doit avoir vingt ans à peine.

— Ils rentraient des champs, un mercenaire a tiré sur leur voiture, annonce le chirurgien.

— Pourquoi ? demande sèchement Veronika.

— Pour rien, parce que les hommes de Wagner aiment tuer. Ils aiment tellement cela qu'ils en ont fait une profession.

---

crimes de guerre et crimes contre l'humanité les 24 principaux responsables du IIIe Reich. Il constitue la première étape de la mise en place d'une juridiction pénale internationale, et la première mise en application de la condamnation pour crimes contre l'humanité.

Prigojine[1] a vendu les services de ses milices privées à Bachar el-Assad pour l'aider à massacrer la population syrienne ; en Afrique, il fait fortune en s'associant aux coups d'État sanglants. Quand ses hommes manquent de travail, il les envoie faire main basse sur les richesses du continent. Mines de diamants du sang ou de cobalt. Poutine est de loin son plus gros client ; avec le nombre d'Ukrainiens qu'elle assassine, j'imagine que l'armée de Wagner doit toucher des primes. Je ne serais pas étonné qu'un jour Prigojine finisse par tuer aussi le Tsar, pour s'asseoir sur son trône. En attendant, je ne peux pas m'occuper des deux victimes en même temps ; le père a l'air en plus mauvais état que le fils, je commence par lui.

— Mais l'autre est bien plus jeune, objecte Veronika, et il a une balle dans le poumon.

— Nous devons faire des choix en ce moment, je pourrais peut-être sauver les deux, à condition que tu m'aides au lieu de discuter.

L'anesthésiste a effectué son travail, les deux blessés sont endormis. Le chirurgien suggère à Veronika de veiller sur le jeune homme pendant qu'il opère. Il la sollicitera en cas de besoin.

La condition du jeune homme paraît stable, bien que l'état d'un patient présentant une lésion thoracique pénétrante puisse se dégrader rapidement. Si l'air venait à s'accumuler dans la poitrine, son poumon serait comprimé et ne tarderait pas à s'effondrer. Veronika préfère ne pas songer à ce qui s'ensuivrait. En l'absence d'un appareil d'échographie disponible, la seule prévention consiste à surveiller et écouter la respiration, guetter

1. Chef du groupe Wagner, organisation paramilitaire privée composée de mercenaires.

le premier sifflement, ou essoufflement, vérifier que les lèvres et les extrémités des doigts ne virent pas au bleu.

Elle prépare le matériel de décompression, au cas où. Une longue aiguille qu'elle devra insérer entre les côtes avec un doigté minutieux, la moindre déviation serait dévastatrice. La seule chance qu'a ce jeune homme de poursuivre sa vie dépendra d'elle.

Trente minutes se sont écoulées quand le chirurgien pousse un long soupir. Son front perle de sueur, il l'éponge et soupire à nouveau. Deux balles ont transpercé le corps de l'homme qu'il opère, une dans la jambe gauche et une au ventre. En médecin aguerri, il a eu son lot de blessés de guerre pendant l'invasion de la Crimée, et il délivre sa version des faits avec la froideur d'un légiste.

— Le salopard les a tirés comme des lapins à travers la portière. Le père conduisait, il a crié à son fils de se coucher. La balle qui lui a traversé le ventre est ressortie pour aller se loger dans le corps de son passager, dit-il en traçant du doigt une trajectoire imaginaire. Comment va-t-il ?

— Il tient le coup, répond Veronika. Et puis ce n'est pas forcément son fils, ajoute-t-elle. Peut-être un neveu ou un employé de la ferme, ou simplement un gars de la campagne qu'il aura pris à bord de sa voiture. Je ne trouve pas qu'ils se ressemblent.

L'infirmière en chef a contredit son patron pour oublier la sauvagerie des hommes ; ne pas penser qu'il a suffi de trois secondes, le temps d'une rafale et d'un instant de haine pour détruire une famille, quand dans cette salle on passera des heures à tenter de réparer les dégâts pour sauver deux vies.

Et s'ils échouent, il lui reviendra d'annoncer à une épouse et mère qu'un fils et un mari ne rentreront plus à la maison.

*

Le directeur du collège de Lilya entre dans la salle de classe, la mine déconfite. Les élèves le fixent dans le plus grand silence. Il monte sur l'estrade, se poste à côté du professeur et annonce que les cours sont terminés pour aujourd'hui. Un incident s'est produit dans une école primaire voisine. Il leur ordonne de partir sans tarder, de ne faire aucun détour en chemin et de fermer leur porte à clé dès qu'ils seront arrivés chez eux.

Lilya se lève d'un bond et demande quelle est la nature de cet incident et dans quelle école il a eu lieu.

— La plus proche d'ici, répond le directeur qui n'a pas trouvé les mots pour lui dire qu'il s'agit de celle où étudie son frère. Les Russes ont fait une rafle, enchaîne-t-il. Heureusement, à l'exception de deux enfants, tous les autres ont pu s'échapper.

— Qui sont les deux élèves qui n'ont pas pu s'échapper ? insiste Lilya d'une voix tremblante.

— Ils les relâcheront sûrement avant ce soir…

Avant que le directeur ait fini sa phrase, Lilya se précipite dans le couloir. Jamais elle n'a couru aussi vite de sa vie, jamais elle n'a eu aussi peur, pas même quand les mercenaires sont entrés dans sa ville en tirant de tous les côtés. Devant la petite maison où elle vit, elle cherche maladroitement ses clés dans son sac à dos, tambourine à la porte en hurlant le prénom de son petit frère. Sans réponse, elle retourne son sac et le vide sur le perron. Puis elle attrape son trousseau qu'elle a repéré sous un cahier, déverrouille le loquet et fait une entrée fracassante. Elle appelle dans l'entrée, dans le salon, en grimpant l'escalier qui mène à l'étage. Valentyn ne peut évidemment pas lui répondre, et s'il n'est pas encore apparu c'est parce que cette andouille est sur son lit, ses écouteurs sur les oreilles pour jouer avec sa console. Elle va lui passer un sacré savon, non, elle le serrera dans ses bras, l'embrassera comme jamais, et ils riront ensemble que la chance leur ait souri.

Quand elle trouve la chambre de son frère déserte, Lilya comprend qu'il n'est pas non plus chez un copain, parce qu'elle a le don de sentir avant l'heure quand le malheur va s'abattre. Lilya a été la première à se rendre compte que son frère ne parlait pas et elle a su bien avant que son père le lui confie qu'il allait partir rejoindre le front.

Elle tombe à genoux et pousse un rugissement terrible. On croirait entendre le cri d'une bête à l'agonie. Elle frappe le sol de ses poings, en hurlant « pas lui, je vous en supplie, pas lui ! ».

Pleurer ne servira à rien, elle se relève, descend l'escalier en courant et fonce vers l'école. Si elle l'apercevait dans la cour, assis seul sur un banc comme cela lui arrive parfois quand la journée a été trop dure, elle croirait en Dieu pour toujours.

Elle passe devant la maison des Blansky. Depuis la mort de son mari, sa veuve laisse toujours les volets clos. Elle accélère et longe les ruines de l'immeuble où vivait le professeur de musique de Valentyn. La rage au ventre, elle allonge les foulées jusqu'à la cour de l'école primaire.

Sur le banc, Mme Jaruski console une cuisinière pourtant inconsolable.

Un échange de regards suffit pour que Lilya comprenne.

2

— Le père est tiré d'affaire, pour l'instant, précise le chirurgien en lavant ses mains ensanglantées.

Il devrait changer de gants, mais tout se traite à l'économie.

— Ou l'oncle ou le bon Samaritain, rectifie l'infirmière.

— Vous me faites vraiment chier, Veronika. Et le pire, c'est que je finis par croire que vous y prenez du plaisir.

— On prend les plaisirs qu'on peut, docteur.

— Alors, il en est où, ce jeune homme ?

— Au mieux de sa forme, comme vous pouvez le constater, lui répond-elle.

Le chirurgien lui jette un regard incendiaire, mais se retient d'entrer dans son jeu. Elle n'attend que cela, qu'il perde patience et l'engueule. Avoir sauvé une vie le met de meilleure humeur que d'ordinaire, même si recoudre des civils blessés par balles n'a rien d'ordinaire. Il accroche les branches du stéthoscope à ses oreilles, écoute longuement les poumons, les battements du cœur, vérifie la tension et fait une moue dubitative qui, pour Veronika, s'apparente plus à une grimace étrange. Puis il s'agenouille pour se positionner à la hauteur de la blessure qu'il observe attentivement avant d'y introduire son doigt.

— Dans une autre vie, j'ai probablement été expert en balistique, dit-il, fier de lui.

— Je ne pense pas que cette discipline existait dans votre précédente vie, parce que ça nous ramène quand même à la fin du XIXe, répond Veronika.

— Faites la maline, il n'empêche que le projectile, après avoir traversé la portière du véhicule et le gras du paternel, a transpercé ce jeune homme avec une vélocité très amoindrie. C'est un miraculé, elle n'a pas touché le poumon. Elle est coincée entre deux côtes, je la sens au bout de mon index. Si vous aviez l'amabilité de me tendre une pince au lieu de me regarder de travers, nous pourrions même l'ôter et recoudre ce jeune homme.

Veronika lui tend la pince qu'elle tient depuis qu'il s'est penché sur le blessé. Il lui reviendra naturellement d'annoncer la bonne nouvelle à la famille, et comme si cela ne suffisait pas, ce vieux brisquard a eu doublement raison, il a réussi à sauver les deux patients qui sont bien père et fils.

— À supposer que le destin me joue le mauvais tour de nous faire travailler ensemble dans votre prochaine vie, j'ai demandé à être danseuse classique ; je préférais vous prévenir… J'ai un mal fou à vous imaginer en tutu.

*

Par la force des choses, Danylo est devenu l'homme à tout faire du dispensaire. Avant le 24 février, ses tâches se limitaient à la maintenance, ce qui représentait déjà un travail de titan. Il n'a pas fait d'études, mais c'est un formidable bricoleur. Il entretient, répare, rafistole avec tout ce qui lui tombe sous la main. La chaudière lui donne du fil à retordre chaque jour de l'hiver et Dieu sait combien il est long dans cette région. Dès qu'on la pousse, quand les températures chutent, elle s'encrasse, tousse et le brûleur s'éteint. Une vraie tubarde, râle-t-il chaque fois qu'il doit s'arranger pour trouver une pièce qui lui accordera un sursis. Lui aussi fait de la chirurgie à sa manière, et quand il a fini d'opérer, ses mains sont aussi ragoûtantes que celles du toubib. Maintenant il est aussi chargé du nettoyage. Entre ceux qui sont morts et ceux qui sont partis, le personnel manque cruellement. Cela fait une heure que son service aurait dû se terminer ; depuis, il poireaute devant le bloc, jetant régulièrement des coups d'œil par le hublot. Cette fois, il tente sa chance et entrouvre la porte.

— Et vous avez fini ? demande-t-il.

Sa manie de commencer ses phrases par un « et » en amuse plus d'un. Ils sont plusieurs au dispensaire à imiter son tic de langage pour se moquer de lui, certains parlent de lui en l'appelant « Et ».

Veronika est au-dessus de ces petits jeux mesquins, elle lui demande d'aller chercher une civière et de revenir l'aider à conduire les patients en salle de réveil.

— Et votre fille vous a appelée, ça avait l'air urgent, dit Danylo.

— Quand a-t-elle appelé ? s'inquiète Veronika.

— Eh ben tout à l'heure, maugrée l'homme d'entretien qui n'est pas du tout en joie de devoir en plus jouer au brancardier.

Il n'avait pas regardé sa montre et il ajoute que ça n'aurait rien changé puisque l'accès au bloc est interdit pendant les opérations.

Le chirurgien suggère à Veronika de s'en aller, il s'occupera des patients et ira informer la famille qu'ils sont hors de danger. En ôtant sa blouse, Veronika s'interroge sur la raison de cet appel. Lilya ne la dérange jamais quand elle est au dispensaire. À moins qu'elle ait encore écopé d'un mot de l'un de ses professeurs à signer pour le lendemain, ou qu'une dispute avec son frère ait encore éclaté ? Quand les pensées de Valentyn se bousculent trop vite pour que son crayon puisse les fixer, il lui arrive de perdre son calme. Un enfant qui n'a pas de mots pour exprimer sa colère la manifeste autrement, parfois en claquant des portes, parfois en cassant des objets.

Une pluie fine se mêle au vent qui fouette son visage. Sur le parking assombri par la nuit, Veronika resserre le col de son manteau autour de sa nuque. Sa maison est à dix bonnes minutes de marche et l'essence trop rare pour qu'elle aille travailler à bord de sa vieille voiture.

Elle remonte la rue, écrasée de fatigue. Elle est heureuse à l'idée de retrouver ses enfants, même si l'appel de Lilya lui fait redouter une soirée qui ne sera pas de tout repos. Elle marche lentement pour profiter de ce moment rien qu'à elle, aussi court soit-il, son sas comme elle dit, parce que nommer les choses les fait exister.

En traversant le rond-point, elle pense que cette sale journée s'est plutôt bien terminée. La vie est devenue encore plus dure depuis que le père de ses enfants est parti. Si leur vie de couple n'était déjà plus qu'une cohabitation, son absence a laissé un vide plus grand qu'elle ne le supposait.

En entrant chez elle, elle découvre sa fille, assise à même le sol au milieu du salon, hoquetant, les yeux hagards.

— Qu'est-ce qui s'est encore passé ? demande Veronika.

La nouvelle de l'enlèvement de Valentyn provoque une douleur effroyable, comme si les balles qui ont fauché les paysans venaient soudain de lui traverser la poitrine. Son cœur tambourine, elle a l'impression d'étouffer.

Lilya éclate en sanglots. Veronika la regarde, elle ne laissera pas la peur l'emporter, il faut agir, car même dans les pires moments, elle reste une mère qui doit protéger sa fille. Alors elle s'approche de Lilya, s'agenouille et la serre dans ses bras, lui donnant ce qu'il lui reste d'amour, toute cette tendresse qu'elle a retenue sans savoir pourquoi, peut-être parce que la vie, à force d'épuisements, a fini par l'emmurer.

Cela faisait si longtemps que Lilya ne s'était plus réfugiée dans ses bras que Veronika a l'impression de remonter le temps. Sur sa poitrine coulent les larmes de l'enfant qu'elle consolait durant les nuits de cauchemars et qui partageait tout, ses rires comme ses chagrins. On lui a enlevé son fils, elle retrouve sa fille.

— Nous irons le chercher demain, promet elle. Ce soir, tu dormiras dans mon lit, ou moi dans le tien, comme tu voudras.

*

Dans l'autocar, Valentyn s'était senti plein de force, fier d'avoir sauvé Cosima, ou de lui avoir au moins épargné cette sortie forcée. Il n'avait pas la moindre idée de l'endroit où ils allaient. Peut-être les emmenait-on visiter un village russe de l'autre côté de la frontière afin qu'au retour, son copain et lui puissent raconter que c'était mieux que chez eux. Il avait entendu dire que la vérité sortait de la bouche des enfants, ce qui pourtant n'était pas toujours le cas. Cosima, puisqu'il pensait toujours à elle, était la reine des bobards. Elle en inventait un nouveau chaque fois qu'elle arrivait en retard à l'école. Comme lorsqu'elle avait prétendu que sa grand-mère était très malade, alors que la mémé était morte depuis belle lurette.

Quand ils avaient pris la route qui filait vers la frontière, il s'était demandé ce que les Russes avaient imaginé comme coup tordu. Avec le ramdam que faisait le vieux bus, leur plan n'allait pas fonctionner comme prévu. Il en connaissait un bout en mécanique. À l'époque où sa famille vivait encore à Irpin, dans la banlieue de Kyiv, son père s'était entiché d'une vieille Coccinelle et les week-ends, quand ils la retapaient, Valentyn avait tout appris à ses côtés, ou presque. Le reste, il l'avait découvert dans des livres et des manuels d'entretien. Il connaissait le nom de la plupart des pièces d'un moteur et savait reconnaître à l'oreille quand quelque chose ne tournait pas rond. Un été où la famille s'était offert quelques jours de vacances à la campagne, la Coccinelle, avant de tomber en panne, poussait le même genre de râle. Valentyn était certain que le chauffeur du car ne tarderait pas à se ranger sur le bas-côté. En attendant, son copain n'en menait pas large, il n'arrêtait pas de sangloter. C'était l'humiliation de s'être fait surprendre le pantalon baissé qu'il n'arrivait pas à digérer. Il avait sursauté quand la porte s'était ouverte brusquement. Il avait juste eu le temps de se rendre propre quand un homme l'avait pris par l'épaule et l'avait entraîné de force.

Consoler son copain donnait encore plus de force à Valentyn. Il avait ouvert son cahier et lui avait écrit que tout irait bien, qu'il n'y avait pas de raison de s'inquiéter et qu'ils seraient sûrement rentrés avant la nuit, puisque le bus allait bientôt rendre l'âme. Pour crâner, sans être certain de la façon d'orthographier le mot, il avait écrit qu'une bielle allait bientôt lâcher. Sans cacher sa satisfaction, quand le conducteur avait balancé une bordée de jurons après qu'une épaisse fumée s'était échappée du capot, il s'était penché sur une page blanche et avait écrit en grosses lettres *Ils l'ont dans le cul, on sera chez nous pour le dîner.* Mais sur ce point, Valentyn se trompait.

*

Dès le matin levé, Veronika et Lilya quittent leur maison pour se rendre à la mairie où s'est installé le commandement russe. Veronika a connu des colères fameuses, mais jamais comme celle qui l'anime en chemin. Envahir un pays, bombarder des villes, décimer des populations entières pour servir la mégalomanie d'un dictateur déclinant ne leur suffisaient donc pas ? Il fallait maintenant qu'ils enlèvent des gamins ? C'était à cela qu'étaient réduits ces conquérants commandés par des généraux incapables, des mercenaires formant les bataillons d'une armée sans honneur ? De la bravoure, le soldat en faction devant la mairie n'en a plus beaucoup. Il ignore ce qu'il fiche dans ce coin perdu si loin de chez lui. Un jeune homme d'à peine vingt-cinq ans, heureux d'être parmi ceux qui ont pris une petite ville sans avoir dû mener de grands combats, plus heureux encore d'être en vie. Il indique où se trouve le bureau de son supérieur en charge de la population occupée. Le prochain maire de la ville, quand l'Ukraine sera libérée, explique-t-il.

— Excellente nouvelle, alors tu vas bientôt rentrer chez toi, rétorque sèchement Veronika en entraînant sa fille.

Elles avancent dans le couloir d'un pas quasi militaire, leurs talons résonnent si fort que ceux qui croisent leur chemin n'osent pas leur demander où elles vont. Lilya repère le bureau du commandant, Veronika prend une grande inspiration et ouvre la porte.

— Où est mon fils ? demande-t-elle en entrant dans la pièce.

L'officier qui somnolait, la tête affalée sur un bureau, sursaute et contemple les deux femmes.

— Qui est votre fils, ? questionne-t-il en bâillant.

— Valentyn Khodova !

L'homme se redresse, se retourne en soupirant et attrape sur une étagère le classeur où sont reportés les noms des combattants capturés ou tués au front.

— Ne faites pas semblant de chercher son nom. Il a neuf ans, c'est l'un des deux enfants que vous avez enlevés hier à midi dans leur école, vous allez prétendre que vous n'êtes pas au courant ?

Son regard change. C'est lui qui avait reçu une semaine plus tôt l'instruction d'exécuter cette opération dont l'intérêt lui avait d'abord paru discutable. Comme s'il n'avait pas suffisamment de problèmes à gérer. Mais l'appel était venu directement de Moscou, plus important encore, du Kremlin. Rares étaient les officiers de son rang à avoir droit à un tel honneur. L'appel n'avait duré que quelques minutes, mais il n'oublierait jamais la voix, douce et bienveillante de la présidente de la commission pour les droits de l'enfant, ne faisant aucun cas du pouvoir conféré par sa proximité avec le président. Au lieu d'user d'un ton menaçant, auquel ses supérieurs l'ont habitué, elle lui avait soigneusement expliqué combien ce qu'il devrait accomplir était important. Quelle plus noble cause que de protéger des orphelins et des mineurs des dangers que leur fait encourir la rébellion ukrainienne. Des gens qui accusent la Russie des pires maux, bien qu'incapables de se soucier du devenir de leurs progénitures. Sauver les orphelins était une priorité, avait-elle répété avant de raccrocher.

Orphelin, une information qu'il avait peut-être omis de spécifier à l'unité qu'il avait dépêchée. Mais à bien y penser, pourquoi l'aurait-il fait, puisqu'on lui avait affirmé que l'établissement concerné était un orphelinat ?

Pourtant, cette mère réclame son enfant ; ses sources de renseignements ne sont peut-être pas aussi fiables que ça. Il trouvera le responsable de cette bavure. En y réfléchissant encore, il lui semble que la présidente pour la commission des droits de l'enfant avait aussi mentionné des enfants en situation de précarité. De quoi se rassurer quant à la parfaite légitimité de sa mission, puisque la ville entière vit dans la précarité.

— Ce bâtiment délabré, vous appelez cela une école ? dit-il en faisant claquer son registre.

— Vous nous avez bombardés, nous vivons la plupart du temps privés d'eau et d'électricité. Vous allez nous reprocher nos murs fissurés et nos fenêtres éventrées ?

— Il n'empêche que les enfants ont besoin de soins que vos institutions ne peuvent pas leur fournir, encore moins dans cette région. Nous faisons preuve d'une infinie bonté et dépensons un argent précieux pour leur venir en aide. Vous devriez en être reconnaissante et nous remercier ; le gouvernement de la Russie a pour mission de protéger les mineurs, quelle que soit leur nationalité.

Veronika s'apprête à lui demander combien d'enfants ont péri sous les bombes que son gouvernement a larguées sur des centaines d'écoles, des maternités, des hôpitaux ou des jardins publics, combien d'autres sont désormais orphelins, mais la raison l'oblige à se taire.

— Mon fils n'a pas besoin de soins et surtout pas des vôtres ! répond-elle d'une voix glaciale. En revanche, les civils sur lesquels vos hommes tirent à bout portant ont grand besoin des miens.

— Eh bien, retournez donc à votre travail, rétorque l'officier.

— Où est mon fils ? insiste à nouveau Veronika, prête à commettre un meurtre.

L'homme s'avance à la fenêtre et regarde la rue.

— En route vers un centre d'accueil. Nos spécialistes le questionneront et après avoir évalué son état, ils décideront de ce qui est le mieux pour lui.

— Mon fils ne répondra pas à vos questions, il ne peut pas parler.

— Et vous disiez qu'il n'avait besoin d'aucun soin ? Quel genre de parent êtes-vous ?

Lilya voit le feu qui brûle dans les yeux de sa mère. Elle attrape sa main pour lui rappeler qu'elle est à ses côtés et prend l'initiative de s'adresser à l'officier.

— Nous ne voulons pas vous causer d'ennuis, juste retrouver mon frère, savoir qu'il va bien et où vous l'avez conduit. S'il vous plaît.

La retenue de l'adolescente étonne l'officier. Il se dit qu'elle sera une interlocutrice plus facile à amadouer, peut-être même l'aidera-t-elle à convaincre sa mère de le laisser tranquille.

— Ton frère va bien et nous ne l'avons pas enlevé. Seulement mis à l'abri des combats, pour lui offrir la vie d'enfant à laquelle il a droit, une nourriture saine qu'on ne trouve plus ici et dont il a besoin pour grandir, un encadrement qui lui permette de suivre correctement ses études. Même durant une opération spéciale comme celle que nous menons en ce moment, tu ne crois pas ?

— Une opération spéciale ? s'insurge Veronika. C'est une guerre que vous menez contre nous !

— Cette appellation mensongère est passible de huit ans de prison ! Nous ne faisons la guerre à personne, nous libérons l'Ukraine ! objecte l'officier, outré.

— Et chez vous, évoquer la pluie quand il pleut est aussi passible de prison ? Un orage, vous appelez ça du crachin, de la bruine ?

— Quand le calme sera revenu et sa sécurité assurée, nous vous le renverrons, je le promets, dit-il d'une voix qui laisse entendre clairement que sa patience est à bout.

L'aplomb de Veronika lui a fait perdre de sa superbe, au point qu'il se sent lamentable ; sa supériorité lui file entre les doigts, comme le sable des plages d'Odessa avec lequel il jouait quand il était gosse. Sa propre mère doit avoir une dizaine d'années de plus que cette femme, et si elle s'était trouvée face à lui en pareille circonstance, elle lui aurait fichu une trempe et l'aurait viré de la pièce à coups de pied dans les fesses. Cette fois, il ne se laissera pas faire, il va montrer qui il est.

— Un mot de plus et je vous fais arrêter ! dit-il en empruntant un ton grave. Votre fille a besoin de vous, et si vous ne pouviez plus assurer sa garde, je serais contraint de la mettre elle aussi en sécurité.

— Où est ce centre ? demande Lilya.

— Je l'ignore encore, nous en avons beaucoup, il y a tellement de gamins en situation précaire dans votre pays. Revenez me voir dans trois jours, j'en saurai plus et je vous dirai où se trouve votre fils, peut-être même pourrai-je vous donner de ses nouvelles, à condition que d'ici là vous ne fassiez pas d'histoires.

Terrifiée à l'idée d'être retenue à son tour et espérant que l'officier tiendra sa promesse, Lilya attrape sa mère par le bras et la supplie d'obéir. Elles n'obtiendront rien de plus aujourd'hui, sinon aggraver leur situation.

*

Dehors, mère et fille restent hébétées, ne sachant ni quoi dire ni quoi faire. Lilya finit par hausser les épaules et avance droit devant elle, sans savoir non plus où aller. Veronika court vers elle.

— Il est en vie, c'est ce qui compte le plus, marmonne Lilya.

— Rien que d'imaginer la peur qu'il doit ressentir, la nuit qu'il a passée seul, loin de nous, ça me broie le cœur, répond sa mère les yeux brillants de larmes.

— S'ils l'ont envoyé dans un centre, il est en compagnie d'autres enfants, ça doit le rassurer, forcément.

— Tu crois ça ? Si j'étais rentrée plus tôt, on aurait pu…

— On n'aurait rien pu faire de plus, déclare Lilya. Il était déjà parti à bord d'un bus, quand je t'ai appelée.

— L'autre gamin, c'est un de ses amis ? Ça, ça le rassurerait.

— Oui, affirme Lilya, qui n'en sait strictement rien.

— Ça ne me réjouit pas qu'ils aient enlevé un autre enfant, ce serait même dégueulasse de le penser, mais…

— Oui, ce serait vraiment dégueulasse, lâche Lilya, avant d'accélérer le pas.

— Tu vas où comme ça ?

— Où veux-tu que j'aille ? Le collège est fermé. Mais toi, tu ferais mieux d'aller bosser, si on doit rester toutes les deux dans la maison à se ronger les sangs, on finira par s'engueuler.

— Tu tiendras le coup toute seule ?

— C'est seulement maintenant que tu te poses la question ? Tu crois que je fais comment depuis que papa est parti et que tu passes tout ton temps au dispensaire ?

Veronika s'approche de sa fille et caresse sa joue.

— Ce n'est pas à cause de moi que ton père est parti, tu sais.

— Ce sont vos histoires, ça me regarde pas. Tu vois, j'avais raison, si tu ne vas pas travailler, ça va mal tourner.

— Je sais que tu es en colère, que tu as peur pour Valentyn, mais nous sommes deux à vivre cette épreuve, et il faut qu'on reste soudées, parce que nous déchirer, même pour se défouler, ne ferait qu'aggraver le chagrin.

— Et tu me reprocherais quoi ? s'emporte Lilya. J'étais en cours quand c'est arrivé, tu trouves que je ne m'occupe pas assez de lui comme ça ?

Elle préfère s'en aller avant d'éclater en sanglots. Veronika regarde sa fille s'éloigner jusqu'à la voir disparaître au coin de la rue. Elle enfonce les mains dans les poches de son manteau et prend la direction du dispensaire.

3

Valentyn et son copain sont restés pendant deux heures assis sur un rocher au bord de la route. L'homme en civil qui les escorte leur a donné à chacun des biscuits, une bouteille d'eau et une barre de chocolat. Comme l'attente se prolonge, il se présente, pour les mettre en confiance, il les autorise même à aller faire pipi contre un arbre, à condition qu'ils ne s'éloignent pas. Dimitri a l'allure autoritaire, mais il ne semble pas menaçant, même si la balafre sur sa joue met Valentyn mal à l'aise.

Enfin, un véhicule militaire vient les chercher. Voyant qu'ils ne rebroussent pas chemin, son copain paraît découragé et ils comprennent que leurs chances d'être de retour chez eux pour le dîner s'amenuisent au fur et à mesure que le jour décline.

On les a installés sur une banquette bringuebalante. Le vent, qui s'engouffre par l'arrière, soulève leur épaisse tignasse. À chaque nid-de-poule, ils font un petit bond, ce qui finit par les faire sourire. De temps en temps, Valentyn lance un clin d'œil à son camarade qui ne desserre pas les dents. Il prend son carnet et lui écrit que si on leur voulait du mal, on ne leur aurait pas offert du chocolat.

Après le passage de la frontière, Dimitri s'assied entre eux pour engager la conversation. Il leur promet un bon repas à l'arrivée, un lit avec des draps propres et des lendemains pleins d'activités formidables. Le silence de Valentyn ne tarde pas à l'énerver, alors le copain intervient, expliquant qu'il n'y peut rien, que c'est ainsi depuis toujours, et que lui-même n'a jamais entendu le son de sa voix. Dimitri n'est plus vexé, évidemment, lâche-t-il à la cantonade, si le gamin est sourd… Valentyn lève les yeux au ciel, et Dimitri qui ignorait qu'on pouvait être muet et doté d'une audition parfaite vient d'apprendre quelque chose.

Vingt kilomètres plus loin, le camion s'arrête à l'entrée d'une bourgade. Dimitri aide les enfants à descendre avant de les pousser vers une berline noire qui attend le long d'un trottoir, tous feux éteints. Valentyn a l'impression de se retrouver dans un film d'espionnage, mais la comparaison s'arrête là ; il n'a pas le cœur à voyager vers un monde imaginaire. Depuis la tombée de la nuit, sa mère et sa sœur lui manquent terriblement, il a la gorge nouée et ne cesse de ruminer de sombres pensées.

Ils roulent sur une ligne droite qui semble ne jamais devoir finir. Soudain, la voiture bifurque pour remonter un chemin qui s'achève devant un grand portail en fer forgé, noir et sinistre. Le chauffeur qui n'a pas dit un mot du voyage donne deux coups de klaxon et le portail s'ouvre, comme par maléfice. La voiture s'enfonce dans une cour entourée de hautes grilles qu'aucun enfant ne pourrait escalader. Les phares éclairent la façade d'un ancien cloître. Un petit clocher est flanqué d'une horloge.

Dimitri se frotte les mains, satisfait d'avoir terminé sa journée. Il leur ordonne de descendre et à peine les portières refermées, repart à bord de la berline, les laissant seuls au pied des marches.

Une pluie drue se met à tomber. Valentyn y voit un mauvais présage et se demande ce qui les attend à l'intérieur du cloître.

La femme qui les accueille dans le hall porte un uniforme marron, son sourire se veut rassurant ; rien ne pourrait rassurer Valentyn et son copain. Elle leur annonce qu'ils sont en lieu sûr dans leur nouvelle maison. Il est déjà tard, demain, elle leur expliquera le règlement, leur communiquera leurs heures de classe et la liste des activités sportives qu'ils pourront pratiquer ici.

Les conduisant dans une galerie ouverte qui borde un jardin, elle les informe qu'un repas les attend dans le réfectoire, la cuisinière a veillé tard pour eux, pensant qu'ils seraient affamés après ce long voyage. Puis ils iront se doucher et se coucher. Elle ajoute, avec une pointe de fierté dans la voix, qu'en Russie on ne manque ni d'eau chaude ni de savon, d'ailleurs on ne manque de rien. Si Valentyn le pouvait, il lui répondrait que l'eau chaude et le savon sont les derniers de ses soucis.

*

Dès qu'il entre dans le réfectoire désert, Valentyn compte les rangées de chaises vides autour des tables, et d'une multiplication, en déduit que trois cents enfants doivent vivre derrière ces murs, ce qui a pour effet immédiat d'amplifier sa terreur. Un camarade lui avait parlé un jour des camps de vacances en Crimée. Aussi dingue que cela paraisse, des familles ukrainiennes y envoyaient leurs enfants en congé et ceux qui s'y trouvaient encore avant le début de l'invasion n'avaient pas pu rentrer chez eux. Qu'est-ce qui avait échappé à leurs parents dans les mots « territoire occupé » ? Sa mère n'aurait jamais cru à ce marché de dupes, même avant le début de la guerre. En attendant, si on les avait conduits dans l'un de ces camps, son copain et lui étaient dans un sacré pétrin.

En terminant sa compote de pommes, Valentyn n'a plus qu'une idée en tête : trouver le moyen de se faire la belle.

*

Le chirurgien boit un café dans la salle de repos, les pieds posés sur la table où les infirmières prennent leurs repas. Veronika lui jette un regard glacial en ouvrant son casier.

— C'est très calme ce matin, dit-il.

— Pas pour tout le monde, j'ai des patients qui m'attendent, répond-elle en enfilant sa blouse.

— On est de bonne humeur à ce que je vois. Rien de grave, hier soir ?

Elle serre les dents et sort en claquant la porte.

Les deux hommes opérés la veille ont été installés dans la salle commune, Veronika a veillé à ce qu'ils soient sur deux lits côte à côte. Si le jeune homme a repris des couleurs, la souffrance se lit sur les traits du père. Il n'y a plus suffisamment d'antalgiques pour en distribuer en quantité suffisante. D'une prise toutes les huit heures, on passe à deux par jour ; de quoi économiser un tiers du stock et laisser en peine les patients quatre heures de trop avant la dose suivante. En l'attente d'un ravitaillement que les Russes autoriseraient, il faut s'inscrire dans la durée. Malgré la douleur, le fermier remarque le visage fermé de l'infirmière qui vient à son chevet, quelque chose ne tourne pas rond.

— C'est si grave que ça, je vais mourir ?

— Pas cette fois, répond Veronika. Il faudra prendre votre mal en patience, demain, on essaiera de faire quelques pas.

— Vous ou moi ? dit-il en se forçant à mettre un peu d'ironie dans sa voix.

Veronika ne lui rend pas son sourire, elle se contente de refaire le pansement, en silence.

— Quand ma femme fait cette tête-là, je sais à quoi m'en tenir. Je dois lui demander dix fois avant qu'elle m'avoue ce qui ne va pas. Vu mon état, vous me feriez une ristourne ? chuchote le fermier.

*

Ils sont entrés dans le dortoir, vêtus d'un tricot de corps et d'un caleçon qu'on leur a remis à la sortie de la douche, tenant dans leurs bras leurs habits pliés. L'intendante générale éclaire le sol à l'aide d'une lampe torche, elle leur fait signe de rester silencieux pour ne pas réveiller les autres enfants et les guide vers leur couchage. Un lit en bois sur lequel est étendu un matelas pas très épais. Dimitri n'avait pas menti, les draps rêches sentent la lessive. L'intendante générale attend qu'ils soient couchés pour se retirer. Valentyn suit du regard le faisceau de la lampe balayant le plancher jusqu'à ce que la porte se referme. Maintenant, ce n'est plus seulement la terreur qui le submerge, mais la solitude aussi.

— Ça va aller, chuchote son copain. Dors, on verra quand il fera jour à quoi ça ressemble vraiment.

Valentyn voudrait lui dire que ça ne va pas du tout, et que ça n'ira pas mieux demain, mais dans le noir, il est vraiment muet. Incapable de s'endormir, il cherche dans sa tête un monde imaginaire où s'évader. N'importe où sauf chez lui, parce que dès qu'il pense à sa mère, les larmes lui montent aux yeux et les sanglots dans la gorge. Même son père ne lui a jamais manqué comme ça, et quand bien même il serait mort et qu'on ne lui ait rien dit, il ne lui manquerait pas autant.

Valentyn s'en veut aussitôt d'avoir eu cette pensée, un trop-plein de colère qui a débordé et pour se faire pardonner, il s'envole vers la remise où reposait la Coccinelle sous une bâche grise, mais ça lui fiche le bourdon. Il doit partir plus loin, dans un endroit où ses parents n'existent pas. Plus difficile encore, sans sa sœur. Il met ses mains sous sa nuque et des doigts effleure un clou sur la tête de lit. Un clou avec lequel creuser un trou, un trou qui se transformerait en tunnel. Un tunnel qui se prolongerait au-delà des grilles de la cour. Il se ferait la belle au cours d'une nuit aussi noire que celle-ci. Bien sûr, il faudrait trouver le moyen de charrier la terre et de dissimuler toute celle qu'il extrairait. Il avait vu ça dans un vieux film, un jour où son père l'avait emmené au cinéma quand ils habitaient dans la banlieue de Kyiv. Ça se passait pendant une guerre au siècle dernier. À l'époque, les méchants étaient tous allemands. Des prisonniers, anglais, ou américains, il ne s'en souvient plus très bien, avaient réussi à s'échapper d'un camp. En se remémorant les images qui s'étaient imprimées sur l'écran d'une cinémathèque, Valentyn commence son voyage. À l'arrière d'une moto qui pétarade en fonçant sur un chemin de terre, il admire le ciel, d'un bleu azur incroyable, la campagne paisible et magnifique ; ses cheveux volent dans le vent et lui chatouillent le visage. La moto file sur un sentier qui grimpe une colline et lui sombre dans le sommeil.

*

— Vous n'avez aucune idée de l'endroit où ils l'ont emmené ? demande le fermier.

Le silence de Veronika l'émeut et il considère dès lors sa situation avec la plus grande gravité. Il est né sur ces terres qu'il n'a jamais quittées. On avait connu ici ou là quelques déboires dont on s'était remis, l'arrivée des Russes qu'on finissait toujours par chasser, mais enlever des enfants, c'était toucher à ce qu'il y avait de plus sacré. Il en oublie ses blessures. La femme qui a sauvé son fils a besoin d'une aide solide et non de s'épancher sur une vieille carcasse alitée. Il insiste pour se redresser sur son lit, c'est une question d'honneur.

— Je sais ce qu'il faut faire, dit-il. Nous allons réunir le plus de monde possible, un cortège qui marchera sur la mairie pour exiger le retour de nos enfants !

Veronika est bouleversée qu'il ait dit « nos enfants ».

— Vous avez la mémoire courte. Juste après qu'ils ont occupé la ville, les Russes ont photographié tous ceux qui participaient aux protestations. Deux jours plus tard, ils ont arrêté une centaine de personnes. Seulement dix sont revenues. Je refuse de faire courir un tel risque aux gens d'ici.

— Alors on ira visiter le bureau de cet officier. Un casse ! renchérit le fermier ragaillardi par son idée. Il en sait plus qu'il le prétend, c'est évident, ils mentent tous. On trouvera dans ses papiers où ils ont emmené votre fils.

— Trop d'hommes stationnent dans la mairie, certains y dorment, même.

— Bon, râle le fermier ; il y a bien quelqu'un qu'on pourrait soudoyer pour qu'il nous renseigne.

Il semble soudain absorbé dans une réflexion profonde. Tout ce que lui a raconté Veronika laisse entendre qu'il s'agit d'une opération bien préparée. Les soldats qu'il croise depuis des semaines sont trop désœuvrés pour être mêlés à cela.

— Vous avez raison, dit-il.

— Je n'ai rien dit.

— Au contraire, vous avez raconté beaucoup de choses, il fallait juste les remettre un peu en ordre. Tout ça m'amène à penser que la solution n'est pas ici. Nous devons trouver d'où est venu l'ordre. Réfléchissez, sans l'intervention du personnel de l'école qui, par je ne sais quel miracle, a compris ce qui se tramait, les Russes s'apprêtaient à enlever une centaine d'enfants. Tout était planifié. Depuis l'heure à laquelle agir, au moment où les enfants étaient tous réunis dans une seule pièce, jusqu'aux moyens mis en œuvre pour les transporter. Vers quelle destination ? C'est tout notre problème. Vous m'avez aussi dit que deux cars étaient stationnés devant l'école ; eh bien moi je vous dis que deux cars qui sillonnent la campagne, ça ne passe pas inaperçu par les temps qui courent.

Des collègues fermiers les ont sûrement vus. Je vais faire circuler l'information, je me servirai de la radio si nécessaire et croyez-moi, on finira par retrouver leur trace.

Veronika ne souhaite rien d'autre que de le croire. Elle découvre chez son patient une âme de détective. Au moins, la perspective de se rendre utile a sur lui autant d'effet que les antalgiques.

— Avec ce boulot qui nous attend, ajoute-t-il, il va de soi que je dois rentrer chez moi, ce n'est pas depuis ce lit d'hôpital que je vais pouvoir organiser tout ça.

— Bien tenté, répond Veronika, mais il faudra installer votre QG ici. Je peux essayer de vous obtenir une chambre, mais pas question de vous laisser partir avant que votre blessure soit refermée. Vous n'aurez qu'à déléguer des tâches à votre fils, sa plaie est superficielle, et lui pourra bientôt sortir.

Le père regarde son fils qui dort à poings fermés et soupire.

Le chirurgien, qui auscultait un blessé dans la travée voisine, n'a pas perdu un mot de la conversation. Il poursuit sa tournée, l'air de rien. En repassant à la hauteur de Veronika, il la prie de le rejoindre en salle de repos sans tarder.

Elle devine déjà la teneur de l'engueulade : c'est à elle de venir au secours des patients et non le contraire. Quant à laisser entendre qu'elle obtiendrait une chambre individuelle, c'est une vaine promesse. Mais elle se moque éperdument de ses réprimandes et les traitera avec mépris. Le fermier lui a offert un peu d'espoir. Et si son plan paraît farfelu, il a eu le mérite de s'intéresser à elle au lieu de lui poser des questions convenues du genre « rien de grave hier soir ? ». Elle en a soupé de ses réflexions hautaines, parce que Monsieur est médecin et elle simple infirmière. Sa vie n'a rien de simple, elle abat autant de boulot que lui, élève seule ses enfants, en leur apprenant par exemple à ne pas poser leurs pieds sur une table ; on lui a arraché son fils, alors oui, sa soirée a été grave, assez pour qu'elle s'octroie le droit d'accepter un peu de réconfort, quitte à enfreindre les règles.

*

— Pourquoi ne m'avez-vous rien dit ? demande le chirurgien dès qu'elle entre dans la salle de repos. Je n'ose imaginer la nuit que vous avez passée, c'est épouvantable, vous auriez dû m'en parler tout de suite.

— Qu'est-ce que cela aurait changé ? répond-elle, lasse.

— Pour commencer, me conforter dans l'idée que nous sommes plus proches vous et moi, que vous ne l'êtes d'un patient que vous ne connaissiez pas hier. Même si cet homme ne manque pas de bon sens. Il faut en effet trouver qui a commandité ces enlèvements, et dans quel but. Je ne crois pas que les mercenaires qui rôdent ici se soient abaissés à se servir d'enfants comme monnaie d'échange. Bien qu'avec eux, on ne sache jamais ce dont ils sont capables. Avant de les accuser, la question est de savoir si cette opération est leur idée, celle du commandement militaire russe qui occupe la région, ou... et il marque un temps... ou un ordre de Moscou.

— En quoi enlever des enfants dans cette petite ville servirait le Kremlin ? demande Veronika.

— Ils ne cherchent pas seulement à conquérir notre pays, mais à le faire disparaître. Poutine réécrit l'histoire pour que le peuple adhère à sa croisade. Peut-être que je divague, mais faire de nos enfants des petits Russes pourrait s'inscrire dans sa logique. Et le seul moyen d'en avoir le cœur net est de découvrir si cela s'est produit ailleurs.

— Et comment ? questionne Veronika qui a ravalé sa colère.

Le chirurgien se lève pour arpenter la pièce, les mains dans le dos, comme il le fait chaque fois qu'il réfléchit. Quelques minutes plus tard, il se retourne brusquement vers Veronika, frappé par une révélation.

— Si ces enlèvements se sont produits à grande échelle, je serais étonné que nos autorités l'ignorent. J'en déduis que si de telles informations existent, elles doivent être centralisées à Kyiv.

— Cela fait beaucoup de si, et ils ont d'autres chats à fouetter en ce moment à Kyiv que d'enquêter sur des disparitions d'enfants.

— Je ne suis pas d'accord, il en va du devenir du pays.

Elle trouve sa remarque un peu grandiloquente, mais dans sa situation, Veronika ne peut pas s'offrir le luxe de se moquer du soutien de son patron.

— D'accord, supposons que le gouvernement accepte de nous venir en aide, je ne vois pas comment rejoindre Kyiv alors que nous sommes encerclés.

— C'est là toute la difficulté, répond le chirurgien. J'ai peut-être un moyen ; risqué, bien sûr, mais puisqu'il s'agit de votre fils, ça en vaut la peine, non ?

Il se rassied, allonge à nouveau ses pieds sur la table. Cette fois, difficile de lui en tenir rigueur.

— Pourquoi feriez-vous cela pour moi ?

— Vous m'emmerdez copieusement mais je suis très attaché à vous. Je dois être un peu masochiste.

— Arrêtez de dire des âneries.

— Que voulez-vous que je vous dise ? La guerre sème la mort et la misère, mais elle révèle aussi en nous une part d'humanité qu'on pensait avoir oubliée. Comme ce besoin d'aider les autres. N'est-ce pas pour cette raison que nous passons nos journées et nos nuits, terrés dans ce dispensaire miteux ? Pour tenter de sauver des existences ? Et épargnez-moi ce petit sourire narquois, je vous prie ! C'est votre faute, si je deviens lyrique et c'est ridicule. Disons que je fais cela pour m'éloigner de vous quelques jours, ça vous va comme ça ? conclut le chirurgien. Le patient avec lequel vous discutiez tout à l'heure, sur une échelle de un à dix, comment noteriez-vous son courage ?

— Pour sortir d'ici, dix sur dix.

— Dans ce cas, il pourrait faire l'affaire.

— Quelle idée tordue avez-vous en tête ?

— Pas si tordue que ça, ma chère.

Fuir une ville occupée n'est pas chose facile. Ceux qui ont réussi, aidés de passeurs professionnels qui connaissent les routes les plus sûres, les points de passage non surveillés à certaines heures de la nuit ou de la journée, n'avaient aucune intention de revenir avant une éventuelle libération. Ce n'est pas le cas du chirurgien qui n'abandonnerait son poste en aucun cas, étant le seul urgentiste à subvenir aux besoins de la population ; et depuis l'invasion, ses actes ne se limitent plus à des interventions chirurgicales.

Son plan était simple. Le fermier avait besoin d'un pontage, sans quoi il mourrait rapidement. Il était donc urgent d'organiser une évacuation sanitaire vers une ville pourvue d'un hôpital doté d'un service de cardiologie ; une ville se trouvant bien sûr de l'autre côté de la ligne de démarcation. Une invention parfaite qui donnerait le change. Puisque l'officier en charge de la population avec lequel Veronika s'était entretenu avait clamé haut et fort que les enfants avaient besoin de soins que la région ne pouvait leur procurer, son raisonnement s'appliquerait également à un blessé grave. À moins qu'il ne préfère soulever la colère des agriculteurs qui en avaient déjà gros sur le cœur. Même sous les tirs d'artillerie, ils continuaient d'ensemencer la terre de blé, de seigle et d'orge, labouraient au péril de leur vie, risquant de sauter sur une mine avec leur tracteur. Tout cela alors que les Russes confisquaient les deux tiers de leurs récoltes. Si la rumeur courait que l'un des leurs, après avoir été lâchement abattu alors qu'il rentrait paisiblement des champs, s'était vu refuser l'évacuation qui l'aurait sauvé, il y aurait matière à aiguiser les appétits de vengeance.

— Ça se tente non ? dit le chirurgien, assez fier d'avoir concocté un plan pareil en aussi peu de temps.

Et s'il proposait de le transférer vers un hôpital russe ?

— Trop loin, j'affirmerai qu'il ne survivrait pas au voyage.

— Admettons, et ensuite ?

— Eh bien, une fois en zone libre, je déposerai notre patient et filerai jusqu'à Kyiv pour obtenir nos renseignements.

Je le récupérerai au retour, soigné comme il se doit, et nous rentrerons tous les deux au bercail.

— Je vous remercie, c'est plus que généreux de votre part, mais c'est aussi n'importe quoi.

— Vous avez une meilleure idée pour retrouver votre fils ?

Veronika n'en a aucune.

— Dans ce cas. À chacun de nous de convaincre notre homme. Je vous laisse le patient, puisque vous vous entendez si bien avec lui, vous lui expliquerez mon projet, et moi, dès cet après-midi, j'irai présenter ma requête à l'officier.

*

Veronika quitte la salle de repos et se dirige vers la salle commune. Parce qu'elle est peut-être plus attachée à ce vieux bougre qu'elle ne veut se l'avouer et que l'idée qu'il lui arrive quelque chose lui est insupportable, parce que le manque de son fils la submerge, elle sent un étau lui comprimer la poitrine. Elle s'arrête dans le couloir, le souffle coupé, et se laisse glisser le long du mur. Le visage au creux des mains, elle sanglote sans plus pouvoir s'arrêter.

Une main se pose sur son épaule. Le chirurgien s'est assis à côté d'elle sans qu'elle l'ait entendu approcher et passe le bras autour de ses épaules sans prononcer un mot.

Elle se sent ridicule, sèche ses larmes du revers de la main ; il lui tend un mouchoir en papier, sans dire un mot ; puis il grogne un peu en se relevant, parce que ses genoux le font souffrir et reprend ses visites.

*

Il lui a fallu réunir toutes ses forces pour retrouver un peu de contenance. Au chevet du fermier, assise au bord du lit, elle s'approche de lui pour chuchoter, à cause des collabos. Pactiser avec l'ennemi n'est pas une garantie contre les ennuis de santé. La salle commune doit compter quelques-uns de ces individus qui se sont offert une tranquillité en devenant indics, en dénonçant ceux qui résistent d'une façon ou d'une autre ou en clamant simplement les bienfaits de vivre sous pavillon russe.

Le fermier accepte avant même qu'elle lui communique les détails de l'expédition. Qu'importe le moyen ; du moment qu'on le laisse sortir d'ici, il est prêt à tout. Sauf à ce qu'on l'y ramène, une fois la mission terminée. Sur ce point, plaie refermée ou non, il est intraitable.

— On part quand ? s'exclame-t-il.

D'un doigt posé sur ses lèvres, elle lui fait comprendre de parler moins fort, il plaque aussitôt sa main sur son cœur en faisant mine d'avoir déjà des douleurs dans la poitrine.

— Elle ne doit pas s'ennuyer avec vous, votre femme, s'amuse Veronika, qui n'a rien trouvé de mieux pour lui témoigner sa gratitude.

— Je fais mon possible, trop souvent le pitre à son goût, mais un mariage sans rires, c'est comme un champ en hiver.

4

Réveillé au son d'une cloche, Valentyn se frotte les paupières, se demandant où il peut bien être. Il ouvre les yeux et se redresse d'un coup. Le dortoir est immense, impossible de compter les lits. Les hauts murs bleus ressemblent à ceux de la cathédrale Saint-Michael qu'il avait visitée à Kyiv, avec ses parents ; une journée où il s'était d'ailleurs religieusement ennuyé. Les fenêtres semblent aussi grandes, mais ici, il n'y a ni bas-reliefs ni vitraux.

Les autres pensionnaires sont déjà levés, ils font leur lit au carré, tirant sur les draps, pliant à l'équerre la couverture rêche. Certains ont déjà ôté leur pyjama, qu'ils placent soigneusement sous l'oreiller, avant d'enfiler leur tenue de la journée. Son copain lui suggère de se grouiller : être en retard dès le premier jour ne ferait pas bon effet. Valentyn est effondré que son camarade ait déjà accepté son sort. Pourtant, il fait comme lui et s'abandonne à sa nouvelle vie.

L'intendante générale apparaît dans le dortoir, les enfants se positionnent aussitôt en rang par deux, les bras le long du corps, et la suivent jusqu'au réfectoire. Valentyn le trouve plus vaste que la veille. Peut-être parce qu'il s'avère encore plus peuplé que dans ces calculs. Une aile entière avait échappé à son attention, celle des grands. Ceux dans sa tranche d'âge occupent les tables du milieu, les plus petits sont assis près de l'entrée. Seul le murmure des couverts flotte dans l'air. Des femmes en blouse grise parcourent les travées, poussant chacune un chariot. Elles distribuent les petits déjeuners, une bouillie de sarrasin, un verre de lait, un bol de semoule et une tranche de pain sur laquelle est tartinée une fine pellicule de confiture de fraise.

— C'est pas mauvais, lâche son copain en avalant la bouillie, et c'est drôlement plus copieux qu'à la maison.

Il a faim et mange sans retenue tout ce qui lui a été servi. S'il osait, il en redemanderait presque. Valentyn lui décoche un regard sombre, pousse son assiette et lui fait signe qu'il peut tout prendre. Le copain hésite avant d'attraper du bout des doigts le toast qu'il finit par croquer de bon cœur. Pendant que l'un se régale, l'autre ausculte la pièce, cherchant sur les visages une expression, un regard, qui lui laisse entrevoir qu'il n'est pas le seul à ne pas s'être résigné à rester ici.

La cloche sonne à nouveau. Les enfants se lèvent tous en même temps. Valentyn a l'impression de voir un bataillon de robots obéissant à un signal émis depuis une salle de contrôle lointaine. L'intendante générale, postée devant la porte, compte ses ouailles quand elles passent devant elle. De temps en temps, elle pose sa main sur une tête, celui qui a été touché se met à l'écart, laissant passer le cortège d'automates.

Tous deux ont droit à ce baptême étrange et quand la salle est enfin vide, Valentyn comprend que les dix gamins choisis ont en commun d'être de nouveaux arrivants. Elle mène le petit groupe à la découverte des lieux, une visite courtoise durant laquelle elle leur parle d'une voix douce, expliquant l'usage de chaque pièce et les règles à respecter. Après le petit déjeuner, chacun doit rejoindre sa salle de classe. Le premier cours de la journée est toujours précédé de l'hymne russe, durant lequel il faudra se tenir debout. Et ils devront oublier tout ce qu'ils croyaient savoir, car ce qu'on leur a enseigné jusque-là est un tissu de mensonges, dit-elle cette fois sans la moindre inflexion dans la voix. Ici, on leur apprendra la vraie géographie, la véritable histoire, et bien sûr, à perfectionner leur seule langue natale, le russe. Il est d'ailleurs interdit de s'exprimer autrement, ce dont Valentyn se fiche évidemment. Pour les mathématiques et les sciences, il n'y aura pas de grands changements dans le programme. Récréation à 10 h 30, reprise des cours à 11 heures, repas de la mi-journée à 13 heures, puis ils se regrouperont dans le gymnase pour une leçon de patriotisme, avant de pratiquer deux heures de sport. Si le matin est consacré aux études, ils s'amuseront beaucoup l'après-midi, promet-elle. Éducation physique, football, basket-ball, hand-ball, ping-pong, tout est prévu pour se distraire ; elle insiste sur ce point pour qu'ils prennent conscience de la chance qu'ils ont. Les questions ne faisant pas partie du règlement, aucun enfant n'aura le loisir d'en poser. L'intendante générale les escorte ensuite vers leurs salles de cours respectives.

Valentyn écope d'une réprimande dès les premières minutes, ne pouvant chanter l'hymne russe.

*

Depuis l'invasion de la Crimée, Vital et Malik n'avaient jamais douté que tôt ou tard, une pluie de feu s'abattrait sur Kyiv. Deux mois avant le début de l'invasion, alors que tant de discours et de préparatifs militaires annonçaient une guerre imminente, les jumeaux avaient fait transférer la salle informatique du manoir depuis les combles vers les sous-sols. Les caves étaient assez vastes pour héberger leur matériel. Déménager les baies de serveurs, tirer les faisceaux de communications, installer les équipements électriques ou les régulateurs de température s'était avéré moins compliqué que de prolonger la crémaillère qui courait le long des escaliers, permettant à Vital de se déplacer d'un étage à l'autre dans son fauteuil.

Trois jours avant le début de l'invasion, le donjon[1] était à nouveau opérationnel. Les techniciens qui avaient réalisé les travaux avaient eu affaire plus d'une fois à Ilga et son tempérament, la gouvernante avait une sainte horreur du désordre. Elle avait multiplié les allers-retours en ville, pour constituer des stocks de vivres, si importants qu'elle aurait pu nourrir un régiment pendant des mois. Dans les armoires, les étagères pliaient sous les bocaux. Des conserves qu'elle préparait infatigablement dans sa cuisine. Elle avait aussi garni les congélateurs et avait exigé qu'on les raccorde au générateur. Ses deux protégés devaient pouvoir survivre à

1. Le donjon est le nom donné à la salle informatique installée dans le manoir où les 9 ont entrepris plusieurs hacks de grande envergure.

un long siège. Sa prévoyance n'avait pas été exagérée. Les envahisseurs cherchaient à capturer Kyiv dont le siège durait depuis déjà trop longtemps. Pourtant, ce n'étaient ni les bombes, ni l'obligation de descendre précipitamment aux sous-sols quand le son des sirènes crevait la nuit, ou de vivre recluse dans cette grande maison qui l'affectait le plus. Depuis le départ de Malik, Ilga ne vivait plus. Elle s'occupait des jumeaux avant même la mort de leurs parents et n'avait jamais cessé depuis. Des deux frères, Malik était sans conteste celui qui lui avait donné le plus de fil à retordre. Ses écarts avec la loi, ses trafics en tout genre, ses histoires d'amour qui se terminaient en drames, les appels tardifs quand il fallait aller le chercher dans un commissariat ou aux urgences parce qu'il s'était bagarré, rien de tout cela ne l'avait ébranlée. Mais le savoir à la guerre était tout autre chose.

Chaque soir, quand elle regagne sa chambre, Ilga trace sur le mur un trait au crayon noir. Par superstition, afin qu'à son retour ils les comptent ensemble.

Il est presque midi lorsqu'elle entend sonner. Ilga se penche à la fenêtre, le ciel est noir, un vent d'orage fait se courber les arbres, la pluie fouette si fort les carreaux qu'on peut à peine entrevoir les marches du perron. Qui peut sortir par un temps pareil ? Il n'y a plus eu de visites au manoir depuis des mois. Son sang se glace, elle traverse le salon, s'arrête devant un miroir pour conjurer le mauvais sort, et inspire profondément avant d'ouvrir la porte.

Une femme aux cheveux ruisselants de pluie se tient devant elle, silencieuse et épuisée, comme on peut l'être au terme d'un long voyage. Pour se trouver dans un tel état, elle a dû parcourir à pied le chemin qui s'enfonce dans les bois depuis la route. Ilga prie en silence qu'elle n'ait pas fait ce sacrifice pour lui porter une mauvaise nouvelle.

Veronika se présente et annonce qu'elle a rendez-vous avec la personne qui vit ici. En temps normal, Ilga lui poserait mille questions avant de lui laisser franchir le seuil, mais tant qu'elle ne lui apprend pas la mort de Malik, elle est la bienvenue.

— Ne restez pas là, vous allez attraper froid.

Bousculé par le vent, le lustre suspendu au centre de l'escalier d'honneur se balance lentement au-dessus du hall. La gouvernante invite Veronika à patienter. Elle part lui chercher de quoi se sécher. Veronika regarde la flaque d'eau se répandre sur les dalles autour de ses pieds. De retour, Ilga propose de lui servir une boisson chaude. Veronika la remercie et insiste pour rencontrer le maître des lieux, c'est urgent.

Un terme qui inquiète à nouveau la gouvernante.

— Quelque chose est arrivé à Malik ?

Veronika fronce les sourcils et répond ne connaître aucun Malik.

— J'en suis la première soulagée, soupire Ilga.

Apaisée, elle la scrute attentivement, son regard s'illumine.

— Comment ai-je pu oublier ! s'exclame-t-elle. Oh, je sais qu'à mon âge les années vous marquent doublement. Vous ne vous souvenez pas de moi, et j'avoue ne pas vous avoir reconnue non plus ; c'était il y a si longtemps.

— Je ne comprends rien à ce que vous me dites, je vous en prie, amenez-moi auprès de lui, le temps presse, je dois bientôt repartir.

Ilga conduit Veronika dans le salon attenant, promettant de ne pas la faire attendre plus longtemps.

Quelques instants plus tard, Vital entre dans la pièce. Il arrête net la course de son fauteuil et écarquille les yeux en voyant Veronika se lever du canapé où elle avait pris place. Elle le fixe, tout aussi stupéfaite. Ilga n'a pas menti, c'était il y a longtemps.

5

— Madame Vlasenko ?

— Khodova ; je suis mariée maintenant, enfin, j'espère avoir encore un mari.

— Qu'est-ce que vous faites là et comment m'avez-vous retrouvé ?

— Ce fichu toubib s'est bien gardé de me révéler avec qui j'avais rendez-vous. Il a probablement oublié que je travaillais déjà avec lui à l'époque. Je suis si heureuse de te voir. Tu as changé bien sûr, mais pas tant que ça. Toujours cet air perdu. Tu habites dans cette immense demeure ?

— J'y ai toujours vécu, sauf les deux années passées dans votre hôpital. Une tranche de ma vie que j'aimerais pouvoir oublier.

Vital était adolescent quand il avait été admis dans le service de Veronika. Il était assis à l'arrière de la voiture de ses parents, attendant, à la barrière d'un passage à niveau, un train qui ne passerait jamais. Deux hommes, cachés dans les fourrés, avaient tiré sur eux trois rafales. Les balles de leurs kalachnikovs l'avaient aussi atteint au ventre, aux poumons et à la colonne. Le chirurgien lui avait sauvé la vie, un miraculé, avait-il dit, mais des éclats avaient touché la moelle et Vital avait perdu l'usage de ses jambes.

L'évocation de l'hôpital de Kyiv rappelle à Veronika tout un pan de sa jeunesse. Les horaires d'une auxiliaire médicale en internat étaient infernaux, les défraiements à peine suffisants pour subsister, mais elle adorait sa chambre chez l'habitant dans le centre de Kyiv, la vie trépidante du quartier. Quand le chirurgien qui l'avait formée avait obtenu un poste d'enseignant à l'hôpital universitaire de Jytomyr, elle l'avait suivi, entraînant avec elle celui qui deviendrait son mari. Les années passant, avec deux enfants à charge, la vie devint trop chère, les fins de mois difficiles, surtout quand on avait pour époux un artiste qui cherchait encore sa voie. Un jour, le chirurgien lui avait proposé une promotion : infirmière en chef de son service, à condition qu'elle vienne vivre avec sa famille dans la petite ville où il comptait s'installer, à l'est du pays. Elle avait accepté cette offre qui ne se refusait pas, y voyant également la promesse d'un nouveau départ pour son couple. Pourquoi son patron avait-il choisi de rejoindre un dispensaire de campagne ? C'était aujourd'hui encore un mystère.

— On aurait mieux fait de refuser. Rykove a été prise par les Russes.

— Jytomyr n'est plus que ruines, répond Vital. Comment avez-vous fait pour sortir de la zone occupée ?

— C'est une longue histoire. Le toubib t'a expliqué pourquoi j'étais ici ?

— Il m'a expliqué pourquoi il comptait me rendre visite.

— J'ai refusé qu'il s'en aille, même pour quelques jours, son absence aurait trop de conséquences ; pas une semaine ne passe sans qu'on nous amène des blessés. Et puis il s'agit de mon fils et non du sien, c'était à moi de courir les risques du voyage. Tu peux vraiment m'aider ?

— Je vous dois la vie, vous m'avez remis sur pied, enfin presque, fait remarquer Vital en posant les mains sur les roues de son fauteuil. C'est bien le minimum que je puisse faire.

— C'est le chirurgien qui t'a arraché à la mort, je n'étais pas grand-chose à l'époque.

— Son intervention a duré huit heures, vos soins en rééducation deux ans.

— Tu as été l'un de mes plus farouches patients.

— Je n'avais rien contre vous, mais vos manipulations me faisaient souffrir. Je n'ai pas très envie de me replonger dans ces souvenirs.

— Quand tu es entré dans mon service, tu étais un adolescent chétif, je découvre aujourd'hui un homme plein de force ; même si les circonstances sont terribles, je suis heureuse de te voir comme ça.

— À moitié paralysé sur ce fauteuil ? Il faut peu de chose pour vous rendre heureuse.

— Tu es vivant, tu peux te déplacer, tu habites une magnifique maison, il me semble que tu n'es pas le plus à plaindre.

— Vous non plus n'avez pas changé tant que ça, toujours le mot complaisant à la bouche.

— La complaisance est l'arme des menteurs.

— Je suis désolé de ce qui vous arrive, dit Vital.

— Je préférerais que tu me sois utile.

— Dès que j'ai reçu l'appel du chirurgien, j'ai commencé à faire des recherches ; je ne suis pas près d'avoir terminé, mais il avait raison sur un point, votre cas est loin d'être isolé. L'opération a commencé quelques semaines avant l'invasion.

— Quelle opération ?

— Un programme systémique de déportation des enfants ukrainiens, conçu par Maria Lvova-Belova, une femme proche du Kremlin. Poutine en personne aurait donné son aval et attribué des fonds importants.

— Pourquoi s'en prendre aux enfants ? questionne Veronika terrifiée.

— Pour des motifs similaires à ceux qu'ils invoquent afin de justifier leur guerre. D'après mes sources, ils visent cinq catégories de mineurs. Ceux qu'ils considèrent comme orphelins, et il suffit pour cela que leurs parents aient rejoint le front ; ceux qui se trouvent dans des zones occupées, pour les protéger soi-disant d'attaques venant de notre côté ; les pupilles de l'État ukrainien, ou ceux qui sont hospitalisés et qui auraient besoin de soins que seule la Russie peut leur donner. Viennent s'ajouter les enfants dont la garde est incertaine et qui, risquant d'être abandonnés à eux-mêmes, doivent être placés dans des familles d'accueil.

— Et la cinquième catégorie ?

— Maintenant ils ne s'embarrassent plus de prétextes, ils les enlèvent dans les écoles, comme ce fut le cas pour votre fils, soupire Vital. Une façon parmi d'autres de nous terroriser. Selon la nature officieuse du programme, il s'agit de les rééduquer, autrement dit, leur laver le cerveau, pour développer en eux un sentiment patriotique à l'égard de la Russie, une vénération pour Poutine qui leur offre une nouvelle existence pleine de promesses. Les plus âgés reçoivent une formation militaire afin qu'ils aillent nourrir leurs bataillons dès leur majorité.

— Et les plus jeunes ? questionne Veronika.

— Ils n'ont aucun état d'âme à ce sujet. Moins la proie est âgée et plus l'endoctrinement sera facile. Ils font des rafles jusque dans les pouponnières.

— Comment une femme a-t-elle pu imaginer un projet aussi monstrueux ?

— Si c'était l'œuvre d'une seule personne, rien n'aurait été possible. Les atrocités à grande échelle requièrent un engagement collectif. C'est un certain Miller, aux États-Unis qui a eu l'idée de séparer les enfants de migrants de leurs parents retenus dans les centres de détention américains. Pour en dissuader d'autres de passer la frontière. Si les hommes et les femmes en poste à différents échelons de la hiérarchie, des sénateurs aux agents de l'État qui sont allés arracher des bébés à leur famille au milieu de la nuit, ceux qui les ont acheminés vers des foyers de placement, bref, si tous ces gens avaient refusé de participer à une telle abomination, rien de tel n'aurait pu avoir lieu. C'est la même chose en Russie. Leur gouvernement est impliqué à tous les niveaux. Nous travaillerons à établir l'organigramme des responsables. Un jour viendra où tous ceux qui ont participé à cette barbarie devront répondre de leurs actes.

— Nous ?

— Je vous l'ai dit, les atrocités à grande échelle requièrent un engagement collectif, la justice pour les contrer aussi. Ne vous préoccupez pas de cela, ce n'est ni le lieu ni le moment, la seule chose qui compte à présent est de retrouver votre fils.

— Comment as-tu appris tout ce que tu viens de me dire ?

Vital avance son fauteuil pour s'installer derrière le bureau au fond du salon.

— La solution d'un problème repose parfois dans sa structure, marmonne-t-il.

— Ce qui signifie ?

— Rien, je pensais à voix haute.

— Tu ne m'as pas répondu, comment as-tu obtenu ces informations ? Ce programme mis au point par Moscou, tu en as appris l'existence de sources fiables ? Dis-le-moi s'il te plaît, je vais devenir folle si on ne me rend pas mon fils.

— Madame Vlasenko, je vous jure de faire tout mon possible pour que vous le retrouviez. Je vais avoir besoin que vous m'aidiez à obtenir des réponses à nombre de questions, pas que vous en posiez d'autres.

— Comment pourrais-je te dire quoi que ce soit d'utile ? Je ne sais rien, tu crois que je serais venue jusqu'ici si ce n'était pas le cas ? Qu'est-ce que tu attends de moi ?

— Que vous repreniez des forces, pour commencer. À quand remonte votre dernier vrai repas ?

Par pudeur, ou fierté, elle reste silencieuse.

Vital hoche la tête et lui demande de le suivre. Quand ils traversent la bibliothèque, Veronika est frappée par le nombre d'ouvrages qui s'y trouvent. La bibliothèque de sa ville n'en contient plus autant. Les Russes en ont confisqué les deux tiers. Les écrivains et poètes ukrainiens ont disparu des rayons, leurs livres ont été brûlés. Pour rayer un pays des cartes, il faut aussi effacer toute trace de sa culture. Les Russes se sont même amusés à bombarder des cimetières où reposent des plumes illustres, dont celles qui furent fusillées par le pouvoir soviétique. Leurs ossements sont une trace d'existence qu'ils ne tolèrent pas. Si la Russie gagne sa guerre, bien d'autres subiront le même sort, auxquels s'ajouteront des philosophes, peintres, ou sculpteurs, qui comme eux auront commis le crime d'être libres.

Mais l'étonnement de Veronika ne s'arrête pas là ; elle n'a encore jamais vu une salle à manger aussi grande, aussi belle. Chez elle, on dîne dans une cuisine qui tiendrait dans le tiers de cet espace. Quand son mari y prenait encore ses repas, Lilya devait se faire toute fine pour se faufiler derrière lui afin d'accéder à l'évier. Ici, huit chaises entourent une longue table oblongue en acajou sur laquelle la gouvernante a déjà dressé deux couverts.

Vital s'installe à la place réservée à son fauteuil. Il invite Veronika à s'asseoir à côté de lui et la sert copieusement de zharkoye, un ragoût fameux dont Ilga garde le secret. Veronika se jette sur la nourriture, avant de reposer sa fourchette, gênée d'avoir probablement choqué son hôte.

— Je ne peux pas rester bien longtemps, dit-elle en s'essuyant la bouche avec un coin de sa serviette. Ma fille est seule et je dois récupérer un patient sur le chemin du retour.

— Vous comptez le ramener en zone occupée ? s'étonne Vital.

— Ce n'est pas ce que tu crois. Il s'est proposé de lui-même ; sans lui nous n'aurions jamais pu sortir, c'est un homme courageux auquel je dois beaucoup.

— S'il est votre patient, je pense que vous êtes déjà quittes.

— C'est bien que tu te fiches de moi, plus personne n'ose le faire au dispensaire. Pour que mon patron ait fait appel à toi, et fier comme il est, tu dois être quelqu'un de très important. Tu travailles pour notre gouvernement ?

Vital lève les bras au ciel et clame d'une voix enjouée :

— Je ne croyais pas que ce soit possible, mais vous êtes encore plus curieuse qu'elle.

— La gouvernante qui m'a ouvert la porte ?

— Non, Cordelia.

Le sourire de Vital n'a pas échappé à son invitée.

— Qui est cette Cordelia ? demande-t-elle.

— Mangez, répond Vital, en la resservant. Une longue route vous attend.

— Je vois, lâche-t-elle en dévorant sans retenue un morceau de viande.

Elle n'a rien avalé d'aussi bon depuis le début de la guerre. Elle en culpabiliserait presque et si la nourriture pouvait supporter le voyage, elle oublierait son amour-propre et supplierait la gouvernante de lui en remettre une portion pour sa fille.

Vital sort un téléphone portable de la poche de sa veste, qu'il pose devant Veronika.

— Appelez-moi dès que vous aurez des informations, dit-il.

— Quelles informations ? De toute façon, là où je vis les réseaux sont coupés la plupart du temps.

— Je sais. Mais ce téléphone est d'un genre particulier, pas besoin de réseau, la liaison se fait par satellite. En revanche, il ne doit surtout pas tomber entre de mauvaises mains.

— Que veux-tu que j'en fasse ?

— Si un enfant réussissait par n'importe quel moyen à donner de ses nouvelles, notez tout ce qu'il vous dira ; s'il a une idée de l'endroit où il est, un nom de patelin, de ville, ou d'oblast, notez-le aussi. Si durant son transfert il a pu reconnaître quoi que ce soit en chemin, s'il parle d'un copain avec lequel il a voyagé, notez-le également. Un lieu, un nom, un prénom, le moindre détail, aussi insignifiant soit-il, peut être un indice pour le localiser.

— Mais à part Valentyn, quel enfant pourrait me parler ? Je ne représente rien pour eux.

Vital hésite avant de poser sa main, délicatement, sur celle de Veronika.

— Vous serez bientôt mise en relation avec d'autres parents qui sont dans la même situation que vous, et je ne parle pas seulement de la famille de celui qui a été enlevé avec le vôtre.

— Tu connais d'autres parents dans mon cas ?

Le silence de Vital en dit plus que des mots et son regard lui rappelle qu'il ne lui a demandé en échange de ses services, qu'une seule chose : ne pas ajouter de questions aux questions.

— Recueillir tous les indices possibles, répète Veronika.

Ilga entre dans la salle à manger, un plateau dans les bras. Elle pose deux coupes garnies de salade de fruits, des conserves mais qui émerveillent Veronika. Elle leur sert ensuite du café et se retire sans un mot.

— Pourquoi habiter dans cette vieille demeure ? Cette femme est ta seule compagnie ?

— Je reconnais qu'elle a un peu perdu de sa splendeur. Je parle de la maison, bien sûr. Avant la guerre, il est arrivé qu'elle soit pleine de vie. Elle appartenait à nos parents. Ilga y était déjà employée quand ils l'ont achetée, elle était aussi là quand nous sommes nés. Notre père faisait des affaires et un peu de politique. Ce sont probablement ses engagements qui ont causé leur mort, ou bien le métier de journaliste qu'exerçait ma mère. À cette époque, dans notre pays, il était difficile de savoir pourquoi on vous assassinait. Affairisme, corruption, luttes de pouvoir, parfois c'était juste pour un lopin de terre, quelques acres de bois… enfin, le résultat était le même.

— Tu n'en es jamais sorti ?

— Si, j'ai vécu des mois merveilleux à Londres, je n'ai pas envie d'en parler plus que cela.

— À cause de cette Cordelia ?

— Vous êtes perspicace, répond Vital. Je n'ai pas voulu qu'elle me rejoigne, c'était bien trop dangereux, je crois qu'elle m'en veut terriblement.

Vital recopie un numéro sur la serviette en papier qu'il tend à Veronika.

— Apprenez-le par cœur, le portable que je vous ai confié ne contient aucune mémoire, pas même celle du dernier appel effectué. Si vous découvrez quoi que ce soit, téléphonez-moi.

— Tu le feras aussi ? s'inquiète Veronika.

— Non, répond-il. Ce serait vous faire courir trop de risques s'il sonnait à un moment inopportun.

Veronika mémorise le numéro. Elle avale son café, range le portable dans sa poche et se lève.

— Je ne sais pas comment te remercier. Pour ce repas, et pour tout ce que tu entreprends pour moi.

— Alors nous aussi nous sommes quittes, je n'ai jamais su comment vous remercier de tout ce que vous avez fait pour moi. Vous ne m'en voudrez pas si je ne vous raccompagne pas jusqu'à la grille, cela vous retarderait.

Veronika l'embrasse sur la joue et se retire. Juste avant de quitter la salle à manger, elle se retourne et l'observe, seul au bout de la table.

— Tu n'es plus le même, dit-elle.

— Vous connaissez quelqu'un qui n'a pas changé depuis le 24 février ?

— Je ne parle pas de cela ; je t'ai connu en des temps difficiles pour toi. Mais aujourd'hui, ta douleur est différente.

— Ils ont enlevé votre fils, votre solitude est plus grande que la mienne, répond-il.

*

Ilga, qui attendait derrière la porte, l'accompagne jusqu'au perron.

La pluie a cessé, la terre est encore trempée mais le ciel s'est éclairci.

— Au cas où, dit la gouvernante en lui tendant un parapluie. Vous ne comptez pas marcher jusqu'à Kyiv ?

— Non, répond Veronika. Une marchroutka[1] passe à deux kilomètres d'ici vers 15 heures, mais vous le savez sûrement.

1. Navettes ou minibus qui font office de taxis collectifs. Les marchroutka sillonnent les grandes villes et leurs banlieues.

— J'ignorais qu'elles avaient repris du service.

Ilga lui confie un petit cabas qui était posé dans l'entrée. Veronika l'entrouvre, elle a bien du mal à cacher son émotion en découvrant qu'il contient deux bocaux de conserves.

Elle relève la tête pour remercier Ilga, mais la gouvernante a déjà refermé délicatement la porte du manoir.

6

Valentyn est assis sur les gradins. Il a refusé de se joindre à la partie de basket. Le professeur d'éducation physique n'a pas insisté et lui a confié la tâche de compter les paniers.

— Ça ne sert à rien de faire la tête, souffle son copain qui est venu le rejoindre pendant une pause. Je déteste le sport autant que toi, mais quand l'équipe adverse est nulle, c'est pas pareil. Tu as le score ?

Valentyn le lui communique avec ses doigts.

— Tu vois, on mène. Viens, c'est presque marrant, insiste son camarade.

Un coup de sifflet annonce la reprise du jeu, Valentyn le retient par le bras pour lui montrer ce qu'il a couché sur son cahier.

— Arrête avec ça. Comment tu veux qu'on se fasse la malle ? râle le copain en se levant.

Avant de rejoindre le terrain, il lui suggère de faire plus attention à ce qu'il écrit ; si quelqu'un lui pique son carnet, il pourrait avoir de sérieux ennuis.

Son copain n'a pas tort, désormais, pour les messages importants, il se servira de feuilles volantes qu'il détruira au fur et à mesure. En attendant, il tourne une page et regarde le croquis qu'il a commencé à crayonner dès la première classe et complété au fil de la journée. L'internat est un bâtiment carré, il a l'allure austère d'un ancien monastère, mais les pierres sont trop neuves pour qu'il soit d'époque. Les quatre longues ailes s'élèvent sur trois étages. Les pensionnaires n'ont pas accès au dernier étage qui doit probablement être occupé par le personnel. Le niveau intermédiaire accueille les dortoirs, les douches et la grande salle où les élèves sont réunis le matin pour entonner l'hymne russe avant de se rendre en cours.

Les salles de classe, le réfectoire et le gymnase sont répartis le long des trois galeries qui entourent le jardin intérieur au rez-de-chaussée. L'accès à la quatrième galerie est interdit de chaque côté par une grille et Valentyn se demande ce que ça peut cacher. En attendant, il a pu apprendre que le bureau de l'intendante générale est derrière les fenêtres en haut de la tour carrée qui jaillit d'un angle comme un clocher. Penché sur son dessin, il se frotte le crâne, quelque chose manque. Qu'avait-il vu dans la cathédrale Saint-Michael, qui n'apparaît pas encore sur son plan ?

Il trouve la réponse à la fin de la partie, dans d'autres souvenirs. Une histoire que lui avait racontée sa sœur un soir, après que leur père l'avait emmenée voir les moines momifiés dans des cercueils de verre, reposant dans les catacombes du monastère sacré de Pechersk Lavra[1]. Elle lui avait décrit

1. Le monastère de Pechersk Lavra, situé à Kyiv, est inscrit au patrimoine de l'Unesco.

la visite en détail pour lui faire peur avant qu'il s'endorme. Valentyn ne se souvient pas de ce qu'il avait pu faire pour qu'elle lui en veuille à ce point, mais il se rappelle être resté les yeux ouverts dans le noir, terrifié à l'idée qu'une momie surgisse dans sa chambre. Le lendemain, il avait tout raconté à sa mère et Lilya, qui avait eu droit à un sacré savon, ne lui avait plus adressé la parole de la semaine.

Ici aussi, des fondations devaient s'étendre sous le gymnase, les salles de classe et le réfectoire. Et peut-être que les sous-sols recelaient également un tunnel comme celui que Lilya avait évoqué pour lui ficher encore plus la trouille ; elle avait même juré que c'était par là que les momies sortaient la nuit.

Le professeur de gymnastique siffle la fin du match. Valentyn qui n'a pas suivi un échange a réussi néanmoins à compter dans sa tête les cris qui se sont élevés à chaque panier marqué. Il proclame la victoire de l'équipe adverse, juste pour emmerder son copain. Personne ne conteste le score qu'il annonce, puisque au pensionnat la contestation n'est pas autorisée.

Il range son carnet et sort de son cartable le livre d'histoire et géographie, certifiés par le ministère de l'Éducation russe ; son prochain cours.

Les enfants se sont remis en rang dans la galerie. Valentyn s'arrête en chemin pour observer le jardin interdit. Son regard se dirige vers la galerie interdite, il repère une trappe au sol qui ressemble à celles que l'on voit sur les trottoirs, couvrant les escaliers qui descendent vers les égouts ou des stations de métro désaffectées.

Une main se pose sur son épaule et le fait sursauter.

— Tu viens ? demande son copain. C'est dingue d'être à ce point dans la lune !

Valentyn hausse les épaules et se joint aux autres.

*

Ce n'est pas la leçon la plus ennuyeuse de la journée. Le professeur d'histoire parle autant avec les mains qu'avec la voix, ça rend les choses plus vivantes. Quand sonne l'intercours, Valentyn s'arrête devant son bureau pour lui poser une question. *Est-ce qu'il y a une bibliothèque où l'on peut trouver d'autres livres* que ceux qu'on lui a remis ?

— Quel genre de livres ? interroge le professeur.

Valentyn griffonne la réponse, certain qu'elle lui donnera accès à ce qu'il cherche. *Des livres d'histoires anciennes*, a-t-il écrit. Le professeur lui demande s'il s'intéresse à une époque particulière et Valentyn répond qu'il aime les vieux siècles. Un terme qui amuse l'enseignant. *Quand on construisait de grandes églises, des monastères ou même des cathédrales, mais j'aime aussi les châteaux forts*, rédige-t-il encore.

— Alors, c'est l'architecture qui te passionne ?

Valentyn fait oui de la tête et le professeur lui explique qu'il n'y a pas d'autres livres en salle d'étude que ceux correspondant aux programmes scolaires dispensés dans l'établissement, mais il a peut-être chez lui quelques ouvrages pour nourrir la curiosité de son élève. S'il réussit à remettre la main dessus, il les lui apportera.

— File, tu vas être en retard, conclut le professeur, intrigué par ce garçon silencieux et pourtant plus bavard que les autres ; un enfant qui sort de l'ordinaire.

*

La marchroutka s'est arrêtée à cent mètres de l'hôpital ; Veronika jette un coup d'œil à sa montre. Elle a deux heures de retard sur l'horaire convenu. La circulation aux abords de Kyiv a été infernale, à cause des colonnes militaires qui circulent sur les routes.

Elle court vers sa destination, craignant que l'infirmière, qui a bien voulu admettre le fermier dans son service, n'ait terminé sa garde ; sans la complicité de sa consœur, les chances d'obtenir un bon de sortie passé 18 heures seront bien minces. Elle arrive essoufflée devant le sas des urgences, une voix l'arrête dans sa course.

— Et c'est seulement maintenant que vous arrivez ?

Danylo apparaît derrière une colonne, il tire une dernière taffe sur son mégot de cigarette, l'envoie au loin d'une pichenette et s'approche. Veronika tente de se faire pardonner en affichant un air confus.

— Et heureusement que je me suis occupé des papiers. Et grâce à moi il est déjà sur sa civière. Et à cause de vous, il poireaute dans le hall depuis un bon bout de temps.

— Je sais, répond Veronika, j'ai fait de mon mieux.

— Et c'est ça votre mieux ? demande Danylo. Et moi je dis qu'on devrait se dépêcher, parce qu'on n'est pas rentrés ; surtout qu'il faudra s'arrêter à un moment pour manger.

Danylo entre dans le sas, réapparaît presque aussitôt en poussant le brancard à roulettes.

*

La veille, Veronika s'apprêtait à prendre le volant de l'ambulance garée sur le parking du dispensaire quand Danylo l'avait interpellée depuis le banc où il était assis. Il avait jeté sa cigarette toujours avec le même geste, avant de lui demander si elle comptait aller loin avec cette vieille guimbarde.

Une heure plus tôt, Veronika avait déjà menti à Lilya, laissant un petit mot sur la table de la cuisine avant de quitter leur maison à l'aube.

Ma chérie,

Une collègue est malade, je suis obligée d'assurer sa garde de nuit. Je ferai tout mon possible pour repasser demain matin t'embrasser à ton réveil. Si je n'y arrive pas, je dormirai quelques heures là-bas et enchaînerai ma journée.

Il y a tout ce dont tu as besoin dans le réfrigérateur, et je te laisse un peu d'argent au cas où il te faille acheter quelque chose. Quatre cents hryvnias, c'est tout ce que contient mon porte-monnaie.

À demain, mon cœur ;
Sois prudente et je t'en prie, ne sors pas de la maison.

Ta maman qui t'aime,
mais ça, tu ne le sais que trop.

Il lui avait tellement coûté de faire une promesse intenable à sa fille, même pour justifier son absence et lui épargner de s'inquiéter encore plus, que face à Danylo, Veronika s'était retrouvée incapable de ne pas dire la vérité.

— Et vous voulez faire seule un voyage pareil, avec un blessé en plus ? Et vous êtes devenue complètement timbrée ou vous êtes juste inconsciente ? Et si l'ambulance tombe en panne, c'est vous qui allez la réparer sur le bord de la route ? Et quand vous tomberez de fatigue, c'est le fermier qui conduira ? Et vous connaissez les routes les plus sûres ? Et vous savez comment vous y prendre pour passer les contrôles ?

— Je n'ai pas pensé à tous ces détails, avait avoué Veronika.

— Et ça me donne des ordres à longueur de journée ! avait rouspété Danylo, en fourrant ses mains dans les poches avant de repartir vers le dispensaire.

Le temps que Veronika démarre et se range devant l'entrée, il était ressorti du dispensaire, poussant le fermier sur un brancard. D'un coup de pied, il avait rétracté les roues et calé la civière sur les rails, comme s'il avait fait ça toute sa vie. Sans rien dire, il s'était assis sur le siège passager. Veronika la main sur la clé de contact, l'avait regardé sans comprendre ce qu'il voulait.

— Et le départ, c'est pour maintenant ou demain ? avait-il demandé.

Ceux qui s'arrêtaient aux tics de langage de Danylo auraient aussi pu aussi admirer son pragmatisme. Lors des barrages, et ils en rencontrèrent trois, les papiers présentés par Veronika avaient laissé de marbre les soldats qui les contrôlaient. La signature de l'officier avait eu moins d'effet que les cigarettes que Danylo avait glissées par la vitre. Un paquet entier y était passé. Plus tard, quand le capot s'était mis à trembler, il avait ordonné à Veronika de s'arrêter immédiatement. Il avait resserré la courroie du ventilateur avant qu'elle se déchire et ils étaient repartis dès la réparation effectuée.

Lorsque les paupières de Veronika s'étaient fermées, Danylo avait attrapé le volant, pour remettre l'ambulance dans le droit chemin ; et il avait conduit six heures durant, fumant ses cigarettes pendant que ses deux passagers dormaient.

*

Ce soir, rentrer en zone occupée serait encore plus périlleux que d'en être sorti. À l'aller, le voyage s'était effectué de jour. La plupart des combats avaient lieu la nuit, ce qui les obligerait à rouler tous feux éteints.

Depuis qu'elle avait été réquisitionnée pour participer à une opération qui l'avait marquée à jamais, Veronika ne supportait plus de rouler la nuit. Les envahisseurs avaient accepté un échange de corps. Un Ukrainien contre un soldat russe. Les camions frigorifiques portaient tous une identification spéciale, un panneau posé sur le pare-brise affichant en gros caractères le nombre 200. Veronika n'avait jamais connu l'explication de ce symbole, mais on lui avait raconté qu'il était là pour empêcher qu'un missile les vise. Les Russes étaient convenus qu'il n'y avait pas grand intérêt pour eux à tirer sur des morts.

Un membre du personnel médical devait accompagner le convoi pour attester de la prise en charge des housses mortuaires qui seraient acheminées vers différentes villes où les dépouilles seraient identifiées avant d'être remises à leur famille. On l'avait désignée.

*

Hantée par ce souvenir, Veronika n'arrive pas à tourner la clé de contact, sa main tremble. Danylo voit tout de suite que quelque chose ne va pas.

— Et si je conduisais jusqu'à l'aube, puisque j'ai passé une bonne partie de la journée à pioncer sur un banc ? Et vous, pendant ce temps-là, vous reprendrez des forces. Et dès qu'il fera à peu près jour, vous me remplacerez au volant.

Le fermier, qui a mieux dormi à l'hôpital de Kyiv que dans la salle commune du dispensaire, trouve l'idée excellente. Il a l'air très en forme, peut-être est-ce l'idée de retrouver sa ferme demain qui le met de si bonne humeur. Une promesse est une promesse, rappelle-t-il à son infirmière quand elle s'installe côté passager.

— La plaie est presque cicatrisée, affirme-t-il.

Veronika le trouve plus habile menteur qu'elle et songe à lui demander conseil en la matière.

— Et alors, ce voyage en valait la peine ? s'enquiert Danylo en démarrant.

— Je n'ai pas trouvé grand-chose, à part cela, répond Veronika en montrant le portable que lui a confié Vital.

— Et dire qu'on a fait tous ces kilomètres pour un téléphone qui ne vaut pas un clou ! Et vous êtes au courant de la terrible nouvelle ? enchaîne-t-il.

Danylo lui apprend que les Russes ont bombardé le centre commercial de Krementchouk. On compte des centaines de morts et de blessés. Pour la plupart des femmes et des enfants, dont il ne reste rien. Eux n'auront même pas droit à des sacs mortuaires.

— Et les habitants font la queue pour donner leur sang, les autorités ont décrété trois jours de deuil, soupire Danylo.

Le fermier enrage. Il aurait préféré ne rien savoir. L'ambulance fait route vers l'est, le soleil vers l'ouest, le ciel se teinte déjà du parme crépusculaire.

7

Pour sa première journée de classe en pension, Valentyn a enchaîné les tests d'évaluation. L'intendante générale veut faire de son établissement une unité modèle. Elle n'est pas la seule à diriger un orphelinat de ce genre. Sa région en dénombre treize autres, les républiques autoproclamées au moins quatre fois plus et d'autres s'aménagent chaque mois dans presque tous les oblasts ; une quinzaine déjà, rien que pour celui de Moscou.

Ici, l'échec scolaire n'est pas toléré ; pour cela, les enfants sont intégrés dans des classes en fonction de leurs aptitudes et non de leur âge. Meilleurs seront leurs résultats et mieux sera-t-elle elle-même notée par le gouverneur. L'intendante générale nourrit l'espoir de recevoir un jour les félicitations de Moscou. Se voir attribuer la médaille des héros serait une consécration. Le président a récemment décoré devant les caméras de télévision une institutrice d'une école rurale. Il a lui-même accroché la médaille sur sa poitrine. Un tel honneur pourrait aussi lui revenir, avec toute la peine qu'elle se donne, ce ne serait que justice.

Assise à son bureau, au dernier étage d'une tour aux allures de petit campanile, elle étudie les relevés d'évaluation, forme à droite une pile avec ceux des élèves qu'il faudra rétrograder et qui devront faire plus de devoirs que les autres. Un enfant a obtenu vingt sur vingt dans toutes les matières. La nouvelle la réjouit, elle qui n'a de goût que pour l'excellence. Elle suivra son parcours avec une attention particulière et, dès demain, elle ira l'observer de plus près. Grâce à elle, le jeune Valentyn Khodova pourrait aller très loin. L'intendante générale voit sa mission prendre tout son sens : rééduquer des petits Ukrainiens pour en faire de grands Russes.

On entend dans le réfectoire le concert des voix d'enfants rythmé par le bruit des couverts. À l'heure du dîner, il est autorisé de parler à table. Le copain de Valentyn se plaint de la douche. Il déteste se mettre à poil devant les autres. Valentyn écrit qu'il n'y a pas que les douches qui sont détestables ici.

La faim a eu raison de sa résistance, il dévore ce qu'il y a dans son assiette. Du rosbif accompagné d'une purée si épaisse qu'il doit la couper au couteau. Les femmes qui leur servent le repas sont souriantes et braves, elles garnissent plus généreusement les assiettes de ceux qu'elles trouvent trop maigres. Les surveillants sont moins aimables. Ils veillent au grain et l'ordre règne. *Nous ne serons jamais ici chez nous*, griffonne Valentyn. Il va *élaborer un plan*, ajoute-t-il en levant les yeux vers les grandes fenêtres noircies par la nuit. Se faire la belle pour ne plus devoir se savonner devant d'autres enfants ne déplairait pas à son copain, c'est seulement le courage qui lui manque. Imaginer une éventuelle évasion lui fiche déjà une peur bleue. Il se sait fragile, dans sa tête et dans son corps ; peut-être parce que sa mère le lui a répété trop souvent. L'éducation physique est pour lui un calvaire, surtout les jeux de ballon, à cause de ses lunettes. Le jour où il a cassé sa monture, sa mère en a pleuré de rage. Il aimerait bien s'autoriser à pleurer, il en a d'autant plus envie que sa famille lui manque, mais s'il se laisse aller, les autres s'en apercevront et il fera l'objet de moqueries. Se retrouver ici est peut-être la chance d'un nouveau départ. À défaut d'évasion, il rêve de ne plus être la risée de sa classe.

Pour le dessert, ils ont droit à une crème caramel. Le caramel est si amer que les cuisinières ont dû doubler la dose de sucre dans la crème. Le voisin de Valentyn lui montre qu'en malaxant les deux avec une fourchette, on obtient une sorte de bouillie pas si mauvaise que ça. Le copain applique aussitôt la recette avec son doigt, pour amuser la tablée.

Valentyn se fiche royalement de son dessert. Pendant que son copain faisait le clown, son couteau est tombé par terre et personne ne s'en est aperçu. La lame est si proche de son pied qu'il ne voit plus qu'elle. Sans réfléchir, il plonge pour refaire son lacet.

Penché ainsi, impossible de voir s'il est dans la ligne de mire d'un surveillant, et il a peu de temps pour évaluer les risques. Ramasser le couteau ne constituerait pas un crime, mais le dissimuler dans sa manche… Il préfère ne pas imaginer l'humiliation s'il se faisait prendre, encore moins la sanction encourue pour avoir volé une arme blanche. Valentyn a peur, mais l'occasion est trop belle, il étire le bras, saisit le couteau par la lame, et le glisse à l'intérieur de sa chaussure.

Le front en sueur et les joues écarlates, il se relève. Son copain s'étonne qu'il ait aussi chaud, parce que lui, c'est tout le contraire. Sûrement la fatigue, enchaîne-t-il, intarissable. Sa mère lui a dit qu'elle donne froid. D'ailleurs il n'est pas fâché de retrouver son lit et il bâille pour le prouver.

Le débit verbal de son copain fait ricaner Valentyn, s'il est aussi bavard c'est parce qu'il veut la ramener devant les autres. Parler lui donne une contenance et une fausse assurance.

L'intendante générale agite la cloche. Les enfants se lèvent et avancent en rang vers la sortie du réfectoire. En franchissant la porte, Valentyn éprouve une sensation désagréable, l'intendante générale a posé sa main sur ses cheveux et son sourire lui fait penser à ceux des personnages de films d'horreur dont sa sœur raffole ; quand l'un d'eux arbore un rictus carnassier avant de se transformer en monstre.

*

À peine le dortoir est-il plongé dans le noir, que Valentyn sent la terreur le gagner. Hier, son copain avait encore plus peur que lui et bien que ce ne soit pas généreux de penser cela, ça l'avait tout de même un peu réconforté. Ce soir, son copain respire lentement, comme ceux qui sont déjà partis au pays des rêves. Pour se réconforter, Valentyn fait le bilan de sa journée. Il a de quoi être fier de lui ; il n'a pas perdu son temps.

Non seulement il a déjà un plan en tête, mais il croit avoir trouvé le passage qui conduit vers les sous-sols de la pension. C'est surtout l'exploit du dîner qui le satisfait. Au moment d'enfiler son pyjama, il a réussi à glisser le couteau sous son matelas, sans que personne ne le voie. Il ignore encore ce qu'il en fera, mais il a la sensation de pouvoir affronter un danger.

En fermant les yeux, Valentyn pense aux siens. À cette heure, sa mère est probablement rentrée du dispensaire. Elle doit être avec Lilya dans la cuisine en train de se ronger les sangs à son sujet. Sa mère a sûrement préparé une tisane, Lilya fait ses devoirs. Puis elle ira se coucher. Si elle pense aussi fort à lui qu'il pense à elle, peut-être que leurs pensées se croiseront dans le ciel. Dans le doute, il serre fort les paupières. En silence, il lui souhaite bonne nuit et lui dit qu'il l'aime plus que tout au monde.

*

Danylo range l'ambulance le long de la route. Il a faim. Et comme il est prévoyant, il n'a pas quitté l'hôpital de Kyiv sans avoir emporté un panier de vivres. Des sandwichs, des paquets de chips, un thermos de café, du sucre, de quoi assurer au moins trois repas. Il a aussi pensé à acheter deux cartouches de cigarettes ; une pour lui, l'autre pour faciliter leurs passages aux contrôles. Les Russes seront méfiants en les voyant arriver de la zone libérée. Il y a de fortes chances qu'ils l'obligent à ôter sa chemise. C'est ce qu'ils font, pour s'assurer des intentions des civils qui circulent en voiture. Ils vérifient qu'ils ne se sont pas fait tatouer le blason de l'Ukraine, un trident encadré d'épis de blé, ou inscrire sur le torse *Slava Ukraini*. Un slogan dont l'origine remonte à la guerre d'indépendance de 1917. Un simple tatouage peut se transformer en arrêt de mort. Les Russes vous les arrachent au couteau après vous avoir tué, parfois avant. Ils vérifient aussi que les épaules ne portent pas de traces récentes d'une bandoulière de mitraillette.

Les bas-côtés sont trop dangereux pour s'y garer, à cause des mines que les envahisseurs ont enterrées avant de se replier. Les zones récemment libérées sont celles où il est le plus dangereux de s'arrêter.

Danylo ouvre son sac et offre un sandwich au fermier. Il regarde Veronika et hésite à la réveiller, elle a l'air si paisible.

— Elle a de la chance, je n'ai pas réussi à dormir une minute, soupire le fermier.

— Et ce n'est pas ma faute si la route est cahoteuse. Ce sont les véhicules militaires qui ont creusé des ornières, et puis même si la lune nous éclaire, rouler de nuit sans phares, eh bien ce n'est pas facile, croyez-moi.

— Je vous crois sur parole, mais ça n'a rien à voir avec votre façon de conduire, vous vous débrouillez plutôt bien. Seulement, je ne peux pas m'empêcher de penser à ce que vous avez raconté tout à l'heure.

— Et qu'est-ce que j'ai dit tout à l'heure pour vous tenir éveillé ?

— Ce centre commercial que les Russes ont bombardé. Comment peut-on commettre des atrocités pareilles ? À quoi pensait celui qui a appuyé sur le bouton ? Il savait forcément ce qu'il faisait, bon sang ! Attaquer des installations militaires, détruire nos ponts, nos routes, je peux encore comprendre, mais tuer des femmes et des enfants, décimer des familles entières qui allaient simplement faire leurs courses ! Et pourquoi ? Pourquoi ? répète le fermier d'une voix chevrotante.

— Eh bien, pour obéir à un ordre, parce que s'il avait refusé d'appuyer sur ce bouton, c'est lui qui y serait passé.

Le fermier ne dit plus rien, submergé par la tristesse. Il hausse les épaules et croque sans grand appétit dans son sandwich. Le raisonnement de Danylo est d'une logique imparable, même s'il excuse un salopard. Danylo glisse une cigarette entre ses lèvres, il en offre une au fermier qui ne fume plus depuis longtemps. Il craque une allumette, la flamme éclaire le bas de son visage, pas bien longtemps, car il l'éteint très vite.

— J'étais avec deux copains la première fois que j'ai fumé, on s'est fait surprendre par mon grand-père. Je pensais qu'il allait nous flanquer des gifles, et pour le coup on a été drôlement surpris. Il nous a juste fait jurer de ne jamais être à trois sur la même allumette.

— Et pourquoi donc ?

— Eh bien parce que ça porte malheur. Et c'est pas une superstition idiote, mais historique !

— Une superstition historique ? répète le fermier en ricanant.

— Eh oui ; la nuit dans les tranchées, pendant la guerre, celle de 14, je crois, le premier qui allumait sa clope permettait aux soldats d'en face de repérer la lueur de la flamme, avec le deuxième ils visaient et le troisième prenait le coup de feu.

— Remarquez, ce n'est pas nouveau que fumer peut être mortel, hein ? rétorque le fermier en lui faisant un petit clin d'œil.

Danylo se demande s'il se paie sa tête. Il tire une longue bouffée, la fumée qu'il exhale recouvre le pare-brise d'un halo gris avant de s'échapper par la vitre ouverte.

— Et encore, je n'ai pas tout raconté tout à l'heure, lâche-t-il.

Il se sent un peu coupable d'avoir empêché son passager de dormir, mais au moins, il lui tiendra compagnie. Il hésite et se décide à révéler ce qui est arrivé à Krementchouk quand les secours ont retrouvé une femme sous les décombres, près d'une petite fille agonisante. Les pompiers avaient réussi à la dégager, mais la femme avait refusé qu'ils l'extraient de l'enfer. Elle était restée là, tenant la main de l'enfant jusqu'à son dernier souffle, avant de mourir à son tour, asphyxiée par les fumées. Danylo ajoute qu'elle n'était pas la mère de la petite fille.

Le fermier a un haut-le-cœur. Il se demande ce qu'il aurait fait en de telles circonstances. Veronika ouvre les yeux, se redresse et jette à Danylo un regard plein de colère.

— Je peux savoir comment vous avez appris autant d'horreurs en si peu de temps ?

— Et qui a passé la moitié de sa journée à traîner dans un hôpital ? Et à écouter des histoires qu'il n'avait pas envie d'entendre ? rétorque-t-il, à ceux qui lui reprocheraient d'en avoir trop dit.

Sans le moindre appétit, Veronika prend le sandwich que Danylo a posé sur ses genoux. Elle pense à cette femme et à cette enfant qui la ramènent à Valentyn.

Danylo reprend la route. Si ses estimations sont exactes, ils entreront en zone occupée juste avant le lever du jour.

*

Ilga s'est retirée dans sa chambre depuis longtemps. Il est 2 heures du matin, Vital mène ses recherches, seul devant son écran. Il n'a fait que cela depuis le départ de Veronika. La ventilation qui renouvelle l'air du sous-sol produit un murmure lancinant. Vital relève la tête, les fauteuils autour de la table semblent occupés par des fantômes. Les messages codés de ses amis du Groupe 9 étaient plus fréquents quand Kyiv faisait l'objet de bombardements réguliers. Désormais les échanges se sont espacés, peut-être aussi parce qu'il n'y répondait pas toujours.

Mateo et Ekaterina ont prolongé leur lune de miel au Vietnam. L'enseignante de la faculté d'Oslo s'est offert une année sabbatique. Mateo, qui a tout sacrifié pour une cause noble, tente de se reconstruire sur ses terres de naissance. Le Vietnam est un pays sublime. Ekaterina ne se lasse pas de le parcourir. Parfois, Vital reçoit une carte postale, cachée dans un mail qui porte toujours une signature différente. En regardant la photo d'un paysage, il devine dans un jeu d'ombres, les silhouettes de ceux qui l'ont prise.

Janice, qui a repris le cours de sa vie à Tel-Aviv, jure ne plus avoir touché à une goutte d'alcool depuis le 24 février. Par solidarité envers lui, a-t-elle écrit ; mais le jour où le tyran sera déchu et la paix revenue, elle accourra au manoir pour partager une cuite mémorable.

Il y a trois mois, Ilga a découvert au matin, un paquet contenant du matériel informatique livré dans le plus grand anonymat sur les marches du perron. À l'intérieur, Vital a trouvé un porte-clés auquel était accrochée une petite tour Eiffel. La manière dont Maya a réussi à lui faire parvenir ces équipements intacts est une énigme qu'il n'a toujours pas élucidée.

Aucune nouvelle de Diego, son restaurant madrilène doit l'occuper entièrement, à moins que Cordelia ne soit la vraie raison de son silence.

La sœur de Diego manque à Vital à chaque instant de la journée ; un calcul qui ne tient pas compte des nuits où elle surgit dans ses rêves. Certains soirs, il se demande ce qui ne tourne pas rond chez lui. Quand le bonheur est entre vos mains, il faut être un imbécile pour le laisser filer. Dans son cas c'est encore pire, puisqu'il l'a chassé. Auprès d'elle, il oubliait être en fauteuil. Le jour où il a quitté Londres, elle a voulu l'accompagner en Ukraine, il a refusé parce que aimer, c'est vivre avec la peur de perdre l'autre et il savait que la guerre viendrait. Au moment de lui dire au revoir, il n'a pas trouvé les mots pour le lui avouer, et quand bien même, elle ne l'aurait pas écouté. Les relations à distance ne marchent pas ; puisqu'il l'abandonnait, il n'avait plus qu'à s'en tenir au silence, avait-elle hurlé avant de claquer la porte de son appartement.

Les mois ont passé ; est-ce qu'elle pense parfois à lui ou a-t-elle refait sa vie auprès d'un autre ? Ces questions le hantent souvent. Et soudain, sans avoir été annoncés, quelques mots anodins en espagnol, adressés d'un pays en paix, lui apportent un semblant de réponse.

Quand son frère Malik est parti au front, Vital a rejoint les rangs de l'Armée Numérique[1], des soldats invisibles ayant pour armes des claviers. Il travaille sur deux types de missions. Les premières consistent à perturber les infrastructures informatiques de l'ennemi. Attaques de serveurs, piratages des réseaux de télévision pour diffuser aux heures de grande écoute des reportages révélant les atrocités commises par les forces occupantes, les champs de bataille où reposent les conscrits morts pour avoir servi la folie du tyran, dans l'espoir de décourager ceux qui céderaient aux sirènes des propagandistes qui se succèdent sur les chaînes russes. Mais les opérations les plus fastidieuses consistent à traquer les biens que les proches du régime de Poutine ont dissimulés en Europe. Un travail de fourmi. Chaque fois qu'il identifie un navire de plaisance, un appartement luxueux, un hôtel particulier, des voitures prestigieuses, à Londres, Bruxelles, Rome ou Madrid, ou encore des avoirs dissimulés en actions d'entreprises, il fait remonter l'information pour que les saisies soient opérées. Il a accroché à son tableau de chasse un yacht stationné à Malaga arraisonné par la justice espagnole, un chalet à Courchevel, une propriété en Allemagne, des vignes en Italie et plusieurs portefeuilles de titres. Ses résultats sont le fruit d'investigations minutieuses, d'études et de recoupements qu'il effectue souvent en solitaire, parfois aidé d'un autre membre de l'IT Army. Vital s'est interdit d'impliquer ses amis du Groupe 9. Le risque est trop grand et cette guerre n'est pas la leur.

1. L'Armée Numérique, qui opère depuis le début du conflit porte le nom d'IT Army.

Depuis la visite de Veronika, il navigue sur les forums du Darknet, espérant trouver une piste qui le conduirait jusqu'à Valentyn. Être hackeur professionnel a quelques avantages, les relations qu'il a tissées au sein de l'IT Army en offrent d'autres. Des messages et des cartes régionales se sont échangés. Vital a pu localiser quarante-trois camps où sont détenus des enfants ukrainiens. Douze autour de la mer Noire, sept en Crimée occupée, dix dans les banlieues de Moscou, Kazan et Ekaterinbourg. Onze autres, implantés à plus de sept cents kilomètres de la frontière entre l'Ukraine et la Russie, dont deux en Sibérie et un en Extrême-Orient russe, dans l'oblast de Magadan, ce dernier étant trois fois plus proche des États-Unis que de l'Ukraine. À 1 heure du matin, les coordonnées d'un hôpital psychiatrique et d'un centre familial associés à la déportation d'orphelins lui sont parvenues. Valentyn a des parents, il n'a aucune raison de s'y trouver, Vital raie ces deux lieux de sa liste. Il s'intéresse à ceux d'Artek et Medvezhonov. Des camps de vacances où des parents ont envoyé leurs enfants sans imaginer un instant qu'on les y garderait en captivité. Ils affichaient complet avant le début de la guerre, alors Vital juge peu probable qu'ils accueillent de nouveaux arrivants. Les camps de Luchistyi et d'Orlyonok l'intriguent, ils ont coupé toute communication. Que se passe-t-il là-bas, dans quel état sont ces gamins perdus au bout du monde ?

À 3 heures du matin, Vital obtient la copie d'un rapport classé secret, assorti de la mention *Ne pas divulguer*. Une récompense, pour les services qu'il a rendus depuis le 24 février. Le monde des hackeurs a son code d'honneur.

Le dossier l'effare et confirme ce qu'il avait appris plus tôt de sources qui lui semblaient alors encore peu sûres. Le programme de déportation est instruit au plus haut niveau du gouvernement russe. Des dizaines de personnalités, fédérales, régionales et locales sont associées à son fonctionnement. Des centaines de fonctionnaires ont été mobilisés ; des logisticiens affectés au transport des enfants, par cars, trains, avions civils et militaires, des gestionnaires chargés de la collecte des fonds et des fournitures. Un département entier est consacré au développement de nouvelles installations. Depuis le début de l'invasion, seize mille enfants ont été kidnappés. La commissaire Maria Lvova-Belova ne compte pas s'en tenir là. Poutine lui a demandé de prendre des mesures supplémentaires pour identifier tous les mineurs vivant dans les territoires occupés. Des enfants qui, selon le dictateur, sont privés de soins parentaux adéquats. Il compte sur Maria Lvova-Belova pour accueillir dans les plus brefs délais deux cent mille nouveaux sujets de la Fédération de Russie. Valentyn est parmi eux.

Vital repousse son fauteuil en arrière. Il en a trop lu pour ce soir. Tenir la promesse faite à Veronika l'oblige à remettre certains principes en question. La tâche est trop vaste, l'enjeu trop important, pour jouer la partie en solo. Rallier ou non ses amis est un dilemme, annoncer à Cordelia qu'il a besoin d'elle est une décision encore plus difficile à prendre.

*

Le fermier s'accroche à sa civière. Danylo vient d'écraser la pédale de frein. Veronika se réveille en sursaut et croit qu'ils ont heurté un animal, mais Danylo montre les rougeoiements qui embrasent le ciel de l'autre côté du sous-bois, ils n'ont rien de commun avec les lumières de l'aube.

— Et ça canarde sec là-bas, dit-il, c'est trop dangereux d'avancer.

Veronika regarde sa montre. 5 heures du matin, ils accusent déjà beaucoup de retard à cause d'elle ; si la halte forcée se prolonge, elle ne sera pas rentrée avant le lever de sa fille. Lilya appellera sûrement le dispensaire et apprendra que sa mère est injoignable, en espérant que quelqu'un ne fasse pas de gaffe en lui révélant qu'elle manque à l'appel depuis hier matin.

— On est loin ? s'inquiète-t-elle.

— D'après mes calculs, encore cinq heures de route, enfin en temps normal, répond Danylo.

Des explosions se font entendre. Dix kilomètres, quinze, vingt ? Impossible d'estimer la distance des combats, les sons voyagent différemment la nuit.

— Quand ça bombarde, il ne fait pas bon rester dans un véhicule, remarque le fermier.

— Prendre un obus ici ou ailleurs, ça ne changera pas grand-chose, rétorque Danylo, qui dans le feu de l'action a perdu son tic de langage. Et puis je vous rappelle que vous n'êtes pas très mobile.

Veronika prend dans la boîte à gants la carte routière que le chirurgien lui a confiée. Danylo montre du doigt l'endroit où il pense qu'ils se trouvent. Hormis un hameau qui apparaît sous la forme d'un petit point noir, il n'y a que des champs dans ce coin, rien qui justifie que les Russes gaspillent leurs munitions.

— Eh ben alors, c'est peut-être les nôtres qui attaquent leurs positions pour reprendre du terrain.

Une hypothèse qui le réjouit. Veronika est hypnotisée par le grondement des explosions. Le silence revient, s'installe quelques minutes et à nouveau, des gerbes d'étincelles craquent et éclatent avant de retomber en pluie, éclairant les fumées qui se déploient dans le ciel.

Elle couvre ses oreilles et se souvient d'un soir semblable, lorsque les Russes ont traversé la frontière. Elle se souvient de ces pères de famille qui chargeaient sur le toit de leur voiture tout ce qu'ils pouvaient y entasser, d'autres qui siphonnaient leur tondeuse à gazon pour récupérer la moindre goutte d'essence ; elle se souvient de ceux qui restaient parce qu'ils ne savaient pas où aller ou parce qu'ils étaient convaincus qu'aucun envahisseur ne les délogerait de leur terre. Elle se souvient de ceux qui accouraient vers le dispensaire, les mains tremblantes. Elle connaît la noirceur du chaos, son odeur, ses bruits, la peur commune qu'il répand dans ses vents, son silence et l'attente, tout aussi terrifiants. Elle se souvient qu'elle était là pour entourer ses enfants, les protéger de ses bras quand les milices sont entrées dans sa ville.

Cette nuit, ils sont trois égarés dans l'orage. Un fermier, un ambulancier de fortune et une infirmière ; trois âmes perdues au milieu d'un monde détruit.

ШВИДКА МЕДИННА ДОПОМОГА

8

Lilya reste devant la fenêtre. Puisque sa mère est absente, rien ne lui interdit de puiser dans sa réserve de café. Plus que le goût, elle en aime l'odeur qui lui rappelle l'ambiance des matins de paix, quand la famille se retrouvait autour de petits déjeuners bavards, quand elle ne rêvait que de silence, ou mieux encore d'être autorisée à sortir pour retrouver ses amies. Elle promène son regard dans la pièce déserte. Avant, sa rue et la cour du collège étaient ses territoires, ses amies, le centre de son existence. Si les cours ne reprennent pas, elle va devenir folle.

Le café est brûlant, mais la chaleur lui rappelle qu'elle est en vie. Elle a faim, une envie soudaine de croquer des paskas, ces délicieux gâteaux que sa grand-mère cuisinait à Pâques. Elle pense qu'il vaut peut-être mieux qu'elle soit partie avant que tout cela n'arrive. Elle espère que du ciel elle veille sur Valentyn.

Une croix est dessinée au feutre rouge sur le calendrier mural. C'est aujourd'hui qu'elle doit aller faire la queue devant le centre de distribution et il vaut mieux s'y rendre tôt, sinon, il ne reste plus rien ou si peu. Sa mère a en horreur la charité, alors c'est toujours Lilya qui s'y colle. Elle ne sait jamais ce qu'elle va trouver ; les denrées que les Russes n'ont pas confisquées changent chaque semaine. Elle reviendra avec tout ce qu'elle pourra porter, des conserves, des céréales, de la farine et des produits d'hygiène.

Lilya repose sa tasse sur le buffet, à côté du napperon, elle la lavera plus tard ; et si sa mère se donne la peine de rentrer, ça lui fournira deux bonnes raisons de râler. Elle décroche le cabas qui pend à la patère, enfile son blouson.

Le vélo de son père encombre l'entrée, personne n'a eu le courage de le descendre à la cave. C'est d'autant plus agaçant qu'elle n'a pas le droit de s'en servir. Lilya en a assez des interdits. C'est un vélo, pas une relique ! Pourquoi porter le ravitaillement à bout de bras quand une selle et une sacoche s'offrent à vous ?

*

Elle remonte la rue en pédalant. À cette allure, elle sera parmi les premiers au point de distribution de la Croix-Rouge. La chaîne grince quand elle change de braquet, la selle est un peu trop haute, mais c'est grisant d'avoir les cheveux au vent. Elle ralentit en passant devant l'immeuble de Stefan. Elle aimerait bien sonner à l'interphone et lui demander de l'accompagner. Il doit dormir ; le temps qu'il s'habille et descende, elle perdrait son avance, et elle a besoin de dentifrice et d'une nouvelle brosse à dents.

En approchant de la mairie, elle aperçoit l'officier. Son portable à l'oreille, il fait les cent pas sur le trottoir d'en face ; il n'a pas l'air de bonne humeur. Elle ralentit l'allure sans le quitter des yeux. Elle réfléchit. Il a promis de lui donner des nouvelles de son frère, mais seulement « dans quelques jours » ; si elle l'aborde maintenant, il la congédiera. Elle continue sa course, se retourne vers l'officier alors qu'elle le dépasse, réfléchit encore. La roue avant oblique, le vélo zigzague, Lilya fait un roulé-boulé avant d'atterrir au milieu de la chaussée.

Le choc a été plus rude qu'elle ne l'imaginait, elle est un peu sonnée. Elle a pris un risque, mais combien de temps peut-on rester triste à crever sans prendre les choses en main, à quel moment devient-on complice du malheur si on ne fait rien pour qu'il cesse ?

L'officier écoute son interlocuteur d'une oreille distraite. La jeune cycliste ne s'est pas relevée. Des passants convergent vers le lieu de l'accident ; ils sont encore loin alors que lui se trouve aux premières loges. La situation le préoccupe, rester là à ne rien faire nourrirait les mauvaises langues qui accusent sa garnison de tous les maux. Il range son portable de service dans sa poche, fronce les sourcils, fait trois pas et s'agenouille devant Lilya.

Du sang s'écoule à l'endroit où son jean est troué, au genou. Ceux qui ont accouru forment un large cercle autour d'eux. L'officier saisit Lilya par le bras, l'aide à se relever et l'entraîne, claudicante, vers un banc. Elle ne dit rien, regarde sa blessure et retient ses larmes. Les passants hésitent, l'officier a pris la situation en main et intervenir reviendrait à défier son autorité, ils ont peur. Pourtant, jouer les secouristes ne relève pas de ses fonctions. Il tend un mouchoir à Lilya. Elle le regarde avec méfiance, il s'impatiente et applique le tissu sur la plaie. Lilya pousse un cri et le lui ôte des mains. Son silence devient embarrassant, plus encore maintenant que des larmes ruissellent sur ses joues. Il n'aime pas que les gens l'observent, il a l'impression de passer un examen. Qu'est-ce qu'ils attendent de lui ? Si elle s'était cassé la jambe, elle aurait hurlé de douleur quand il l'a relevée. On ne va pas faire un drame pour une entaille au genou.

— Tu as si mal que ça ?

Lilya ne répond pas. La foule est attentive. L'officier a un visage de brute qui semble taillé à la hache, mais le désarroi dans ses yeux ravit Lilya.

— Arrête de pleurnicher, dit-il en lui tapotant l'épaule.

Elle redresse la tête et montre ostensiblement son chagrin à tout le monde. Les murmures s'amplifient. Sûrement pour moquer son incompétence, pense l'officier. Sa vanité en prend un coup.

— Bon, rouspète l'officier, je vais te donner une bonne raison de sécher tes larmes. Ton frère est dans un centre pour enfants à environ cent kilomètres au sud, il est en sécurité et il va bien. Tu vois, j'ai tenu ma promesse, maintenant sois courageuse et va faire soigner cette blessure.

Rien de grave, lance-t-il ensuite à la foule en se levant. Plus de peur que de mal. Allez-vous-en, il n'y a vraiment rien d'extraordinaire à voir.

Les badauds obéissent et se dispersent, la rue se vide ; il repart, satisfait. Lilya le suit des yeux. Quand il entre dans la mairie, elle arbore un sourire malicieux.

— Je t'ai eu, connard, lâche-t-elle en abandonnant le mouchoir sur le banc, à la place où était assis l'officier.

*

Une longue file s'est déjà formée devant le point de distribution. Lilya aperçoit Stefan, ce qui la réjouit d'autant plus qu'il est parmi les premiers devant la porte du local. Elle se dirige vers lui et s'accroche à son bras.

— Désolée de t'avoir fait attendre, je suis tombée de vélo.

— C'est pour passer devant tout le monde que tu me prends par le bras ? chuchote Stefan.

Elle lève les yeux au ciel et montre la déchirure ensanglantée sur son jean.

— Ne fais pas cette tête, c'est juste un peu de sang.

— Peut-être, mais tu n'as pas bonne mine.

— Normal, je n'ai pas beaucoup dormi ces derniers jours.

Stefan la regarde ; il regrette d'avoir enchaîné les impairs.

— Je suis désolé pour ton frère.

— Qui t'en a parlé ? demande Lilya.

— Pas toi en tout cas.

— Qu'est-ce que tu voulais ? Que j'abandonne ma mère pour venir t'annoncer que mon frère avait été enlevé ?

— Ta mère n'est jamais là ; tu me le répètes assez. Tout le monde en a parlé dans le quartier, je pensais que tu me ferais assez confiance pour me dire ce qui t'était arrivé.

— C'est à Valentyn qu'il est arrivé quelque chose, répond sèchement Lilya.

Stefan hoche la tête, cette fois il préfère se taire.

— Ce n'est pas ce que je voulais dire, s'excuse Lilya, pas comme ça en tout cas. Arrête de faire la tête. Sur le chemin du retour, je te confierai un secret.

— Quel genre de secret ?

— Sur le chemin du retour !

La porte s'ouvre, Stefan accompagne Lilya de table en table. Elle remplit son cabas à ras bord, l'aide humanitaire a été généreuse cette semaine, mais hélas, elle ne trouve pas de brosse à dents.

— Tu saignes quand même beaucoup, s'inquiète Stefan en lui prenant son cabas des mains, je t'emmène au dispensaire.

— Hors de question, si ma mère me voit, elle va me tuer, j'ai pris le vélo de papa.

— Tu vas te faire soigner, pas tuer, viens, ne discute pas.

*

Ce matin, l'intendante générale n'était pas devant la porte du dortoir quand les enfants en sont sortis. Elle est encore absente au moment où ils se réunissent pour chanter l'hymne. Les surveillants échangent des confidences. Des chuchotements qui font naître sur leurs visages des expressions affligées. Valentyn, auquel aucun détail n'échappe, se demande ce qui a bien pu se passer.

Il l'apprend en cours de mathématiques. La voiture de l'intendante générale est tombée en panne, ce sont des choses qui arrivent avec les véhicules européens, explique le professeur. Pour faire taire les murmures, il rassure ses élèves. L'incident ne s'est pas produit très loin. Un membre du personnel s'est rendu sur place pour la prendre en remorque. Ils ne tarderont plus à arriver ; elle viendra saluer les élèves à la cantine.

Valentyn a une idée. Il la retranscrit sur une feuille vierge qu'il arrache à son cahier de classe, plie et cache dans sa poche.

Le professeur se déplace entre les pupitres pour distribuer les copies annotées.

— Excellent, dit-il à Valentyn en lui rendant la sienne.

Valentyn aurait préféré qu'il ne le félicite pas. Ses camarades de classe le fixent et leurs regards envieux n'ont rien de rassurant. Il rougit, se livre à une mimique pour s'excuser, espérant qu'un autre élève se sera aussi distingué. Son copain lève les yeux au ciel et se penche sur le problème du jour inscrit au tableau noir.

À l'intercours, son copain le rattrape dans le couloir.

— C'est pas malin de te faire remarquer. J'ai entendu des trucs et je crois que certains t'ont déjà dans le collimateur.

Difficile à avaler. Et quand bien même Valentyn aurait eu les moyens de se justifier, que répondre à cela, sinon qu'il se moque de ce que les uns ou les autres pensent de lui. Il a neuf ans et n'a aucune envie de se sentir encore plus seul. Mais au moins, le projet qu'il a en tête lui tiendra compagnie.

— Ben, t'en va pas comme ça, lui crie son copain, je suis de ton côté, on est dans le même bain tous les deux.

Ça reste à voir, pense Valentyn en entrant en cours d'histoire-géographie.

*

En chemin, une longue négociation s'engage, où chacun doit faire des concessions. Stefan récupère le vélo. Une belle rayure apparaît sur le cadre, heureusement pour Lilya, du côté où il repose contre le mur. Stefan accroche les deux cabas au guidon et suit Lilya jusque chez elle.

Maintenant que l'objet du délit a retrouvé sa place, elle accepte de se rendre au dispensaire, mais à une autre condition. Elle attendra sur le parking pendant que Stefan ira s'assurer que sa mère ne traîne pas dans les parages.

Il revient peu après avec une bonne nouvelle, l'aide-soignante qu'il a rencontrée à l'accueil lui a dit d'un ton sans équivoque que l'infirmière en chef était au bloc et n'en sortirait pas avant longtemps. Rassurée, Lilya entre à son tour.

L'aide-soignante s'avance vers elle dès qu'elle l'aperçoit.

— Dans quel état tu t'es mise ? Entre ! Qu'est-ce que tu attends ?

— Jurez-moi d'abord que vous ne direz rien à ma mère, sinon je m'en vais.

— Tu l'avais envoyé en repérage ? grogne l'aide-soignante en fusillant Stefan du regard.

— Jurez-le ! insiste Lilya.

— Viens t'allonger sur cette table au lieu de dire des bêtises. Tu as déjà dû apprendre par ton espion que je ne peux pas la déranger. Tu as de la chance d'être tombée sur moi ! Comment t'es-tu fait ça ?

— Une chute à vélo, répond Stefan.

— C'est à elle que je m'adresse, elle ne s'est pas coupé la langue que je sache. Toi, je te reconnais, tu es le fils de M. Vasylyk, n'est-ce pas ?

Stefan acquiesce de la tête. L'infirmière s'adoucit, Vasylyk est un bon menuisier et un homme honnête. Avant la guerre, il vendait ses meubles le dimanche sur la place du marché à des prix raisonnables.

— Veronika sera furieuse après moi.

— Si vous ne lui en parlez pas, elle ne sera pas furieuse.

— Plie et déplie ta jambe, ordonne l'aide-soignante.

Lilya s'exécute, elle grimace un peu, sa plaie saigne encore.

— Rien de cassé, heureusement, mais je ne peux pas me contenter d'un bandage, l'entaille est trop profonde. Il faut recoudre, deux points, au minimum.

La suture ne se fera pas sans douleur, prévient l'aide-soignante ; il n'y a pas suffisamment d'anesthésiques pour les utiliser quand ils ne sont pas indispensables ; elle pourrait bénéficier d'un régime de faveur, mais il n'est pas question de lui faire une injection sans l'aval de sa mère.

Lilya préfère de loin la souffrance à l'aveu. L'aiguille qui traverse la chair lui fait un mal de chien ; elle serre les dents, aussi fort que la main que lui a tendue Stefan. Le deuxième point est encore plus redoutable. Lilya lâche une bordée de jurons.

— C'est fou ce que tu ressembles à ta maman, dit l'aide-soignante en posant un pansement.

Elle se dirige vers la paillasse pour nettoyer son matériel, Lilya se penche vers Stefan et, dans le creux de l'oreille, lui confie une mission. Il la regarde de travers et rejoint l'aide-soignante qu'il entraîne à l'écart. Stefan use de tout son charme pour la convaincre de ne pas signaler l'incident. Il promet que Lilya ne remontera pas sur un vélo avant au moins deux semaines, et ne se livrera à aucune activité qui puisse rompre les points.

L'aide-soignante retourne vers Lilya, pose sa main sur son front, l'observe attentivement et rassurée, les congédie tous deux.

— Alors, ce secret ? demande Stefan en bas de son immeuble.

Lilya le regarde avec une intensité étrange.

— On a largement dépassé le chemin du retour, ajoute-t-il.

Elle se hisse sur la pointe des pieds et pose un baiser sur ses lèvres.

— Ne dis rien, tu vas tout gâcher, murmure-t-elle. Tu me montres ta chambre ?

— Ma mère est là, bafouille-t-il.

— Ne sois pas idiot, je ne vais pas te sauter dessus. Je veux juste voir à quoi elle ressemble.

— Ma mère ?

— Ta chambre. Tu m'en veux de t'avoir embrassé ?

— Non, évidemment. Si c'était ça ton secret, j'avais le même, depuis longtemps.

— Ça, mon vieux, c'était pas du tout un secret.

*

Il a suffi qu'un professeur le distingue pour qu'il devienne persona non grata, à moins que sa particularité n'ait fait de lui un paria dès le début. À table, personne ne lui a adressé la parole ; même son copain a pris ses distances, et s'assied deux places plus loin, la tête baissée sur son assiette pendant tout le repas, sans jamais oser le regarder. La peur fait commettre de petites lâchetés, qui ne cessent de grandir. Valentyn est blessé, mais il n'a jamais eu à se soucier de meubler les silences. Il en connaît un qui regrettera bientôt son comportement.

La cloche sonne. Les élèves se mettent en rang et se dirigent vers la sortie. Valentyn retient entre ses doigts la feuille pliée au fond de sa poche. Il est sur le qui-vive, il n'aura que quelques secondes pour exécuter son plan.

L'intendante générale, moins apprêtée que d'ordinaire avec son chignon de travers, a retrouvé son poste devant la porte. Quinze mètres, cinq, Valentyn fait un pas de côté, lui remet discrètement le papier et rentre aussitôt dans le rang.

Intriguée, elle lit le mot et regarde les enfants qui s'éloignent.

— Arrêtez-vous un instant, ordonne-t-elle au surveillant qui les accompagne.

La colonne stoppe net. Valentyn serre les poings, il risque gros sur ce coup. Pas de quoi lui donner envie de sourire, même si ça l'amuse quand même un peu d'avoir enfin mis un visage sur la télécommande qui actionne les robots.

L'intendante générale remonte la file et s'arrête devant lui.

— Alors comme ça, tu t'y connais en moteurs ?

Un lien privilégié avec la haute autorité ne va pas améliorer sa cote de popularité. Ce n'est pas le moment de la ramener, alors il se contente de hausser les épaules.

— Après tout, enchaîne-t-elle, je voulais justement passer un peu de temps avec toi. Suis-moi et allons voir ce dont tu es capable.

C'est tentant de découvrir où elle l'emmène, mais le moindre manquement à la discipline fait l'objet de sanctions et aucun enfant n'ose se retourner.

L'intendante générale ouvre la marche, traverse le hall et déverrouille la porte qui donne sur la cour extérieure. Quand la berline a déposé Valentyn et son copain, il faisait nuit. De jour, la cour lui paraît plus grande, les grilles d'enceinte plus hautes, le portail plus sinistre. L'intendante tourne sur sa gauche, avançant à grands pas vers un préau où les jardiniers entreposent leur matériel. Le surveillant qui s'est précipité à son secours a été plus zélé que jamais. Non content d'avoir remorqué sa voiture, il l'a mise à l'abri dans la remise. L'intendante générale s'installe au volant et tourne la clé de contact. Le moteur tousse, produit quelques ratés et s'en tient là.

— Comme tu peux le constater, il n'est pas très obéissant aujourd'hui.

Valentyn repère une boîte à outils posée sur un établi, il s'en approche et lance un regard à l'intendante générale qui l'autorise à faire ce que bon lui semble. Il pense avoir une petite idée sur la nature du problème ; l'intendante générale esquisse un sourire narquois, qui laisse supposer qu'elle l'attend au tournant. Valentyn se penche dans l'habitacle et tire sur la poignée du capot. L'intendante générale s'interpose dès qu'il s'apprête à l'ouvrir.

— C'est trop lourd pour toi, tu ne voudrais pas te faire écraser les doigts.

Sa condescendance est horripilante, mais Valentyn obéit et recule. Maintenant que la béquille de sécurité est en place, elle l'autorise à s'approcher. Il attrape la caisse à outils et se refuse à trahir le moindre effort en la soulevant, afin de prouver qu'il était assez costaud pour soulever le capot. Il doit quand même la porter à deux mains. Il la repose devant le pare-chocs, grimpe dessus, se penche sur le moteur et l'étudie avec la rigueur d'un médecin qui ausculte un patient.

L'intendante générale l'observe, troublée par cet enfant qui s'exprime mieux avec ses gestes et ses mimiques que bien des garçons de son âge ne le font avec des mots. Un gamin de neuf ans n'est théoriquement pas apte à réparer un moteur, et pourtant, là, elle pressent le contraire.

Valentyn s'empare d'une clé à molette. Leçon numéro un : détacher le câble noir relié à la batterie pour ne pas s'électrocuter. Il resserre la clé sur l'écrou et pousse de toutes ses forces sur le manche ; pas question d'échouer à cause d'une vieille pièce de métal grippée. S'il arrive à remettre la voiture en état de marche, il marquera des points, il en est certain ; et il aura franchi une étape importante. Son père ne lui a pas seulement donné des cours de mécanique, il l'a aussi instruit sur les vertus de la confiance gagnée. L'intendante générale le voit peiner et propose son aide. Lutter à ses côtés contre un écrou récalcitrant lui donne la sensation d'être devenue sa complice. D'ailleurs, quand la pièce cède, elle applaudit.

Valentyn ne se laisse pas distraire, il saisit un tournevis, écarte le delco de son socle et réfléchit. La Coccinelle s'encrassait souvent, et si son diagnostic est bon, il sait exactement ce qu'il faut faire, à condition de se souvenir de la leçon numéro deux.

Soudain, une bouffée de chaleur irradie sa poitrine. Son père est en vie, il sent sa présence, comme s'il était penché sur son épaule. Il l'entend murmurer ses conseils. *Procéder dans le bon ordre, une bougie après l'autre pour ne pas se tromper au moment de les remettre en place. Sinon le moteur ne redémarrera jamais.*

Valentyn est si calme, si sûr de lui que l'intendante générale est fascinée. Il ôte délicatement le premier capuchon, fouille à nouveau la caisse, sort la clé qui lui semble être la bonne et dévisse la bougie. Il a repéré une vieille lime pour nettoyer l'électrode et il s'applique à lui redonner sa couleur de métal argenté ; après quoi, il l'essuie et la revisse dans son logement, remet le capuchon en place et enchaîne avec la suivante.

Quinze minutes plus tard, l'intendante générale reprend sa place derrière le volant. Elle tourne la clé de contact, le moteur tousse, Valentyn retient son souffle. Deuxième essai, le moteur tousse encore, crache une fumée noire par le pot d'échappement avant de se mettre à ronronner comme un vieux chat tubard.

— Bravo ! applaudit l'intendante générale. Grâce à toi, je vais pouvoir rentrer chez moi ce soir, je te dois une fière chandelle !

Ça fait bien rigoler Valentyn, qu'elle ne fasse pas la différence entre une bougie et une chandelle. Il est en sueur, ses mains sont couvertes de cambouis, mais il n'est pas mécontent d'avoir appris qu'elle ne passe pas ses nuits dans la pension. Le moment venu, cette information pourra lui être utile.

Il obtient son trophée quand elle l'invite à venir se débarbouiller dans son bureau. Il va pouvoir visiter la tour qui s'élève dans un angle de l'aile interdite.

9

Deux heures après s'être embrasé, le ciel avait retrouvé sa noirceur. Deux heures passées aux portes de l'enfer pendant lesquelles Danylo n'avait pas dit un mot. Un record. Le fermier avait tenté d'apaiser Veronika en lançant des boutades. Sans succès.

À 5 heures du matin, le calme revenu, les trois occupants de l'ambulance furent incapables de prendre une décision. Leur désarroi perdura jusqu'aux premières lueurs de l'aube.

Et qu'est ce qu'on fait maintenant ?

— On continue, je ne vois pas d'autre option, avait répondu le fermier à Danylo.

— Et si les Russes ont paré l'attaque, ils vont tirer sur tout ce qui bouge.

— Personne n'a pu survivre à ce déluge de feu, ce doit être une boucherie là-bas, avait soupiré Veronika.

— Que Dieu vous entende ! lui avait répondu le fermier en se signant.

Danylo remit l'ambulance sur la route avant de s'enfoncer dans le sous-bois. Durant les premiers kilomètres, tout leur parut normal, bien qu'on n'entendît pas un chant d'oiseau. Vinrent des champs, qui s'étendaient à perte de vue. Aucun corps aux abords de la route, ni de véhicule calciné, aucune trace de combat. Seule une épaisse fumée noire s'élevant au bout d'un chemin de terre témoignait de la nature de l'attaque. Des drones avaient frappé un dépôt de munitions installé par les Russes aux abords du sous-bois.

— Il devait y avoir un sacré paquet de bombes pour provoquer ce feu d'artifice, avait lâché le fermier.

— Et des obus, et des mines, et peut-être même quelques missiles, avait surenchéri Danylo, ravi que l'ennemi ait perdu tant de munitions.

Veronika regarda sa montre et le supplia de rouler aussi vite que possible. Si on ne leur faisait pas d'ennuis au poste de contrôle, ils arriveraient peu avant midi.

En chemin, ils croisèrent deux colonnes de véhicules militaires se dirigeant probablement vers l'endroit où l'offensive avait eu lieu. Les Russes ne prêtèrent aucune attention à une ambulance qui roulait à tombeau ouvert vers la zone occupée. Peut-être avaient-ils supposé qu'elle convoyait l'un des leurs, idem pour les soldats qui les laissèrent franchir le barrage.

*

En entrant dans la ville, le fermier se frotte les mains. Il déjeunera chez lui et d'une autre cuisine que celle du dispensaire. Veronika suggère qu'on le dépose en premier ;

après le service qu'il a rendu, c'est la moindre des choses. Danylo doit ralentir sur le chemin raviné qui mène à la ferme.

— Je ne sais vraiment pas comment vous remercier, dit Veronika.

— C'est moi qui devrais vous remercier pour cette petite balade. J'ai pu voir du pays, c'était plus distrayant que de me faire chier dans votre dispensaire.

— Vous savez très bien de quoi je parle.

— Tout ce que je sais, c'est que je vais reprendre deux fois de ce que ma femme voudra bien me servir à déjeuner. Votre chirurgien a dû m'ôter un sacré morceau de gras, je n'ai jamais eu le ventre aussi plat, dit-il en tapotant sa bedaine. Et si vous voulez me tenir compagnie à table, vous êtes les bienvenus.

— Pas à table ! Vous ne quitterez pas votre lit pendant encore au moins huit jours, sinon, je vous ramène illico au dispensaire, ordonne Veronika, l'air menaçant.

Danylo arrête l'ambulance devant la maison. La femme du fermier apparaît aussitôt, son fils a pris appui sur son épaule. Pendant que Danylo descend la civière, Veronika les observe. Ils savent ce qu'ils se doivent, mais en Ukraine l'essentiel est de garder le sourire. Des mains s'agitent pour se dire au revoir. Quand le courage est humble, il ne reste que la pudeur.

— Et maintenant, direction le dispensaire ! s'exclame Danylo.

— Non, répond Veronika, je vais retrouver Lilya, elle ne m'a jamais autant manqué que pendant ces deux jours.

Les doigts de Danylo pianotent sur le levier de vitesses, Veronika pose sa main sur la sienne. Il la regarde et sourit pour la première fois. Son visage édenté est magnifique.

— Et ne dites rien. Demain, quand vous reprendrez votre service, vous redeviendrez l'infirmière en chef du dispensaire, avec son sacré caractère et ses coups de gueule. Et moi, je ne serai plus que le gars de l'entretien. Ce n'était pas un voyage d'agrément, mais je suis heureux qu'on ait eu enfin la chance de se connaître. Et puis j'espère que vous avez obtenu ce que vous êtes allée chercher. Et… il faut que je vous avoue quelque chose. Pendant que je vous attendais à l'hôpital de Kyiv, je me suis dit que la vie était presque redevenue normale là-bas, enfin disons avec un grand presque. Et vous l'avez aussi senti ce vent de liberté ? Moi oui, et pas qu'un peu. Et j'ai pensé…

— … Mais vous avez repris la route à cause de moi.

— Non, je crois que c'est pour moi que je suis revenu, grommelle Danylo. Et maintenant on est arrivés chez vous ; allez-y, votre fille doit vous attendre.

Veronika serre Danylo dans ses bras, à trois reprises. À trois reprises, elle lui dit merci, une seule fois n'aurait pas suffi pour qu'il entende combien elle lui est reconnaissante. Elle descend de l'ambulance.

Sa maison n'est pas bien grande, deux chambres, une cuisine et une salle de bains trop souvent en désordre, mais elle est si heureuse de rentrer. Elle appelle sa fille avant même d'avoir ôté son manteau. Le rez-de-chaussée est vide, les lumières éteintes, Lilya a dû sortir faire des courses. Ce n'est pas grave, pense Veronika. Elle aura le temps de se doucher, de se changer, enfin, de se faire belle autant que possible pour l'accueillir. Elle est impatiente de lui annoncer qu'elle a trouvé de l'aide auprès d'un ancien patient. Quelqu'un qui est devenu très important. Grâce à lui, ils vont retrouver Valentyn. Bientôt, tout ira bien.

Veronika se rend dans la cuisine, elle a besoin d'une tasse de café. En le préparant, elle aperçoit un petit papier posé sur la table. Elle le déplie et lit les mots qui lui sont adressés.

Puisque tu ne fais rien, je suis partie chercher Valentyn.
Lilya.

10

— Je vous attendais ! s'exclame le chirurgien. Alors, ce voyage ?

Ce doit être un don chez lui d'être tout le temps à côté de la plaque. Veronika lui tend le mot de Lilya. Le patient s'étonne que le médecin s'interrompe en plein examen. Le chirurgien remonte ses lunettes rondes qui ont glissé sur son nez et lit.

Je ne lui ai rien dit, je ne voulais pas l'inquiéter, elle croyait que j'enchaînais les gardes, explique Veronika.

— L'adolescence est un âge ingrat, ce n'est pas nouveau, grommelle-t-il.

Ce n'est pas non plus le réconfort qu'elle attend. Il comprend mieux pourquoi son infirmière a débarqué dans la salle commune sans avoir pris la peine d'enfiler sa blouse. Il hésite à croiser son regard et reprend son travail en sondant un cœur au stéthoscope ; son air est grave.

— Bon, dit-il au patient, vous allez bien, alors je repasserai plus tard.

— Pourquoi, plus tard j'irai mal ? s'inquiète l'homme allongé dans le lit.

Le chirurgien agite la main pour qu'il se taise, il saisit Veronika par le bras et l'entraîne vers son bureau.

— Quand est-elle partie ?

— Ce matin, je crois.

— Vous croyez, ou vous en êtes certaine ?

— La cafetière était encore tiède, et le cabas rempli. J'ai vérifié sur le calendrier, c'est le jour de la distribution.

— Donc, au pire elle a fugué depuis trois heures, conclut-il en regardant sa montre.

— Ce n'est pas une fugue, elle est partie chercher son frère.

— Une mineure, seule sur la route, vous appelez ça comment ? Elle a emporté des affaires ?

— Je n'en sais rien, je n'ai pas été fouiller sa chambre, je…

Elle n'arrive pas à terminer sa phrase, la remarque du chirurgien l'a sonnée aussi fort qu'une gifle en pleine figure. Une mineure, seule sur la route…

L'aller-retour à Kyiv lui a permis de ne pas imaginer constamment le sort de Valentyn, même si elle n'a cessé de penser à lui. Veronika n'a jamais renoncé, elle est de ces femmes qui s'accrochent à l'espoir même dans les pires moments. On ne choisit pas le métier d'infirmière si on accepte la défaite. Vivre sans cynisme, même en temps de guerre, demande une force inouïe. La solitude, elle l'a vécue par vagues successives. Elles venaient de loin, du grand large. De hautes vagues qui vous renversent le soir, quand en rentrant trop tard on monte embrasser les enfants dans leur sommeil, leur murmurer que tout ira bien, avant de redescendre dîner seule. Des lames qui vous recouvrent, vous entraînent jusqu'au fond et vous lâchent au matin avec juste assez d'air pour remonter à la surface. Sa solitude, elle l'a apprivoisée. Dompter la peur c'est autre chose.

Veronika se laisse tomber sur la chaise. Ils en ont traversé des tempêtes, tous les deux, mais cette fois le chirurgien voit dans ses yeux une tristesse qui lui brise le cœur. Il quitte son fauteuil, contourne le bureau et pose une main sur son épaule.

— Rentrez chez vous, vous manquez de sommeil, c'est évident, assure-t-il. Je ne vous dis pas d'aller dormir, vous n'y arriverez pas. Bien que j'aie ici des cachets qui vous aideraient, mais vous refuserez de les prendre. Ça ne sert à rien de voir tout en noir. C'est une petite rébellion, un coup de gueule. Elle marchera quelques heures et dès qu'elle en aura plein les jambes, elle fera demi-tour. Vous verrez, elle frappera à la porte avant que la nuit tombe, peut-être un peu plus tard pour vous faire payer le prix de sa colère. Ce qui n'interdit en rien de prendre quelques précautions. Vérifiez si elle a emporté beaucoup d'affaires, de la nourriture ou si elle est partie les mains dans les poches.

Veronika se lève, sans dire un mot. Le chirurgien ne peut pas se résoudre à la laisser à la porte de son bureau. Il sort du dispensaire avec elle, traverse le parking et marche à ses côtés. Au carrefour, il la supplie de ne pas perdre courage. En remontant la rue, il se tait, parce que la côte est raide. Un peu plus loin, Veronika s'arrête et prend sa main qu'elle garde dans la sienne. Elle lui demande de retourner au dispensaire. Les patients ont plus besoin de ses soins, qu'elle de sa présence. Elle va mieux, elle a recouvré ses esprits ; il a sûrement raison, Lilya va bientôt rentrer. Elle insiste, il peut vraiment la laisser sans crainte. Le chirurgien l'observe, il sait quand les gens prétendent aller bien par peur d'apprendre qu'ils vont mal. Il hoche la tête, et s'en va, avec la satisfaction d'avoir vu juste.

Veronika accélère le pas.

Aussitôt dans la maison, elle se précipite à l'étage, ouvre la penderie de sa fille et cherche tous les vêtements qui pourraient manquer ; puis elle se jette sur la petite commode, compte les affaires. L'inventaire est vite achevé ; Lilya a emporté un jean, deux pulls, autant de culottes et de soutiens-gorge, sa vieille brosse à dents et tout son argent de poche. Elle n'a pas l'intention de rentrer ce soir.

Veronika redescend. La vision de la tasse que Lilya a posée sur le buffet la fait sangloter. Elle a toujours son manteau sur le dos, elle doit l'accrocher au portemanteau et ensuite ? Rester assise dans cette cuisine à se morfondre ? Elle réfléchit. Son patron croit tout savoir, mais il ne connaît pas sa fille.

Le caractère de Lilya a changé ces derniers temps, mais elle a toujours eu la tête sur les épaules, l'adolescence n'a rien changé à ce trait de sa personnalité dont elle a hérité de sa mère qui n'arrive pas à croire qu'elle ait pris le large sur un coup de tête. Qu'est-ce qui lui a donné cette impulsion ? Veronika ne le sait pas et elle a honte.

Attendre sans rien faire est au-dessus de ses forces, elle a besoin d'être utile et il n'y a qu'un seul endroit pour cela.

*

L'intendante générale a ôté sa veste qu'elle a jetée sur le dossier de son fauteuil.

— Non, n'écris rien, c'est inutile et tellement reposant de parler à quelqu'un qui ne vous répond pas, soupire-t-elle.

Elle tire un mouchoir en papier d'une boîte posée sur son bureau, l'humecte avec sa langue et nettoie la tache de cambouis sur le front de Valentyn.

— Si tu savais à quel point mes journées sont harassantes, poursuit-elle. Celle-ci avait mal commencé, mais grâce à toi, elle se poursuit sous de meilleurs auspices. Je ne parle pas seulement de la réparation de ma voiture. Ton relevé d'évaluation est remarquable. Malgré ton handicap, je n'aurai aucune difficulté à trouver une famille qui voudra t'adopter. Si tu continues dans cette voie, de grands projets s'offrent à toi. Ne fais pas cette tête ! J'imagine que c'est ton père qui a fait de toi un bon petit mécanicien, mais comme tu le constates, il n'est plus là.

La surveillante lui caresse les cheveux et relève son menton pour qu'il la regarde dans les yeux.

— Ne sois pas triste, tu oublieras très vite tes parents. À ton âge on oublie tout ou presque. Crois-moi, confié à de bonnes personnes, tu seras plus heureux que tu ne l'as jamais été. À condition de ne pas me décevoir, bien sûr.

Cette femme est un démon, pareil à ceux qui apparaissent dans les histoires que lui lit Lilya. Et cette fois, la créature n'est pas enfermée dans les pages d'un livre, elle est là en chair et en os, une réalité terrifiante. Il doit sortir de cette prison et retrouver les siens avant d'être vendu comme un esclave.

Valentyn ne supporte plus son regard. Pour qu'elle ne perçoive pas son dégoût et la peur qu'il éprouve, il fuit vers la fenêtre.

Qui viendra le secourir ? Aucun de ses proches ne sait où il se trouve. Il ne peut compter que sur lui-même. Pour contrarier les projets de l'intendante générale, il pourrait s'appliquer à rater ses examens, mais elle est trop maline pour tomber dans un piège aussi évident. En perdant sa confiance, il compromettrait toutes ses chances.

Le visage collé à la fenêtre, Valentyn n'écoute plus la voix du monstre. Il observe le jardin intérieur, les portes des salles de classe derrière les alcôves des coursives, concentré sur un seul objectif : mémoriser le plus de choses possible, comme il l'a fait durant le trajet dans l'autocar, le camion et la voiture qui l'ont conduit ici.

Ses yeux s'arrêtent sur la trappe en métal qui se détache du sol en pierre de la galerie interdite. Rien n'indique ce qui se trouve en dessous, mais il suffit d'un peu d'imagination pour espérer qu'un escalier descende vers d'anciens souterrains. Au bas des marches, il attendrait de s'accommoder à la pénombre pour se frayer un chemin, trouver le tunnel qui passerait sous le pensionnat et conduirait de l'autre côté de la route, loin, dans des champs où la liberté serait acquise.

Quand l'imagination se met en marche, c'est magnifique. Pour contourner les grilles, il traversera le jardin, même si cela paraît difficile sans se faire repérer. Il aurait dû détaler quand il était dans la remise des jardiniers, le portail de la cour était ouvert, mais le monstre se serait rué derrière lui pour le rattraper.

— Il est grand temps que tu rejoignes tes camarades, à cause de moi tu as manqué deux heures de cours, j'interviendrai auprès de tes professeurs pour qu'ils t'aident à rattraper ce retard. File, ces escaliers m'épuisent, tu sauras retrouver ton chemin.

Valentyn attrape une feuille de papier et écrit :

Qui m'ouvrira la grille au bout de la galerie ?

L'intendante générale réfléchit ; elle joue avec son trousseau de clés accroché à sa ceinture.

— Tu n'auras qu'à enjamber le muret. Si quelqu'un te voit, tu diras que je t'ai donné l'autorisation, enfin, tu l'écriras. Nous aurons d'autres occasions de nous voir, maintenant retourne vite en classe.

Valentyn descend l'escalier. Trois volées par étage, dix marches entre les paliers, trente en tout. La porte en bois qui donne sur la coursive n'est pas verrouillée, en tout cas, pas à cette heure de la journée. Soixante pas jusqu'à la trappe. Il ralentit pour l'étudier de près, évalue sa longueur en collant ses pieds l'un à l'autre, comme un enfant qui joue à la marelle. Il aimerait la soulever en tirant sur l'anneau qui se fond dans le métal, pour découvrir ce qui se trouve en dessous, mais ce serait trop risqué. L'intendante générale pourrait le surprendre depuis la fenêtre.

Il escalade le muret, traverse le jardin, dépasse la grille et rejoint la coursive.

*

L'aide-soignante pose son livre, Veronika vient d'entrer dans le dispensaire.

— Le pansement est impressionnant, j'ai préféré prévenir tout risque d'infection, mais je t'assure que ce n'est rien de grave, dit-elle en se levant de son fauteuil.

Veronika la regarde, interloquée.

— N'en fais pas toute une histoire ; je lui ai juré que je ne te dirais rien, et je ne lui ai rien dit non plus, bien sûr. Franchement, vos secrets me rendent la vie impossible.

— Tu n'as rien dit à qui ? interroge Veronika.

— À ta fille, évidemment.

— Tu as vu Lilya ?

— Oui, ce matin, quand je l'ai recousue.

— Recousue ?

L'aide-soignante ne sait plus par où commencer. La blessure d'abord, elle l'a suturée de main de maître. D'ici un mois on ne verra même plus la cicatrice. Elle ne comprend pas pourquoi Veronika s'intéresse plus à l'heure à laquelle sa fille est apparue qu'à ce qui lui est arrivé. Alors, elle enchaîne. Une chute à vélo sans gravité, rien à la tête ni au visage.

— Je lui ai raconté que tu étais au bloc, la pauvre était tellement paniquée à l'idée de te voir. Mais tu veux peut-être savoir à quelle heure son copain l'a raccompagnée ?

— Quel copain ? demande Veronika en empoignant le bras de sa collègue.

— Enfin, ne te mets pas dans un tel état, je te dis qu'elle n'a rien.

— Quel copain ? répète Veronika en haussant le ton.

— Le petit Vasylyk, le fils du menuisier, qui d'ailleurs n'est plus petit du tout, c'est une grande perche maintenant, ça grandit tellement vite. Ta fille aussi d'ailleurs, c'est fou comme elle a changé. Bon, tu me lâches maintenant ?

— Tu sais où habite ce grand Vasylyk ?

— Aucune idée, répond l'aide-soignante. Attends, je crois me souvenir que son père nous a rendu visite, je ne sais plus pour quoi, ça ne date pas d'hier, mais si c'est bien le cas, on doit avoir gardé son dossier. La lettre V se trouve sur la dernière étagère en bas de l'armoire, dit l'aide-soignante qui estime en avoir assez fait.

Veronika s'agenouille, cherchant les dossiers commençant par la lettre V. Ses mains tremblent. Ils ne sont jamais classés comme il faut. M. Lechensko n'a rien à faire là, encore moins Mme Gudzevich qui est morte l'an dernier. Elle est allée trop loin et revient en arrière, Veremchuck, Vashenko, qui ne devrait pas se trouver là non plus, Vasylchuk, le suivant est le bon !

Elle ouvre la chemise, la visite du menuisier remonte à cinq ans, des coliques néphrétiques dont elle se moque, la seule chose qui l'intéresse est inscrite sur le rabat. M. Vasylyk habite à deux cents mètres de la gare.

Veronika regarde sa collègue.

— Et il ne t'est pas venu à l'idée de me prévenir que Lilya avait eu un accident ?

— Te prévenir comment et où ?

— Envoyer un message sur mon pager pour commencer. Quand tu as besoin que j'accoure parce que tu es débordée, tu sais comment faire, non ?

— Peut-être, mais figure-toi que je ne sais plus où je l'ai mis, et puis il y avait beaucoup de travail ce matin.

— Ça m'en a tout l'air, répond Veronika.

— Un merci pour m'être occupée de ta fille pendant que tu étais en vadrouille aurait suffi.

Après quoi, l'aide-soignante se replonge dans son livre et l'ignore superbement.

Veronika sort du dispensaire, traverse le parking et court vers la demeure du menuisier, rue Zelena.

Derrière la porte d'un garage perce le hurlement d'une scie circulaire. Veronika frappe de toutes ses forces sur le rideau métallique. Le cri expire dans une tonalité grave, auquel succède le grincement du rideau qui se lève. Le menuisier apparaît, les mains en l'air ; il a cru que les miliciens tambourinaient à sa porte. Le visage de cette femme ne lui est pas inconnu mais impossible de mettre un nom dessus.

L'atelier est un capharnaüm invraisemblable. La sciure de bois qui recouvre le sol flotte dans la lumière et répand son odeur. Des meubles de toute sorte sont empilés contre le mur du fond, dans un équilibre improbable. Des planches sont amassées sur celui de droite, sans respecter aucun ordre de taille, l'établi n'est pas mieux rangé.

Veronika se présente. M. Vasylyk pousse un soupir, ça lui revient maintenant, il souffrait le martyre quand elle lui avait administré des calmants. Il aurait dû mieux s'en souvenir, une piqûre dans le derrière, ça crée des liens.

— J'ai tout ce qu'il vous faut en tables, chaises, guéridons et buffets, à prix cassés bien entendu. Plus rien ne se vend maintenant, je continue de travailler pour m'occuper, sinon je perdrais la boule.

— J'ai besoin de voir votre fils.

— Stefan est malade ?

— Non, ce n'est pas ça, il faut que je lui parle.

— Et je peux savoir de quoi ?

— De ma fille, et c'est urgent.

Vasylyk se gratte les tempes.

— Quoi qu'elle ait pu vous raconter, Stefan n'a rien fait de mal, c'est un bon garçon, mollasson à mon goût, mais sa mère et moi l'avons bien élevé.

— Monsieur Vasylyk, ma fille a disparu et il y a de grandes chances qu'il soit le dernier à l'avoir vue.

— Comment ça, disparu ?

— Elle a fugué. Où est Stefan ?

— Pas dans mon atelier, ça, c'est sûr. Probablement plongé dans ses bouquins. Il passe beaucoup trop de temps à lire, si vous voulez mon avis, mais cela ravit ma femme et je n'ai pas mon mot à dire. Je ne l'ai jamais d'ailleurs, je bosse et je me tais, voilà !

Le menuisier n'est pas de nature bougonne, mais il est pris au dépourvu et contrarié qu'on mêle son fils à une histoire pareille ; surtout par les temps qui courent. Maintenant qu'il a vidé son sac, il imagine ce qu'il ressentirait si les rôles étaient inversés. Il relève la tête vers le plafond et gueule :

— Stefan ! Descends, et dépêche-toi !

Le garçon apparaît peu après. Veronika est sous le choc ; à quel moment s'est-elle éloignée de sa fille, pour ignorer que ses copains ressemblaient maintenant à des hommes ?

— C'est la mère de ton amie, elle a besoin de te poser des questions et toi d'y répondre, annonce le menuisier les bras croisés sur le torse pour bien montrer que la conversation est sérieuse.

Les joues de Stefan rougissent, comme si on lui avait allumé une ampoule dans la bouche.

— C'est elle qui a voulu monter dans ma chambre, bafouille-t-il, je vous jure, il ne s'est rien passé ! Je l'ai même prévenue que ma mère était là, mais elle avait besoin d'une base arrière. C'est seulement en arrivant ici qu'elle m'a tout expliqué. Tout était réfléchi, j'avoue que ça m'a bluffé, d'autant que je ne m'étais rendu compte de rien. Je ne sais pas comment elle a fait, enfin, elle voulait surtout que je lui donne les codes, elle était tellement décidée. Et pour le vélo, elle l'a pas fait exprès, enfin, si… mais elle ne pensait pas qu'elle se ferait mal.

— Stefan, interrompt Veronika. Je ne comprends rien, alors remets tous ces mots dans le bon ordre et fais des phrases intelligibles.

Stefan reste muet un instant, il fixe son père qui n'a pas l'air content.

— Tout a commencé quand elle est allée au ravitaillement ce matin ; en passant devant la mairie, elle a repéré l'officier, celui qui est censé savoir où est votre fils.

— Parce que votre fils aussi a fugué ?

— Mon fils a neuf ans, il a été enlevé par les Russes, répond sèchement Veronika.

Le menuisier est mortifié. Pour une fois qu'il s'aventure à parler, il aurait préféré s'abstenir.

— Elle s'est laissée tomber devant lui, elle savait qu'il allait l'aider à se relever. Elle riait en me racontant comment elle l'avait embrouillé. Et son plan a vachement bien fonctionné. L'officier ne savait plus comment la consoler, et pour ne pas perdre la face devant les badauds, il lui a confié où se trouve Valentyn. Quand elle est arrivée au point de distribution, elle ne m'a rien dit, seulement qu'elle avait fait une mauvaise chute à vélo ; elle devait avoir la trouille que je veuille l'empêcher.

— L'empêcher de quoi ? intervient M. Vasylyk, désireux de se racheter.

— Eh bien, ce qu'elle comptait faire au dispensaire. Je pense qu'elle avait en tête d'y aller seule, juste après avoir déposé les provisions chez elle. Mais j'ai tenu à l'accompagner. Elle a accepté parce que ça l'arrangeait ; sans le savoir, j'ai fait diversion en parlant à l'infirmière.

— L'aide-soignante, rectifie Veronika qui va de surprise en surprise.

— Qu'est-ce qu'elle comptait faire ? intervient à nouveau le menuisier.

— Ben, voler le pager de l'inf… de l'aide-soignante, rectifie Stefan.

— C'est quoi un pager ? demande son père.

— Un truc…

— Un truc ?

— Un petit appareil que nous portons à la ceinture pour être joignables à tout moment, explique Veronika avant de se retourner vers Stefan. Dans quel but l'a-t-elle volé ?

— Pour qu'on en ait chacun un. La base arrière, c'est moi.

— Toi aussi, tu as volé un truc ? s'offusque M. Vasylyk.

— Non, le mien je l'ai acheté il y a longtemps, un modèle d'occasion. Ça ne vaut rien, on est plusieurs en classe à en posséder un, on communique par codes ; le plus génial, c'est qu'ils fonctionnent toujours, même depuis que les réseaux sont coupés. Venez dans ma chambre, je vais vous montrer.

07734

11

Quand Valentyn a rejoint son cours, il a vite vu dans les regards de ses camarades qu'il n'était pas le bienvenu. Son copain ne lui a pas adressé un mot, ni à la cantine ni dans le couloir où il s'est arrangé pour marcher loin derrière lui en se dirigeant vers le gymnase.

Ce n'est pas un jour ordinaire. À 15 heures, les élèves font une sortie à vélo. C'est la règle, deux fois par semaine, depuis que la commissaire aux droits de l'enfant a publié une note attirant l'attention des éducateurs sur la nécessité d'intégrer des activités physiques de plein air, essentielles à la croissance et à la bonne santé des futurs petits Russes. L'intendante générale a aussitôt appliqué les consignes et fait acheminer le matériel nécessaire.

Les sorties durent une heure pour chaque classe. Les élèves les plus âgés en sont exemptés, car ils doivent suivre un cours d'entraînement aux sports de combat, vêtus d'un uniforme sur lequel le drapeau de la Russie est cousu à l'épaule.

C'est la première fois depuis son internement que Valentyn franchit la grande porte par laquelle il est arrivé. En rang avec ses camarades, marchant vers la remise à vélos, à côté de la grange des jardiniers, Valentyn prend conscience d'avoir négligé un pan important de son projet. Jusque-là, il n'a pensé qu'à s'enfuir, mais s'il réussit, il faudra bien se réfugier quelque part. Cette sortie sera l'occasion d'effectuer un repérage.

Au premier coup de sifflet, les enfants enfourchent les bicyclettes, le deuxième donne le signal du départ. Le portail franchi, Valentyn est frappé par l'austérité du paysage. Une plaine triste, déchirée par la route qu'ils empruntent. Le soleil décline sur sa droite. Dans la voiture qui l'amenait ici, il apparaissait sur sa gauche. Il roule donc vers le nord, vers sa maison, même si celle-ci est bien trop loin pour qu'il tente une échappée. Il n'aurait aucune chance, le professeur ouvre la marche, un surveillant s'est positionné au milieu des enfants, l'autre en queue de peloton, juste derrière lui, qui traîne volontairement.

Un été, sa mère lui avait appris à situer les points cardinaux selon la course du soleil, à nommer aussi les constellations et les étoiles qui scintillaient dans les nuits claires. Cassiopée est sa préférée. Il a retenu son nom, allongé dans un hamac entre sa sœur et sa mère avec un paquet de bonbons sur les genoux.

À l'approche d'un sous-bois, le professeur ralentit avant de mettre pied à terre. Le groupe effectue un demi-tour.

En retournant vers le pensionnat, Valentyn estime la distance parcourue. La sortie dure une heure en tout, le sous-bois est à mi-chemin. Quand il se rendait avec son père à Petrivka pour aller acheter des tubes de peinture et des pinceaux, la balade à vélo durait une heure. Le marchand de couleurs de Petrivka habite à vingt kilomètres de chez eux et comme le professeur d'éducation physique pédale moins vite que son père, Valentyn calcule la distance entre le sous-bois et le pensionnat, huit kilomètres, soit environ deux heures de marche. C'est là qu'il se cachera après s'être évadé, mais il faudra penser à emporter des provisions.

Valentyn n'a pas perdu son temps, il devrait se réjouir et pourtant, lorsque le portail se referme derrière lui, il a le ventre noué, un nœud qui se resserre au moment où il range son vélo dans la remise. Il pense à ce soir, quand l'intendante générale éteindra les lumières du dortoir.

*

Novooleksiivka luit dans la nuit. C'est une petite ville du sud qui fait deux fois la taille de celle où habite Lilya. Elle a parcouru une vingtaine de kilomètres depuis son départ, pas suffisamment à son goût. Le vélo la retarde, son genou l'élance quand elle pédale. Plusieurs fois, elle a craint d'avoir rompu les points de suture et elle s'est arrêtée, pour s'assurer que le pansement n'était pas taché de sang. À force de plier la jambe, il se décolle ; demain, elle s'achètera de quoi le refaire. Si elle avait pris la grande route, elle serait probablement plus avancée, mais la E105 est fréquentée par des camions qui roulent à toute vitesse, et puis si sa mère avait décidé de la rattraper avant qu'elle n'atteigne la frontière, c'est sûrement celle-ci qu'elle aurait suivie. C'est pour cela qu'elle a choisi la piste qui longe la voie ferrée. Un chemin en terre, cahoteux et plein d'ornières, qui demande beaucoup d'efforts si on ne veut pas tomber.

Quand le soleil a disparu derrière la ligne d'horizon, Lilya s'est mise en quête d'un abri avant qu'il ne fasse noir. Aux abords de Novooleksiivka, elle s'est dirigée vers les rails du chemin de fer, où des dizaines de wagons de marchandises rouillés dorment sur des voies de garage. Des convois immenses, sans locomotive, qui forment un rempart de fer. Pendant un court moment, elle a songé à grimper dans l'un d'eux pour y passer la nuit, les aboiements d'un chien l'en ont dissuadée. Un gros chien noir au pelage abîmé, portant une longue cicatrice sur le museau, maigre et affaibli, mais encore assez costaud pour se faire respecter. Elle venait d'entrer sur son territoire et elle n'y était pas la bienvenue.

Lilya n'a jamais redouté les chiens, au contraire, elle aime les animaux et ceux-ci sentent ces choses-là. Elle s'est agenouillée, autant qu'elle le pouvait, lui a donné le premier nom qui lui venait en tête et a tendu la main. Sobaka s'est approché, les babines retroussées, Lilya n'a pas bougé, certaine que tant qu'elle restait immobile et tant qu'elle sourirait, il ne la mordrait pas. Elle lui a parlé doucement, l'a assuré qu'elle ne lui voulait aucun mal. Le chien a fait quelques pas en arrière avant de revenir la flairer. Il la laissait traverser les voies, mais les wagons, c'était chez lui. Elle ne s'est retournée qu'après avoir rejoint la rue goudronnée de l'autre côté du centre de triage, alors elle lui a fait un signe de la main avant de poursuivre son chemin.

Elle remonte la rue centrale, croise une épicerie dont le rideau de fer est tiré. Elle se résout à abandonner son vélo, son genou lui fait vraiment trop mal.

Mais auparavant, elle cherche un endroit où le cacher, espérant le retrouver au retour. Et quand bien même on le lui volerait, si elle réussit, ses parents lui pardonneront d'avoir troqué un vélo pour un frère.

La ruelle n'est pas très engageante, il y fait plutôt sombre, mais Lilya a repéré dans la lumière du seul réverbère qui l'éclaire une petite maison abandonnée. Elle est dépourvue de toiture, des gravats encombrent le sol creusé de petits cratères, les murs décrépis sont lacérés, les fenêtres envolées et l'escalier qui mène à l'étage a perdu sa rambarde. C'est probablement une bombe qui l'a mise dans cet état. Pas de meubles non plus ; si les habitants ont survécu, ils ont dû emporter tout ce qu'ils ont pu sauver, sinon, des voisins ou des soldats ont pillé les lieux. Il règne une odeur de cendres et de poussière qui n'a rien de commun avec celle qui s'élève dans les champs à l'heure des moissons.

L'endroit fera l'affaire. Personne ne se risquera à venir la chercher ici. Lilya passe sous le chambranle de l'entrée ; la porte arrachée par le souffle repose contre le mur de la ruelle. Elle soulève le vélo, l'accroche à son épaule et grimpe les marches, en faisant attention à ne pas tomber.

L'étage est à ciel ouvert, on y voit la lune presque pleine et des étoiles. Lilya regarde au travers d'un mur éventré ; un vent léger pousse vers le sud des nuages d'orage qui s'élèvent au-dessus de la plaine, il fait bruire les épis, la pluie ne tardera pas. Elle cache le vélo, prend sa besace et redescend se mettre à l'abri. Du pied, elle balaie le sol, et quand il lui paraît assez propre, elle s'assied et fouille sa besace. Une pomme, un paquet de chips, elle garde la barre de céréales pour le dessert. Elle s'arrête net, avant de croquer la pomme, elle a entendu des pas dans la ruelle, des pas assourdis, comme ceux de quelqu'un qui avance avec précaution. Elle regrette de n'avoir pas pensé à mettre dans son sac de quoi se défendre, un couteau de cuisine aurait fait l'affaire. Remonter à l'étage est trop risqué, le bruit qu'elle ferait en marchant sur les gravats signalerait sa présence. Le halo du réverbère s'arrête au seuil de l'entrée, elle retient son souffle, une ombre apparaît dans la pénombre.

— Tu m'as suivie ? chuchote Lilya.

Le chien noir s'arrête sous le chambranle et relève le museau pour flairer l'air.

— Ne crains rien, j'ai eu plus peur que toi.

Sobaka avance lentement, baisse l'échine, presque soumis.

— Tu as faim, toi aussi ? Approche.

Le chien obéit. Lilya coupe sa barre de céréales en deux parts égales, et lui en lance une.

Il n'en fait qu'une bouchée, alors elle partage aussi sa pomme et son paquet de chips.

— Une chips après l'autre, dit-elle ; après il n'y aura plus rien.

Elle a l'impression qu'il a compris, chaque fois qu'elle lui en tend une, il l'attrape du bout des dents avant de la croquer.

Le repas terminé, Lilya dévisse le bouchon de sa gourde, boit et verse un peu d'eau dans le creux de sa main. Le chien lape avec plaisir, renifle le pansement sur son genou, la fixe de ses grands yeux, s'étire et se couche à ses pieds.

Sa compagnie est rassurante, surtout au moment où Lilya se rend compte qu'elle n'a pas suffisamment préparé son voyage, qu'il durera plus longtemps que prévu, qu'il y aura d'autres nuits où elle devra se cacher, en affrontant des orages comme celui qui gronde au-dessus de sa tête et bat la terre de la ruelle. Qu'elle ignore où trouver son frère, quand elle aura parcouru les cent kilomètres vers le sud. Et pire encore, à quel point elle se sent seule.

*

Valentyn se force à manger, pour montrer aux autres que leurs brimades n'ont eu et n'auront aucun effet sur lui. Il a tout de même rudement mal aux côtes. Pendant la douche, il a eu droit à une dérouillée en règle. Quatre attardés lui sont tombés dessus. Ce n'était pas la peine de lutter. Il s'est recroquevillé en boule et a serré les poings pendant que les talonnades pleuvaient. Ils ont épargné son visage pour que les surveillants ne se rendent compte de rien. Après l'avoir rossé, ils l'ont prévenu que le lendemain, il aurait droit au même traitement. Ce ne sont pas leurs coups de pied qui ont plongé Valentyn dans cette colère, mais qu'ils l'aient traité de sale Ukrainien. Ces idiots sont tous ukrainiens. Il doit s'en aller avant que le maléfice ne le transforme lui aussi en robot.

L'heure est venue de rejoindre le dortoir. Avant de se coucher, Valentyn regarde la grande fenêtre qui sépare son lit de celui de son copain. Il a l'air misérable. Il s'est joint à la meute qui observait la scène sans bouger, avec inquiétude et plaisir, un peu à l'écart.

L'intendante générale éteint la lumière. Valentyn attend que ses yeux s'accommodent à l'obscurité. S'allonger sur le côté le fait souffrir, mais c'est le seul moyen d'attraper le couteau caché sous son lit. Il le tient en main et réfléchit.

*

Vital a encaissé le coup en entendant Veronika lui annoncer d'une voix brisée que sa fille avait fugué. Mais tout n'est peut-être pas aussi noir qu'il y paraît. Savoir que Valentyn se trouve à cent kilomètres au sud de Rykove est précieux. Même si ce n'est qu'une estimation, cette information va lui permettre de circonscrire considérablement le champ de ses recherches. Il affiche sur son écran une carte de la région et ne voit que deux routes possibles pour se rendre en Crimée. L'une contourne le check-point de Chonhar, mais oblige à faire un détour gigantesque et augmente le voyage de près de trois cents kilomètres. Lilya a dû choisir de piquer en ligne droite vers sa destination, ce qui n'explique pas comment elle compte passer la frontière. Dès qu'il aura raccroché, il étudiera son itinéraire de plus près, calculera la distance qu'elle peut parcourir en une journée et, avec un peu de chance, identifiera les endroits où elle pourrait passer ses nuits. Pour l'instant, il s'intéresse au pager dont Veronika lui a parlé. C'est un atout de pouvoir communiquer avec Lilya, et peut-être même le moyen de la sortir du guêpier dans lequel elle s'est fourrée avant qu'il ne soit trop tard. À condition de ne pas l'alarmer. Elle ne doit pas savoir que sa mère est à l'autre bout de la ligne. Stefan doit rester son seul contact.

— Je n'arrive pas à dormir alors que je suis épuisée, et puis tu m'avais dit de te communiquer la moindre information, je n'ai pas regardé l'heure, s'excuse Veronika, gênée d'avoir appelé si tard.

— Ça n'a aucune importance. Ce Stefan vous a remis la table des codes ?

— Oui, c'est tellement archaïque que j'ai du mal à comprendre comment ils s'écrivent comme ça.

— Il me la faut.

Veronika regarde le portable que Vital lui a confié, elle le retourne et ne voit rien qui lui permette de prendre une photo. Quant au sien, il n'a pas de réseau.

— Il y a un fax au dispensaire, dit-elle, je pourrais te l'envoyer demain.

— J'en ai besoin tout de suite.

— Je peux y retourner maintenant, avec mes papiers d'infirmière je ne risque rien à braver le couvre-feu, ce ne sera pas la première fois.

— On va procéder autrement.

— Comment ?

— Avec patience, rétorque Vital en avançant son fauteuil vers l'écran d'ordinateur.

Veronika énonce lettre après lettre, mot après mot, l'alphabet codé que Vital tape sur son clavier. Quand il a terminé, il lance une impression.

— Qu'y a-t-il ? s'inquiète Veronika.

— Rien, une vague de nostalgie. Les pagers sont devenus légendaires avec leur côté vintage, mais qui penserait de nos jours à épier leurs communications ?

— J'utilise le mien tous les jours, je n'avais pas l'impression d'être assez vieille pour être vintage et encore moins de faire partie de la légende.

— Peut-être, mais les premiers services de télémessagerie remontent au début des années 1950. Ils étaient déjà dédiés aux soignants et avaient une portée d'une quarantaine de kilomètres, ce qui était suffisant pour les joindre à toute heure du jour ou de la nuit en cas d'urgence. Ils sont devenus très populaires durant les années 1970. On en voyait même accrochés aux blouses des serveuses de restaurant dans les films américains. Mes parents avaient chacun le leur, ils s'envoyaient des messages pour prévenir qu'ils seraient en retard, se donner rendez-vous au téléphone, ou quand l'un voulait dire à l'autre qu'il manquait quelque chose qu'il faudrait acheter avant de rentrer à la maison. On apprenait vite à mémoriser tout un vocabulaire codé en chiffres. Je t'aime s'écrivait 143, maman le tapait souvent à l'intention de mon père et réciproquement.

— Pourquoi 143 ?

— Si vous observez les codes de Stefan, vous verrez que cela forme les lettres ILY, I Love You ; 123 signifiait tu me manques. Il y avait des mots et des expressions codées, on tapait des phrases entières avec des chiffres, en se trompant souvent, car certaines lettres étaient désignées par le même chiffre, mais on finissait toujours par se comprendre. Le système est tombé en désuétude avec l'arrivée des portables, sauf dans les zones rurales, grâce à une nouvelle génération d'appareils fonctionnant avec une couverture satellitaire. Ils rendent toujours de fiers services là où les réseaux cellulaires font défaut ou sont inexistants. Vous n'avez pas remarqué que le vôtre fonctionne même quand les portables n'accrochent aucun signal ?

— Non, enfin, ça ne m'est pas venu à l'esprit.

— Moi non plus, je l'avoue. Si j'y avais pensé, j'en aurais sorti un de mes tiroirs et je vous aurais proposé de communiquer ainsi. Le copain de Lilya vient de me ficher un sacré coup de vieux. Les attentats de Londres en 2005 ont remis les pagers au goût du jour. Les autorités, redoutant que d'autres bombes soient déclenchées par des téléphones portables, ont coupé les réseaux cellulaires. Les pagers ont pris le relais et ont permis aux services d'urgence, d'émettre et de recevoir. Cela a servi de leçon et plus personne n'envisage d'abandonner cette technologie. Ce qui est fiable et peu coûteux n'est pas si facilement remplaçable. Félicitez de ma part le copain de votre fille.

— Le féliciter de quoi ?

— D'avoir trouvé un moyen de communication qui ne coûte presque rien, pour échanger des messages que vos parents ne comprendront jamais, c'est brillant. J'en suis presque jaloux et quand je raconterai ça à certains de mes amis, je peux vous parier que ça les vexera autant que moi.

— Et maintenant, qu'est-ce qu'on fait ?

— Rien jusqu'à demain. Arrangez-vous pour être auprès de Stefan, vous mettriez trop de temps à taper les messages ; et n'essayez pas. C'est lui que Lilya a choisi et nous devons éviter qu'elle comprenne et cherche à vous échapper ; elle pourrait se mettre plus en danger qu'elle ne l'est déjà.

Vital regrette d'avoir évoqué le sort de Lilya d'une manière aussi franche.

— Pardon, je manque de tact, je n'ai jamais su mettre les formes.

— Je sais, si tu commençais maintenant, cela m'inquiéterait encore plus. J'irai chercher Stefan quand l'heure sera convenable.

— Dès qu'il sera avec vous, nous enverrons un message à Lilya. En attendant, essayez de vous reposer ; je vais passer le reste de la nuit à essayer de trouver l'endroit où ils retiennent votre fils. Si Lilya réussit par je ne sais quel miracle à entrer en Crimée, c'est là qu'elle se dirigera. On essaiera de les cueillir ensemble et de vous les ramener sains et saufs.

— Vital, tu y crois sincèrement ?

— Je vous ai donné un aperçu de mes talents de diplomate, alors vous ne devriez pas vous poser la question.

Vital raccroche. Veronika reste un long moment hébétée dans sa cuisine. Vers 2 heures du matin, trois chiffres sur un écran lui apprennent que sa fille s'apprête à s'endormir. Et même si ce message ne lui est pas adressé, il suffit à lui donner la force de monter se coucher.

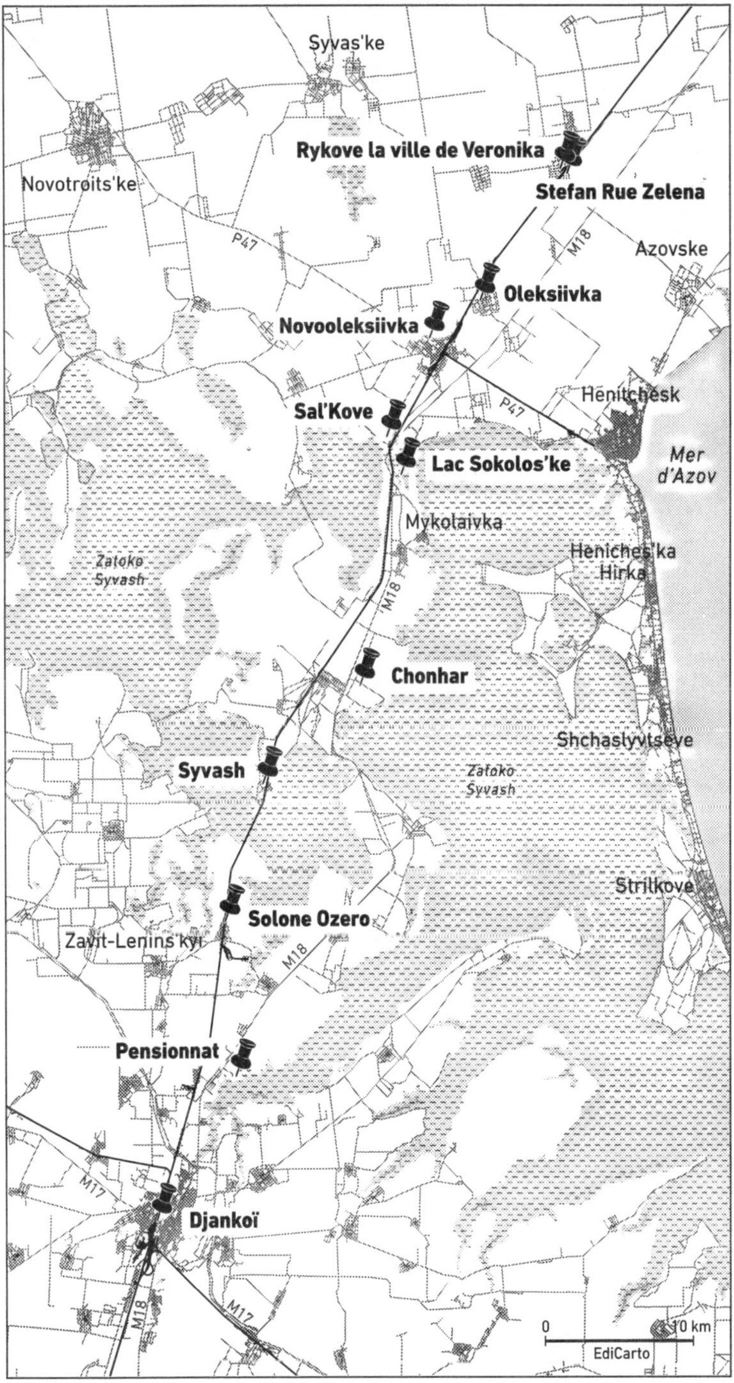

Syvas'ke
Rykove la ville de Veronika
Novotroits'ke
Stefan Rue Zelena
P47
M18
Azovske
Oleksiivka
Novooleksiivka
Henitchesk
P47
Sal'Kove
Lac Sokolos'ke
Mer d'Azov
Mykolaivka
Zatoko Syvash
Heniches'ka Hirka
M18
Chonhar
Shchaslyvtseve
Syvash
Zatoko Syvash
Strilkove
Solone Ozero
Zavit-Lenins'kyi
M18
Pensionnat
M17
Djankoï
M18
M17
0
10 km
EdiCarto

12

Il est tôt à Londres. Le jour est loin de se lever ; Cordelia arpente son salon, une tasse de thé entre les mains. Elle s'arrête devant le miroir au-dessus de la cheminée, observe ses yeux cernés et ses paupières gonflées. Elle s'est retournée cent fois dans son lit sans trouver le sommeil, et elle connaît le coupable.

Ce n'était pas un bouquet de roses, encore moins la lettre d'explications qu'elle attendait depuis des mois mais juste avant qu'elle se couche, en voyant apparaître sur son écran cette signature particulière accrochée à un message, son cœur s'était emballé. Rien de personnel pourtant, puisque ce n'était pas à elle que Vital avait écrit durant la nuit, mais au Groupe dont elle faisait partie.

Comme chaque fois qu'elle perd pied, elle a besoin de parler à son frère, son ancre, le seul homme auprès de qui elle aime se plaindre.

— J'imagine pourquoi tu m'appelles, mais tu as vu l'heure ? proteste Diego.

— Non, et qu'est-ce que ça peut faire ?

Il se redresse dans son lit, regarde la photo d'Alba dans son cadre posé sur la table de nuit.

— Je perds mon temps, Diego. Il n'en vaut pas la peine.

— Tout ce que tu as fait jusque-là, c'était pour lui ou pour toi ? Je n'ai pas le souvenir qu'il t'ait demandé quoi que ce soit.

— Non, mais…

— … mais tu n'as pas la moindre notion du temps. Tu crois en perdre mais tu te trompes, c'est pour ça que tu es toujours pressée. Tu comprendras la valeur du temps quand il te sera compté en années, pour l'instant, tu as plus à vivre que tu n'as déjà vécu.

— Je n'ai pas besoin de tes leçons, épargne-moi tes grandes tirades, et je te rappelle que je suis ton aînée.

— Ça se voit de moins en moins. À Madrid, je vis entre mon restaurant et mon appartement, avec mes souvenirs pour seule compagnie ; la femme que j'aime est morte. Tu me parleras de temps perdu quand tes journées te paraîtront aussi longues que les miennes.

— Alba, c'était… différent. Vital n'est pas la personne que je croyais.

— Et toi, quel genre de personne es-tu ? L'homme que tu aimes est seul et ce serait une perte de temps de tâcher de comprendre pourquoi ? J'ignore ce qu'il s'est passé, mais la dernière fois que je vous ai vus ensemble, l'amour te poussait à faire ce qui était juste. C'est la colère qui t'a fait renoncer, la peur aussi engendre la lâcheté, et ça, c'est une perte de temps. Tu es la bienvenue si tu veux me rejoindre à Madrid, ou tu peux quitter Londres pour aller vivre ta vie, c'est à toi de décider.

— Tu me fais chier, Diego.

— C'est souvent le cas quand j'ai raison, et toujours quand tu as tort.

Diego raccroche, et Cordelia s'assied à son bureau, pour relire le message de Vital.

— Un mot rien que pour moi, une phrase, pour me laisser croire que je te manque, c'est trop te demander, imbécile ?

Cordelia passe rapidement sous la douche, une touche de fond de teint et elle décroche une tenue dans la penderie. Pantalon noir, tee-shirt blanc et blazer.

Le soleil ne brille pas encore sur Primrose Hill, mais l'aube est claire. Elle enfourche son vélo, s'arrête en chemin pour s'acheter un croissant qu'elle mangera plus tard. Elle descend la colline, grisée par la vitesse, zigzague entre les voitures, en fonçant vers son lieu de travail, une agence de sécurité informatique. Arrêtée à un feu rouge, elle se demande lequel des 9 répondra le premier à l'appel de Vital. Mateo et Ekaterina sont trop loin ; Diego, peut-être, pour le plaisir de la provoquer, ou Maya, les enfants disparus sont sa spécialité, ou pourquoi pas Janice, à moins que Noa se décide enfin à sortir de l'ombre.

Elle attache son vélo, traverse le hall, montre son badge à l'agent de sécurité, et va s'enfermer dans son bureau pour consulter l'agenda de la journée.

Elle a rendez-vous à 10 heures avec un client important, l'idée de réviser son dossier l'ennuie à mourir, tout l'ennuie ce matin, elle est d'une humeur massacrante, au point qu'elle se demande ce qu'elle fiche ici à part « bien gagner sa vie ». La dernière fois qu'elle a eu une montée d'adrénaline, c'était à vélo, consternant pour une femme de sa trempe. L'inaction lui est devenue insupportable, elle rêve d'aventures, de coups d'éclat, d'un projet grandiose, elle rêve surtout d'un autre paysage que ces locaux aseptisés.

*

Lilya se réveille en sursaut, le silence l'a tirée de son sommeil. L'orage l'a tenue éveillée une bonne partie de la nuit.

Elle avait entendu le craquement des arbres dans la plaine balayée par les bourrasques. Le chien s'était terré au rez-de-chaussée ; elle, était montée à l'étage voir le spectacle hypnotisant. Des trombes d'eau menaçaient comme une armée que plus rien n'arrêterait, les éclairs dansaient dans le ciel, allumant les champs qui s'éteignaient d'un coup. Le vent soufflait de plus en plus fort ; à chaque salve d'éclairs, les trous béants dans les murs ressemblaient à des gueules de monstres prêtes à l'avaler. Vers minuit, quand la pluie était devenue si drue qu'elle ruisselait dans l'escalier, Lilya était redescendue se mettre à l'abri. Elle avait pris sa besace et s'était adossée contre le mur du fond. L'orage était passé au-dessus de la vieille maison, illuminant le rez-de-chaussée et le tonnerre avait fait trembler les murs. Sobaka haletait, poussait de petits gémissements, comme une complainte, son regard de chien perdu avait donné la force à Lilya de le serrer contre elle.

Ce matin, tout est redevenu calme, le chien a disparu, elle l'appelle, à trois reprises et hausse les épaules.

— Tu avais flairé la tempête, et tu es juste venu te réfugier auprès de moi. La fidélité des chiens, tu parles ! Tu as bien fait de foutre le camp, parce que si tu croyais que j'allais m'attacher à un clébard aussi moche que toi, tu perdais ton temps.

Sa besace est humide, mais à l'intérieur c'est sec. Elle frotte ses jambes pour ôter la terre sur son pantalon, attrape sa brosse et lisse ses cheveux en arrière. Elle doit aller acheter de quoi refaire son pansement, mieux vaut ne pas avoir l'air d'une vagabonde.

En sortant de la maison, elle aperçoit le chien, assis à côté de la porte, comme s'il en surveillait l'entrée. Il passe sa langue sur ses babines, la suit des yeux, immobile.

— Et susceptible en plus ! s'exclame Lilya en passant devant lui.

Au bout de la ruelle, elle se retourne, lève les yeux au ciel et soupire.

— Bon, tu viens ?

Sobaka se lève et la suit.

*

Valentyn traîne le pas, pour être parmi les derniers à entrer dans le réfectoire. Il attend que son copain soit assis et il joue des coudes pour se faire une place à côté de lui. Le copain n'en mène pas large et finit par lui demander s'il a bien dormi.

— *Tu as entendu ? il y avait quelqu'un qui pleurait cette nuit*, écrit Valentyn dans son cahier.

— Oui, mais il faisait trop noir, j'ai pas vu qui c'était.

— *Guzenko, le grand brun, celui qui a cogné le premier.*

— Je te jure que je voulais les en empêcher, j'ai pas réussi, c'est pas ma faute.

— *Je sais, ne t'inquiète pas*, écrit Valentyn qui n'en pense pas un mot.

C'est une paix calculée. Valentyn se rapproche de son copain en douce pour que personne ne voie ce qu'il veut lui faire lire.

— Tu es complètement malade, c'est beaucoup trop risqué, ça ne marchera pas.

— *Et rester ici, c'est pas risqué ? C'est eux ou moi, tu choisis.*

— Et comment tu comptes accéder à cette trappe ? Et est-ce que tu sais au moins ce qui il y a en dessous ?

— *Je l'apprendrai tôt ou tard.*

— On en reparlera quand ça sera le cas. Déchire cette feuille, tu vas nous attirer des ennuis.

Valentyn appuie la mine de son crayon sur ce qu'il a écrit : *C'est eux ou moi* et il ajoute un point d'interrogation.

— Bon, j'irai leur parler pour qu'ils te laissent tranquille, pour l'instant, c'est ce que je peux faire de mieux.

Le petit déjeuner est fini. Ce matin, annonce l'intendante générale, on chantera l'hymne dans le réfectoire. Des coups de marteau résonnent au-dessus de leurs têtes, il y a des travaux dans la grande salle.

Quand le professeur de musique attrape sa guitare – on n'a pas pu descendre le piano – et plaque les accords de l'hymne russe, c'est celui de l'Ukraine que Valentyn joue dans sa tête. Et il se récite en silence des paroles que personne ne le forcera à oublier.

La gloire et la liberté de l'Ukraine n'ont pas péri.
Le destin nous sourira, frères ukrainiens.
Nos ennemis périront comme la rosée dans le soleil.
Nous aussi régnerons bientôt sur notre terre.
Nous donnerons nos corps et nos âmes pour la liberté.

*

Dormir, même peu, lui a fait du bien. Veronika est rompue aux courtes nuits. Dans son métier, on apprend à gérer le manque de sommeil – une chaise, une table où poser la tête, un mur où s'adosser, fermer les yeux et dix minutes de sommeil vous requinquent. C'est la seule façon de résister aux gardes qui se prolongent parfois au-delà de quarante-huit heures.

Elle passe un long moment sous la douche, il est encore trop tôt pour sonner à la porte du menuisier. Elle se décide à vider le cabas de Lilya. Qu'a-t-elle rapporté du centre de distribution cette fois ?

Elle est émue en l'ouvrant. Si sa fille y a glissé la paire de collants et ce pot de crème dont elle rêvait, c'est qu'elle ne lui en veut pas autant qu'elle le craignait. Elle espère qu'elle a pu se procurer la brosse à dents dont elle avait tant envie.

Une biscotte, un fond de pot de confiture de fraises, une tasse de café, c'est tout ce qu'elle a trouvé dans les placards de la cuisine. Le café lui procure un peu de réconfort. Elle regarde par la fenêtre, le jour n'est pas près de se lever. Pour tuer le temps, elle s'attaque à la vaisselle, remet de l'ordre dans sa maison, d'abord dans le salon, avant de s'attaquer à l'étage, mais pas à la chambre des enfants qui restera telle quelle jusqu'à leur retour. Elle la rangera quand ils seront rentrés et pas avant. À chacun ses superstitions. À coups de balai, elle chasse la poussière vers la porte d'entrée. Il fait frais dehors, la brume s'est posée sur la ville endormie.

Elle attrape une veste en laine accrochée à une patère et sort. Elle a besoin de parler à quelqu'un.

*

— Vous tombez bien ! s'exclame le chirurgien quand Veronika entre dans la salle de repos.

— Il y a tant de travail que cela ?

— Non, au contraire, que des pets de travers, c'est d'un ennui !

— Qu'est-ce que vous faites ici, alors ?

— Et où voulez-vous que j'aille ? Ici je dépéris et chez moi je meurs. D'ailleurs, c'est peut-être vous qui leur portez la poisse, lance-t-il goguenard.

— Je vous demande pardon ?

— Eh bien, quand vous êtes là, le dispensaire ne désemplit pas.

— Vous suggérez que les gens se blessent ou tombent malades à cause de moi ?

— Je ne suggère rien, je constate, c'est tout. Maintenant si vous êtes venue dans l'intention de vous occuper, vous serez déçue.

— Danylo est dans les parages ?

— Vous avez vu l'heure qu'il est ?

Veronika s'assied de l'autre côté de la table. Elle fixe le chirurgien.

— J'avais envie d'un brin de conversation.

— Avec l'homme chargé de l'entretien, répond le chirurgien en croisant les bras. Je peux vous proposer mes services, en deuxième choix, bien sûr.

— Ils ont emmené Valentyn en Crimée, lui confie-t-elle.

— Au moins, il n'est pas trop loin, et puis il n'y a pas de combats là-bas. À propos de combats, vous avez eu des nouvelles de leur père ?

— C'est drôle, votre voix change quand vous parlez de mon mari.

— J'avais cru comprendre que… enfin ça ne me regarde pas.

— On ne dirait pas.

— Parfois, je me demande si nous n'avons pas passé plus de temps ensemble que vous et lui.

— Ne vous le demandez pas.

— C'est parce que je vous ai entraînée dans ce trou perdu, que votre couple s'est mis à battre de l'aile.

— Il les avait perdues bien avant que vous me proposiez ce poste.

— Désolé, j'ai cette fâcheuse manie de vouloir porter tous les malheurs du monde sur mes épaules, je suis vraiment confus.

Le chirurgien contemple ses mains, comme un enfant pris en faute qui cherche à se libérer du regard posé sur lui.

— Je m'ennuie quand je n'opère pas.

— Non, c'est autre chose, vous vous sentez inutile, et vous vous sous-estimez… Mon mari appelle quand il peut. Ils n'ont pas le droit d'utiliser de téléphones portables, les Russes traquent les signaux pour localiser nos unités, un peu comme l'allumette dont on se sert pour trois cigarettes ; ne cherchez pas à comprendre, c'est une longue histoire. Normalement il s'arrange pour me dire qu'il est en vie une fois par mois, et là, il ne pas l'a pas fait depuis cinq semaines, alors je m'inquiète.

— Il le fera bientôt, j'en suis sûr. Qu'allez-vous lui dire pour ses enfants ?

— Je n'en sais rien.

— Il voudra leur parler.

— Oh non, il n'appelle qu'au dispensaire, à croire qu'il le fait exprès. Enfin, il me demande toujours de leurs nouvelles, c'est déjà ça.

Le chirurgien avance vers la desserte. Le café de la veille est froid, mais il en sert quand même une tasse.

— Je le comprends.

— Ah oui ? Qu'est-ce que vous avez compris ?

— Combien de fois vous ai-je entendu me dire que c'était un poète, pas toujours dans le sens d'un compliment, si j'ai bonne mémoire. Un poète qui s'est retrouvé du jour au lendemain dans une tranchée. Quand l'homme que vous devez tuer vous fait face, votre humanité peut vous empêcher d'appuyer sur la gâchette avant que ce ne soit vous qui ayez pris la balle. Parler à ses enfants, c'est se mettre en danger, risquer de briser la carapace qui vous protège en pensant que le type qu'on va descendre a peut-être aussi des enfants qui l'attendent... C'est compliqué de survivre quand on est à la guerre... Quoi, qu'est-ce que j'ai encore dit ? Pourquoi me regardez-vous comme ça ?

— Je vous regarde... parce que je n'avais rien compris. Mon mari est un rêveur qui vit dans un cauchemar.

Le chirurgien fixe Veronika, la tristesse se lit dans ses yeux.

— Bon, et si on allait s'encanailler dans la salle commune ? Il doit bien y avoir un patient qui a besoin de nous, sinon, on peut s'arranger pour que ce soit le cas, dit-il en esquissant un petit sourire en coin.

Veronika sourit aussi en séchant ses larmes. Il pose le bras autour de ses épaules et l'entraîne dans le couloir.

Le jour se lève, la lumière est belle dans la salle commune, elle traverse les fenêtres et teinte les lits d'une couleur ambre. Il a envie de lui dire combien elle compte dans sa vie, même s'il sait qu'elle ne l'aimera probablement jamais comme il l'aime.

*

Lilya arpente la grande rue de Novooleksiivka. Son pansement se décolle à chaque pas. Les néons d'un café s'allument ; elle se retourne vers Sobaka qui la suit toujours, dix mètres derrière.

— Je t'abandonne pas, mais là j'ai vraiment froid, dit-elle.

Le chien s'allonge sur le trottoir, penche la tête de côté et la regarde entrer dans l'établissement.

Assise au comptoir, Lilya lorgne avec envie les brioches empilées sur une assiette ; elle est trop fière pour en demander le prix et elle n'a pas beaucoup d'argent en poche. La femme qui lui a servi un café balaie la salle et arrange les chaises sans se soucier d'elle. Lilya pourrait en voler une, ou deux pour offrir un petit déjeuner au chien, il suffit de tendre la main, c'est tentant quand la faim vous taraude.

Dix minutes plus tard, elle paie son café avec un billet de vingt hryvnias qu'elle laisse sur le comptoir, et sort après avoir salué la serveuse.

— D'accord, tu n'es pas moche, mais tu es très intéressé, et ça, c'est moche, dit-elle à Sobaka qui ne la quitte plus d'un pas depuis qu'elle a quitté le café.

Elle sort une brioche de la poche de son blouson. Le chien l'attrape et n'en fait qu'une bouchée.

Elle aperçoit une officine sur le trottoir d'en face, traverse la rue et pousse la porte.

— J'ai besoin de refaire un pansement, ce que vous avez de moins cher, demande-t-elle à la pharmacienne.

À côté de cette femme, la cantinière de l'école de son frère aurait paru malingre. C'est une mère de famille nombreuse, rompue aux sornettes. La démarche de Lilya ne lui a pas échappé, ni la besace qu'elle porte à l'épaule.

— Va t'asseoir sur la chaise près de la caisse, et montre-moi où tu es blessée.

Inutile de discuter. Lilya obéit, baisse son pantalon jusque au-dessous du genou.

Les fils ont rompu, mais la cicatrice ne s'est pas rouverte. La pharmacienne désinfecte la plaie, pose des pansements de suture et une compresse.

— Je ne t'ai jamais vue, par ici… Tu arrives d'où ? questionne-t-elle en s'appliquant à bander le genou.

— De Rykove.

— Seule ?

— Non, bafouille Lilya, ma mère rend visite à une amie un peu plus haut dans la rue.

— Ce doit être une bonne amie pour qu'elle prenne la route en ce moment, surtout avec sa fille. Allez, lève-toi, fais quelques pas et dis-moi si c'est trop serré.

Lilya s'exécute, la bande élastique soutient l'articulation, elle marche presque normalement, ce qui ne l'empêche pas de s'inquiéter de ce que lui coûteront ces soins.

— Qu'est-ce que je vous dois ? demande-t-elle d'une voix timide.

— File. Ta mère me paiera quand elle aura fini de discuter avec son amie.

Lilya se retourne avant de sortir. La pharmacienne la regarde et remonte ses lunettes sur son nez.

— Tu es encore là ?

— Merci, dit-elle.

— Fais très attention aux patrouilles, les miliciens sont enragés dans le coin.

Lilya et Sobaka marchent vers l'épicerie au bout de la rue. C'est un petit commerce d'appoint qui ne paie pas de mine. Lilya parcourt les rayons, s'offre un paquet de biscuits, un sachet de tranches de jambon au rabais qui n'ont pas bonne mine, un morceau de fromage à pâte dure, et un petit pain de mie tranché. Elle renonce à un soda et demande à la caissière si elle veut bien remplir sa gourde.

Elle paie, compte ce qu'il lui reste, de quoi tenir encore deux jours, trois en se serrant la ceinture.

La prochaine étape est à vingt kilomètres. Si elle ne traîne pas, elle l'atteindra dans quatre heures environ, à condition d'emprunter la E105 qui file en ligne droite. Au carrefour, Lilya aperçoit un convoi militaire, des pick-up chargés d'hommes de la division Wagner. La pharmacienne l'a mise en garde, avancer à découvert est beaucoup trop risqué, surtout pour une adolescente qui erre avec un chien. Sobaka ne pourrait rien faire contre ce genre de prédateurs. Passer à travers champs la retardera, mais c'est le seul moyen d'arriver à Nikolaïevka.

*

Vital n'a pas voulu du petit déjeuner préparé par Ilga. Elle a eu beau protester, il a rejoint son bureau dans les sous-sols du manoir. Ses activités au sein de l'Armée Numérique occupent sa matinée. Ce soir, il doit participer à une opération de brouillage, une cyberattaque des systèmes informatiques qui relaient des informations de guidage à une unité mobile ennemie. Des lance-missiles installés sur des camions qu'il faut pirater avant que leurs projectiles soient lancés vers leurs cibles : des immeubles d'habitation. Des vies civiles dépendent de cette mission. La veille, Poutine a déclaré à la télévision que bombarder des agglomérations n'avait aucun sens. Son cynisme n'a d'égal que ses mensonges répétés.

De temps en temps, Vital délaisse son travail pour se pencher sur des images satellite en haute définition. Les paysages qu'il étudie s'étendent sur un rayon de cent kilomètres au sud de Rykove. Il effectue des calculs, si Lilya se déplace à vélo comme le lui a signalé sa mère, elle est probablement déjà arrivée à Chonhar, mais il lui faudra du temps pour trouver le moyen de franchir la frontière. Le check-point pour passer en Crimée occupée est une zone à haut risque.

Si après tant d'années vécues en marge de la loi, Vital est toujours un homme libre, il le doit à sa manie d'envisager les imprévus, le moindre détail pouvant retarder ou faire déraper une mission ; les crevaisons sont fréquentes quand on circule à bicyclette sur des chemins de terre, et il ne croit pas un instant que Lilya se soit aventurée sur la grande route.

À pied, sa moyenne chutera à cinq kilomètres-heure. Soit deux à trois jours de marche pour atteindre la frontière avec la Crimée. Où passera-t-elle la nuit ? à Molenska ? à Nikolaïevka ?

Il jette un coup d'œil à sa montre, Veronika ne devrait plus tarder à entrer en contact avec elle. En attendant d'avoir de ses nouvelles, il relit le message arrivé une heure plus tôt. Un court message qui l'a rendu heureux, même s'il espérait qu'il arrivait de Londres et non de Paris.

Je suis avec toi.

Maya est la première à avoir répondu à son appel.

13

Veronika frappe à la porte de l'atelier de menuiserie. Mme Vasylyk lui ouvre et se campe devant elle, mains sur les hanches.

— Qu'est-ce que vous voulez encore ?

— Parler à votre fils.

— Stefan est occupé.

— La vie de ma fille est en jeu.

— Vous n'aviez qu'à la surveiller de plus près. Je suis désolée, je ne veux pas qu'il soit mêlé à vos histoires.

— Je veux juste lui demander d'envoyer un message, supplie Veronika.

— Hors de question de mettre mon fils en danger, rétorque Mme Vasylyk, en haussant le ton comme elle en a l'habitude dès qu'on la contrarie. Ce ne sont pas mes affaires.

— Alors ce sont les miennes, riposte le menuisier qui vient d'apparaître accompagné de son fils. Tu vas accueillir Madame comme il se doit et lui servir un café pendant que nous traiterons nos affaires.

Mme Vasylyk écarquille les yeux de colère.

— Qu'est-ce que tu viens de dire ? s'époumone-t-elle.

— C'est la méchanceté qui te rend sourde ?

Stefan n'en croit pas ses oreilles, son père tient tête à sa mère, c'est une première qui lui procure un plaisir fou.

— Je t'interdis de me parler sur ce ton ! hurle Mme Vasylyk.

— Je m'en fiche complètement, je préparerai le café moi-même, et tu iras travailler à l'atelier à ma place, puisque tu sais tout faire.

Veronika passe devant elle, impassible, inutile de jeter de l'huile sur le feu. Stefan s'installe à la table de la cuisine. Il a pensé à descendre son pager.

— Bon, qu'est-ce qu'on lui écrit ?

— Essaie de savoir où elle est, non, demande-lui d'abord si elle va bien.

Veronika est nerveuse, elle s'entortille les doigts, se mord les ongles, se lève et se rassied aussitôt.

— Essaie de la convaincre de rentrer, enchaîne-t-elle. Dis-lui... que tu m'as parlé... que je suis allée chercher du renfort et le plus important, que des amis s'occupent de faire revenir Valentyn, et que...

Le menuisier, plein d'empathie, lui tapote la main.

— Il vaudrait mieux ne pas se mêler de leur conversation.

Stefan en est le premier convaincu. Il préférerait même se retirer dans sa chambre, pour être seul avec Lilya ; au milieu des adultes, il craint de manquer de naturel et que Lilya s'en rende compte.

— D'accord, dit Veronika. Mais reviens vite, ou plutôt, prends tout ton temps, plus tu en apprendras, mieux ce sera.

Le menuisier prépare soigneusement le café. Il jette un œil à la fenêtre, sa femme étend du linge sur une corde dans le petit jardin à l'arrière de la maison. Elle marmonne, lève les bras en l'air comme si elle invoquait tous les dieux de la terre pour leur témoigner de l'affront qu'elle vient de subir. M. Vasylyk se marre en douce, depuis que sa ville est occupée, il n'a jamais été aussi heureux, possible même qu'il faille remonter à bien longtemps avant l'invasion.

*

390 s'affiche sur le pager qu'elle a senti vibrer dans sa besace. Trois chiffres qui lui ont suffi à se sentir soudain moins seule. Elle ouvre le petit carnet que lui a offert Stefan. À l'intérieur, il a recopié la table entière des codes. Elle se promet de les apprendre par cœur, même si tenir ce petit carnet dans ses mains la rend heureuse.

390 signifie « où es-tu ? ». C'est long de taper le nom de la ville où elle se trouve, mais elle y arrive. 17-0-11-0-0-4-3-15-51-11115-6.

Elle a fait une faute d'orthographe, mais il devinera sûrement. Pour dire qu'elle va bien, elle se contente de taper « moi bien ». Écrire en langage codé demande de sacrifier la syntaxe et le vocabulaire. L'important est de se comprendre.

123, il lui dit qu'elle lui manque, 001, elle répond oui, ce qui signifie moi aussi. Stefan décide de ne rien dire au sujet de sa mère. Il sait que Lilya ne renoncera pas, en tout cas pas tout de suite, et puis c'est leur premier échange et il veut qu'il reste entre eux.

372, il aimerait savoir ce qu'elle fait. 189, Lilya dit qu'elle continue sa route. Elle raconte avoir croisé un chien qui ne la quitte plus d'un pas.

312, elle lui écrira plus tard.

393, répond Stefan pour demander quand.

5-0-1-12, elle le contactera ce soir.

*

— Tu fais une drôle de tête, quelque chose ne va pas ? s'inquiète Veronika en voyant Stefan redescendre de sa chambre.

— Tout va bien, je vous assure, mais… elle ne reviendra pas sans son frère.

— Et elle espère le trouver où ?

— Ben, au sud.

— Elle t'a dit où elle était ? intervient le menuisier.

— Rien de précis.

— Stefan, je sais quand tu me racontes des salades.

— Elle est à Novooleksiivka, mais elle s'apprêtait à en partir, je vous le jure.

— Tu lui as parlé des renforts ? demande Veronika.

Stefan regarde brièvement son père. Il réfléchit avant de parler.

— Non, ce n'était pas une bonne idée, elle se serait méfiée ; faites-moi confiance, je le lui dirai ce soir, elle a promis de me recontacter.

— Qu'est-ce qu'elle t'a raconté d'autre ? demande Veronika.

— Qu'elle allait bien et qu'elle était avec un chien.

— Un chien ? C'est tout ce que vous aviez à vous dire ?

— Avec ces appareils, c'est déjà beaucoup, répond Stefan.

— Puisqu'elle doit te recontacter, tu iras passer la soirée chez Madame. Vous pouvez le garder à dormir ? demande le menuisier à Veronika.

— Vous êtes sûr que ça ne vous dérange pas ?

— Je ne suis plus sûr de rien sauf de ce qui m'attend tout à l'heure, et je préfère passer la nuit dans le lit de mon fils que sur le vieux canapé du salon.

*

Valentyn s'est arrêté sur le pas de la porte pour observer la salle de classe. Le professeur d'histoire-géographie a pris place derrière son bureau.

— Eh bien, qu'attends-tu ? Entre ! tu vas être en retard, s'exclame-t-il.

Valentyn hésite encore, passer à l'acte demande une sacrée dose de courage, et il sait ce qu'il lui en coûtera. Guzenko est assis au troisième rang, arrogant et belliqueux jusque dans son sourire ; c'est lui le chef de la meute, une brute stupide qui ne le quitte pas des yeux lorsqu'il s'avance enfin dans la travée. Le devoir du jour consiste à dessiner les nouveaux contours de la Fédération de Russie sur une carte où l'Ukraine n'existe plus. Le professeur a punaisé le modèle à reproduire au tableau noir. Copier, c'est dans les cordes de Guzenko qui dévisse son flacon d'encre rouge avant d'y tremper sa plume. Valentyn s'arrête devant lui et le fixe. Guzenko n'en revient pas, il relève lentement la tête et le regarde avec un air de défi.

— Et alors, l'abruti, tu ne sais plus où est ta place ? balance-t-il.

Ses compères ricanent. Le professeur les rappelle au calme et donne l'ordre à Valentyn d'aller s'asseoir sans tarder. Mais Valentyn ne bouge pas, il a posé sa main sur le pupitre de Guzenko, s'approche lentement du flacon d'encre, pour que les autres comprennent qu'il n'a pas peur de ce qui va lui arriver ; et avec nonchalance, il retourne le flacon et verse l'encre sur le cahier. Elle se répand sur la feuille, ruisselle et atteint le pantalon de la brute.

Guzenko se lève furibond et l'attrape par le cou.

— Ça, tu vas me le payer cher ! hurle-t-il.

Valentyn se libère de son emprise et lui décoche un uppercut au bas-ventre. La bagarre a démarré, les deux enfants roulent à terre et les coups pleuvent. Le professeur d'histoire-géographie court vers eux pour les séparer.

Il n'en revient pas que Valentyn soit le fauteur de troubles. Il l'attrape par le lobe de l'oreille, ordonne à Guzenko d'un doigt pointé vers sa chaise de se rasseoir immédiatement. Tenant toujours Valentyn par l'oreille, il l'entraîne vers la sortie.

— Je ne sais pas ce qui t'a pris, mais tu me déçois beaucoup. Vraiment, je ne m'attendais pas à ce genre de comportement venant de toi. Quand je pense que je t'avais apporté le livre que tu m'avais demandé. Tu passeras l'heure dehors et prépare-toi à une sanction sévère si l'intendante générale te surprend. Tu viendras me voir à la fin du cours pour m'expliquer les raisons de cet acte inadmissible.

Il claque la porte, laissant Valentyn tout seul dans le couloir désert. Ce qui est précisément ce qu'il espérait.

Depuis son arrivée au pensionnat, Valentyn mémorise tout. Hier, en haut de la tour, il a beaucoup appris. À l'heure qu'il est, en début de matinée, pendant que les élèves et leurs professeurs sont en classe, les jardiniers affairés dans la cour extérieure, l'intendante générale traite les affaires courantes à son bureau et elle n'aime pas en redescendre. Les responsables de l'entretien inspectent les dortoirs, les surveillants prennent leur petit déjeuner au réfectoire tandis que les cuisinières sont derrière leurs fourneaux. Un horaire idéal pour une expédition.

Il remonte la coursive, enjambe le muret, traverse les jardins intérieurs, dépasse la grille et saute dans l'allée interdite.

La trappe qui l'intéresse est bien plus lourde qu'il ne l'avait imaginé. Il a beau tirer de toutes ses forces sur l'anneau, il arrive à peine à la soulever de quelques centimètres. Dans cette position, il lui est impossible de voir quoi que ce soit, il use de ses dernières résistances pour la reposer sans faire de bruit. Il a mal aux doigts, son plan a échoué, et il enrage doublement en pensant à ce qui l'attend après avoir osé humilier Guzenko. L'heure n'est pas aux lamentations, il doit rebrousser chemin, les surveillants reprendront bientôt leur ronde. Valentyn s'élance vers le jardin intérieur ; à courir trop vite, il dérape sur une pierre recouverte de mousse et s'affale entre deux rosiers. Les épines lui griffent le visage, il pose sa main sur sa joue, y trouve un peu de sang à l'endroit où ça brûle, se relève, se rue vers la coursive et s'arrête net. Une porte s'est ouverte, deux surveillants sortis de la cantine avancent dans sa direction. Il a tout juste le temps de se cacher derrière une colonne. Il retient son souffle en entendant leurs pas se rapprocher, il est trop loin de sa salle de classe pour fournir une explication valable. L'un des surveillants tapote ses poches de pantalon, il a dû oublier quelque chose à table, son téléphone probablement, il fait une moue et rebrousse chemin avec son collègue.

*

— J'avais parié sur Oleksiivka. Si elle est déjà à Novooleksiivka, c'est qu'elle est plus rapide que je ne le pensais, avoue Vital. Elle a dû marcher toute la matinée.

— Elle a pris le vélo de son père, rappelle Veronika.

— À vélo, elle serait beaucoup plus loin. J'ai étudié tous les itinéraires possibles pour la suivre à la trace.

— Dans ce cas, pourquoi est-ce que je reste ici à ne rien faire ? Indique-moi où elle est, j'ai assez d'essence, je pars la chercher.

— Elle coupe à travers champs, vous ne la trouverez jamais, et quand bien même vous passeriez la journée et la nuit à rouler dans les rues de Sal'Kove, de Mykolaïvka, ou de Novi, si elle se cache, vous n'aurez aucune chance. Sans compter que vous pourriez tomber sur une patrouille ennemie et vous faire arrêter. Laissez-la poursuivre son aventure une nuit de plus, je pense qu'elle rebroussera chemin demain matin.

— Tu le penses ou tu en es certain ?

— J'ai de bonnes raisons de le croire.

— Il paraît qu'un chien l'accompagne, c'est ce qu'elle a dit à Stefan.

— Au moins si quelqu'un veut s'en prendre à elle, il montrera les crocs, espérons que c'est un gros chien. Et à part ça, qu'a-t-elle dit d'autre ?

— Pas grand-chose, qu'elle descendait vers le sud et qu'elle donnerait de ses nouvelles ce soir.

— Si elle ne s'attarde pas en route, elle sera à Chonhar, et c'est là que les déconvenues vont commencer.

— Quelles déconvenues ? s'alarme Veronika.

— Elle ne pourra jamais franchir le check-point. D'après mes renseignements, les frontaliers passent au compte-gouttes, leurs papiers sont observés à la loupe. Lilya n'habite pas en Crimée, n'a pas l'âge d'y travailler, ils la refouleront. Voilà pourquoi elle devra rentrer chez elle. Appelez-moi dès qu'elle aura pris contact avec Stefan, quelle que soit l'heure. Demain, quand elle aura renoncé, il sera temps d'aller la chercher. À moins que vous la laissiez rentrer par ses propres moyens. C'est ce qu'auraient fait mes parents.

— Que Dieu t'entende !

— Vous croyez en Dieu maintenant ? À l'époque vous me répétiez le contraire.

— Je n'ai pas le cœur à plaisanter, Vital, merci encore d'avoir essayé.

— De rien, je dois reprendre mon travail, à plus tard.

Maintenant que Veronika a raccroché, Vital agrandit la carte sur son écran pour étudier la zone de passage de Chonhar. De part et d'autre du vieux pont, des murs rehaussés de barbelés ont été érigés. Un mirador a été construit au milieu du nouveau pont, le seul encore praticable. La photographie satellite révèle aussi la présence de deux postes frontière. L'un du côté ukrainien, l'autre trois kilomètres plus loin, en Crimée occupée. Entre les deux s'étendent des marais salants traversés d'un ruban d'asphalte que bordent des marécages et des sables mouvants.

— Qu'est-ce que tu pourrais imaginer pour franchir ce no man's land ? marmonne Vital.

Il regarde sa montre, Lilya mettra quatre à cinq heures pour atteindre Chonhar. Il a eu beau vouloir rassurer sa mère, lui ne l'est pas du tout. Le check-point est un lieu dangereux. Les prédateurs sont nombreux, Russes et miliciens de Wagner qui patrouillent, mais aussi les détrousseurs et les trafiquants d'êtres humains qui rôdent jour et nuit. Autant de vautours, pour lesquels une adolescente esseulée serait une proie facile.

*

— Viens, ne traînons pas, souffle Lilya au chien.

Depuis qu'elle a rebroussé chemin aux abords de la grande route, elle se sent surveillée. Elle est presque certaine d'avoir déjà croisé le pick-up qui vient de ralentir en la dépassant. L'un des miliciens a sorti la tête par la vitre et l'a reluquée. Elle hésite à aller de l'avant, un tour de pâté de maisons leur suffirait pour retomber sur elle. Changer de direction, mais pour aller où ? Les rues qui s'enfoncent dans le village sont désertes et peu avenantes. Si elle n'avait pas volé deux brioches, elle serait retournée se mettre à l'abri dans le café. Elle pense à la pharmacienne, mais il faudrait lui fournir des explications, elle n'a pas été dupe et risquerait de la retenir et de prévenir sa mère.

— Ça ne sent pas bon, confie-t-elle à Sobaka, mon frère a besoin de moi, alors montre-moi le chemin au lieu de me regarder la langue pendante.

Elle ne saura jamais si Sobaka a compris, ou s'il avait l'intention d'emprunter cette ruelle qu'elle n'avait pas vue. Pour une fois, c'est lui qui ouvre la marche.

Elle a parcouru cent pas quand un crissement de freins l'oblige à se retourner. Le pick-up est arrêté au bout de la ruelle. Lilya sent son cœur battre à toute vitesse, plus de doute, les miliciens en ont après elle.

Leur voiture redémarre en trombe dans la grande rue et disparaît. Lilya prend ses jambes à son cou, fonce aussi vite qu'elle le peut, stoppe net et hurle à Sobaka :

— Dans l'autre sens, ils vont nous contourner !

Elle déboule dans la grande rue qu'elle redescend en courant. Sobaka enchaîne les foulées, il a plus de souffle qu'elle. Au loin, elle aperçoit la gare. Là-bas, il y aura peut-être assez de monde pour dissuader les miliciens de s'en prendre à elle. Mais elle doit encore franchir quatre croisements et autant de rues dont ils pourraient surgir. Les rares piétons qu'elle rencontre s'écartent sur son passage. Elle dépasse le café, la pharmacie, la maison de la culture, hors d'haleine elle tourne à gauche dans la rue Tsentral'na, et aussitôt à droite dans la rue Narodiv, à droite encore dans la rue Zaliznycha. Plus que cent mètres et elle atteindra la passerelle piétonnière qui surplombe les voies ferrées.

Les miliciens ont déjoué ses ruses, le pick-up fonce sur elle, la dépasse et pile en grimpant sur le trottoir. Trois hommes en descendent aussitôt et l'attrapent au collet. Sobaka grogne, toutes dents dehors, l'un des miliciens sort un revolver.

— Retiens-le ou je l'abats, dit-il en pointant son arme sur le chien.

— Barre-toi, Sobaka !

Le chien reste en arrêt, les babines retroussées, un coup de sifflet retentit et il détale.

14

Les élèves sortent en rang. Valentyn attend devant la porte de la classe. Guzenko le fusille des yeux et, en passant devant lui, jure entre ses dents qu'il lui réglera son compte le moment venu.

— Entre, dit le professeur d'histoire-géographie.

Valentyn obéit et monte sur l'estrade.

— Ton copain m'a raconté ce qu'il t'est arrivé hier dans les douches. Je comprends mieux ton geste, mais je crains que tu n'aies fait qu'envenimer la situation. Désolé, je suis obligé de te punir pour ton comportement. Tu resteras ce soir en salle d'étude au lieu d'aller jouer dans la cour. J'ai appliqué la même retenue à Guzenko, ce qui vous donnera l'occasion de régler votre différend à l'amiable.

Valentyn acquiesce en hochant la tête. L'idée que Guzenko veuille régler quoi que ce soit à l'amiable, ou qu'il sache même ce que cela veut dire, l'aurait presque amusé s'il n'était pas dans son collimateur. Il salue le professeur et file vers le cours de mathématiques.

— Attends, j'ai quelque chose qui t'occupera pendant la colle, soupire le professeur en ouvrant son cartable. Rien à voir avec les châteaux forts, mais c'est tout ce que j'ai trouvé, ajoute-t-il en lui confiant un livre sur les travaux de l'architecte russe Semenov.

Valentyn ne résiste pas à l'envie de feuilleter les pages. Elles sont remplies de reproductions de plans et de photographies d'édifices staliniens.

— Tu n'as pas eu assez d'ennuis aujourd'hui ? File, avant que ton professeur de mathématiques ne t'envoie chercher un billet de retard !

Valentyn s'enfuit avec le livre sous le bras.

*

Le policier s'approche des quatre miliciens qui retiennent Lilya.

— Qu'est-ce qui se passe ? demande-t-il.

— En quoi cela te regarde ? rétorque le chef du groupe qui n'a pas l'intention de se laisser impressionner par un flic en uniforme. Elle traînait dans la rue, et si elle a détalé en nous voyant, c'est qu'elle a quelque chose à se reprocher. On l'emmène au QG pour l'interroger.

— Inutile, je sais pourquoi elle a fui. On nous a signalé un vol dans un café tout près d'ici, la description lui correspond. C'est une mineure, et cette affaire est du ressort de la police.

— Possible, mais c'est nous qui l'avons arrêtée ! proteste le milicien.

— Et je t'en remercie. Un homme de ta trempe a sûrement des missions plus importantes que d'interroger une gamine.

— Qu'est-ce qu'elle a volé ? demande un autre milicien adossé à la voiture, mâchant nonchalamment une chique de tabac.

— Une brioche, à ce qu'on m'a dit, à moins de lui ouvrir le ventre, je doute qu'on puisse la restituer à sa propriétaire.

Le chef regarde ses hommes. Une chapardeuse de brioches est un maigre gibier.

— D'accord, elle est à toi, dit-il, désinvolte. N'oublie pas que nous t'avons rendu un service aujourd'hui ; à charge de revanche.

— Évidemment, répond le policier en empoignant Lilya par le bras.

Les miliciens remontent dans leur pick-up et démarrent en trombe.

Le policier attend qu'il se soit éloigné pour relâcher son emprise.

— Comment t'appelles-tu ?

— Lilya Khodova.

— Tu as tes papiers ?

Elle fouille dans la poche de son blouson et les lui tend.

— Qu'est-ce que tu fiches ici, Lilya Khodova ?

— Je suis venue chercher des médicaments pour ma mère.

— Depuis Rykove ?

— Chez nous, le pharmacien est mort.

— Tu as parcouru quarante kilomètres depuis ce matin, pour des médicaments ?

— À vélo, ça ne m'a pris que deux heures.

— Et il est où, ce vélo ?

— Près de la pharmacie, quand ils se sont mis à me courser, j'ai eu peur et j'ai filé sans avoir le temps de le détacher.

— Admettons. Montre-moi l'ordonnance.

— La pharmacienne l'a gardée, je dois revenir chercher les médicaments dans deux jours.

— Évidemment. Et si je t'emmène la voir, elle me confirmera tout ce que tu viens de me raconter ?

— Oui, puisque c'est la vérité.

— Le vol dans le café, c'était toi ?

— J'avais faim, explique Lilya.

— Moi aussi j'ai faim et ça ne fait pas de moi un voleur. Tu as de la chance que je sois passé par là et plus encore que j'aie une fille de ton âge. Va récupérer ton vélo et que je ne te revoie plus traîner dans le coin, c'est compris ?

Lilya, bouleversée par ce qu'elle vient de vivre, remercie le policier et part tête basse, sans savoir du tout où aller.

À l'arrière du pick-up, un milicien a les yeux rivés sur l'écran de son portable.

— Qu'est-ce que tu regardes comme ça ? demande son chef en se retournant vers lui.

— La petite, je l'ai prise en photo pendant que tu la retenais.

— Yakov ! soupire son voisin, elle ne doit pas avoir plus de treize ans.

— Un peu jeune, mais sacrément mignonne avec ses petits seins.

— Je me suis dit la même chose, enchaîne le milicien qui conduit en se marrant. Vous y croyez à cette histoire de brioche ?

— Peut-être, peut-être pas, répond Yakov en crachant sa chique par la vitre. À votre avis, le flic va la garder combien de temps ?

— Deux heures, répond le voisin de Yakov. Mais si on l'attend à la sortie, on se fera repérer.

— Envoie sa photo au QG pour qu'il la fasse circuler. Elle croisera tôt ou tard une de nos unités ou la route d'un indic. Fais savoir qu'elle est à nous.

Yakov arbore un large sourire édenté. Comme ses camarades, c'est un taulard engagé dans les troupes de Wagner en échange d'une libération anticipée et d'un casier vierge ; un arrangement qui ne se refuse pas quand on est condamné à la perpétuité pour crimes de sang.

*

Ilga frappe à la porte du bureau et entre sans y avoir été invitée.

— Je n'ai pas faim, trop de travail, bougonne Vital, les yeux rivés sur ses écrans. Vous n'avez qu'à tout déposer sur la table, je mangerai plus tard. Merci beaucoup, Ilga.

Ilga ne répond pas, alors Vital relève la tête et constate que la gouvernante a les mains vides.

— Tu as de la visite, l'informe-t-elle avant de s'en aller.

— Quel genre de visite ? crie Vital.

— Sors de ta tanière et monte au salon si tu veux le savoir, répond-elle en criant à son tour du bas de l'escalier.

Vital pousse un long soupir et recule son fauteuil. Il lui faut du temps pour l'arrimer à la crémaillère et plus encore pour grimper jusqu'au rez-de-chaussée. L'effort en vaut la peine. Il reste bouché bée devant la femme accoudée au manteau de la cheminée.

— Un avion jusqu'à Lviv, un train où j'ai bien sûr voyagé en seconde, et un taxi de merde qui m'a conduite ici, tu crois pouvoir traverser la pièce pour me dire bonjour ou tu comptes rester planté là à me regarder ?

— Quel avion ? Tous les aéroports sont fermés. Et pourquoi portes-tu un uniforme de secouriste ?

— Avoir une grande ONG parmi ses clients devait bien servir un jour à quelque chose. Surtout quand mes services sont gratuits. Ils m'ont engagée la nuit dernière et, coup de chance, j'ai été aussitôt envoyée en mission ; un convoi humanitaire en partance pour Lviv. Je t'ai déjà raconté la suite du voyage et désolée si je n'ai pas eu le temps de me changer dans le taxi de merde. Maintenant que tu sais tout, tu vas m'embrasser ou je dois te montrer mes papiers ?

L'émotion de Cordelia est visible, celle de Vital presque palpable. Elle ne l'avait jamais quitté, sa présence était partout dans le manoir, à chaque instant de sa vie, elle était là, avec lui.

Il avance son fauteuil, elle fait un pas vers lui, ils se regardent, elle caresse son visage, il l'embrasse, elle l'embrasse à son tour, leurs lèvres s'effleurent, leurs langues se mêlent, ils s'aiment.

— Ne crois pas que ce baiser suffira à te faire pardonner le mal que tu m'as fait en me plantant à Londres.

Elle se retourne vers la fenêtre et laisse planer un mystère sur tout le reste.

— Je ne t'ai pas abandonnée, marmonne Vital.

— Si tu le dis… mais tu es quand même parti comme un voleur. J'ai pensé que tu avais une maîtresse ici.

— Tu me surestimes. Tu l'as pensé longtemps ?

— Il fallait bien que je trouve une raison à ton départ.

— Et c'est la seule que tu aies trouvée ?

— Non, mais c'est celle qui me mettait le plus en colère, j'avais besoin de te détester, sinon c'était trop douloureux.

— Tu sais combien de fois je suis entré dans ce salon en espérant entendre ta voix ?

— Comment le saurais-je, puisque tu as refusé que je te suive ?

— Les Russes ont bombardé Kiyv. Je n'aurais pas supporté qu'il t'arrive quelque chose.

— C'est ce qu'il paraît, il m'a fallu un peu de temps pour l'admettre. Enfin, pour être honnête, c'est Diego qui me l'a fait comprendre.

— Et toi, tu as quelqu'un à Londres ?

— Je t'aime parce que tu es intelligent, fais un effort, s'il te plaît.

Elle l'embrasse à nouveau, elle a envie d'ôter son uniforme, de prendre un bain et d'enfiler une tenue plus séduisante.

— Je me souviens précisément de ce qu'il restait dans le flacon de sels de bain à la fin de mon dernier séjour, si une femme s'en est servie je le verrai tout de suite.

Vital sourit bêtement, il aime ses reparties idiotes, sa bouche, sa peau, et sa présence.

— Je monterai te rejoindre dans le donjon un peu plus tard, je suppose que tu ne manques pas de travail, lance-t-elle avant de le quitter.

— La salle informatique est au sous-sol, maintenant.

— Évidemment, les bombes, soupire-t-elle. Au fait, c'est vrai que tu as rejoint les rangs de l'IT Army ?

— Comment le sais-tu ?

— Mon instinct.

*

Lilya marche depuis des heures, hantée par ce qu'il lui serait arrivé sans l'intervention du policier. Elle se rassure en pensant qu'elle doit son arrivée providentielle à sa bonne étoile, un tour de sa grand-mère qui veille sur elle du ciel, et pourtant, elle a toujours aussi peur. Elle en a vomi en arpentant les rues de Novooleksiivka à la recherche de Sobaka. Sa besace à l'épaule, elle est retournée à la maison abandonnée, espérant qu'il s'y cacherait peut-être. Elle l'a retrouvé dans l'arrière-cour d'une supérette, le museau plongé dans un sac-poubelle. Il n'a pas voulu la rejoindre avant d'avoir terminé son repas. Elle lui a reproché d'être sale et de bouffer vraiment n'importe quoi. Puis ils ont repris la route ensemble.

Sur les chemins de traverse, elle veille à ne pas s'écarter des ornières laissées par les tracteurs. Les hommes de Wagner s'amusent à poser des mines dans les champs. Ça les rend hilares quand ils en entendent une exploser dans le lointain. Il paraît que le soir, ils dessinent des croix sur les murs de leurs QG, une pour chaque Ukrainien qu'ils ont tué sans même avoir tiré une balle.

Elle avance le dos courbé à travers les hauts blés qui s'étendent à perte de vue, se redressant de temps à autre pour s'assurer qu'elle fait toujours cap au sud.

L'après-midi s'étire quand elle atteint Sal'Kove ; les champs s'arrêtent à la sortie du hameau. À cet endroit, la voie ferrée se rapproche de la E105 pour traverser une bande de terre étroite qui longe le lac Sokolos'ke. Deux kilomètres à découvert avant de pouvoir s'abriter dans la luzerne. Quatre heures encore avant d'arriver à Chonhar.

Une paysanne étend du linge sur une corde tendue devant sa maison, elle dit bonjour à Lilya en agitant la main, et lui fait signe de se rapprocher. C'est une très vieille femme ; ses cheveux tressés, sous son chapeau de paille, descendent jusqu'au milieu du dos. Lilya hésite, elle rêve d'un verre d'eau pour étancher cette soif terrible depuis que sa gourde est vide. Elle lève les yeux vers le ciel, croyant toujours à sa bonne étoile.

*

Veronika regarde sa montre toutes les heures. La plaisanterie du chirurgien n'était peut-être pas fausse. Un homme, tombé d'une échelle, s'est brisé la jambe ; un accident de la route a fait un blessé grave et un léger ; à 15 heures, un enfant est arrivé pour une crise d'appendicite. Il a l'âge de Valentyn et Veronika a dû s'éclipser un moment dans la salle commune avant de trouver la sérénité nécessaire pour le prendre en charge. Danylo assure le triage ; quand il n'est pas en train de pousser un brancard, il s'efforce de nettoyer le bloc au plus vite entre deux interventions. Le chirurgien est en joie, les urgences du dispensaire ne désemplissent pas, et pourtant, aucune journée n'a paru aussi longue à Veronika. Même si une pluie de bombes devait s'abattre sur Rykove, dans deux heures, elle quittera son poste pour aller chercher Stefan et le ramener chez elle.

*

Au fond de la salle, Guzenko a l'air aussi féroce que le surveillant qui a ordonné à Valentyn de prendre place à côté de son ennemi. Ainsi, il les aura tous deux dans son champ de vision sans avoir à fournir d'effort. Le surveillant s'assied derrière le bureau et exige le silence.

Valentyn pose ses livres et son cahier sur le pupitre ; il défait la sangle qui les retient et ouvre le manuel d'architecture de Semenov. Il feuillette les pages, fait mine d'admirer les premiers gratte-ciel de l'ère soviétique, s'arrête sur des reproductions de plans des bâtiments.

Guzenko tourne lentement la tête et l'épie un moment avant de lui donner un coup de coude pour attirer son attention.

— Qu'est-ce qui t'intéresse là-dedans ? chuchote-t-il.

Valentyn écrit qu'il espère devenir un jour architecte.

— Et merde, c'est vrai qu'en plus tu es muet ; eh ben dis donc, la nature t'a pas fait de cadeau.

Guzenko approche doucement sa chaise pour y voir de plus près. À son tour, il se penche sur le plan, mâchouille son crayon, comme plongé dans une réflexion abyssale.

— Tu mens, si tu voulais faire ce métier, tu regarderais pas des vieux immeubles aussi moches.

— *Parce que tu t'y connais en architecture ?* écrit Valentyn.

— Mon père était chef de chantier, alors oui, j'en sais un bout sur la construction.

L'usage de l'imparfait n'a pas échappé à Valentyn qui renonce à lui poser davantage de questions.

— Qu'est-ce que tu mijotes, Khodova ? Je t'ai à l'œil depuis ton arrivée, t'es pas comme les autres et pas seulement parce que t'as le bec cloué.

— *Tu ne comprendrais pas.*

— Tu penses que je suis un imbécile ?

— *Non, mais toi tu penses que j'en suis un.*

— Tu te trompes.

— *Pourquoi tu pleurais hier soir dans le dortoir ?*

— T'es dingue ou quoi ? J'ai jamais pleuré. Si tu t'amuses à raconter ce bobard à qui que ce soit, je te mets en pièces !

— *Alors c'était sûrement quelqu'un d'autre. N'empêche, il y en avait un qui sanglotait dans le coin où tu dors.*

— Sûrement Krivik, une vraie mauviette, celui-là.

— *Moi aussi j'ai pleuré, mais personne ne peut m'entendre.*

— T'es bizarre, Khodova, pourquoi tu me confies ça ? T'as pas peur que je répète aux autres que toi aussi t'es une mauviette ?

— Silence ! hurle le surveillant.

— *Ce sont eux et seulement eux qui me font peur,* rédige Valentyn en relevant les yeux vers le tableau noir.

Guzenko découvre soudain les vertus de l'écrit quand on veut bavarder en salle d'étude sans se faire remarquer. Il pointe son stylo sur le cahier de Valentyn et s'y met à son tour.

— *D'accord, c'est vrai que je suis pas tranquille. Bon, qu'est-ce que tu fous avec ce livre ? Dis la vérité sinon je vais penser que tu me fais pas confiance !*

— *Après ce qui s'est passé hier soir, tu veux dire ?*

— *Me pousse pas trop loin, Khodova, balance ce que tu as en tête.*

Valentyn réfléchit. Il a besoin de gros bras pour soulever cette fichue trappe et son copain n'aura pas le courage de tenter le tout pour le tout pour s'évader. Il prend son temps en formant ses lettres, comme le ferait à l'oral celui qui voudrait donner de l'importance à chaque mot prononcé.

— *Tu n'as pas envie de rentrer chez toi ?*

Guzenko, plisse les yeux et avance lentement la tête pour s'assurer que Valentyn ne se moque pas de lui.

— Vas-y, continue, chuchote-t-il.

— *Je pense avoir trouvé un moyen de se retrouver dehors.*

— *T'es sûr de toi ? Comment ?*

— *Pas encore, c'est pour ça que j'étudie ces plans. Ce ne sont pas les grands immeubles qui m'intéressent, même si je les trouve assez impressionnants, mais ceux-là !*

Valentyn fait tourner les pages et s'arrête sur une série de gravures représentant des bâtiments occupés jadis par les armées du tsar, que Semenov a rénovés.

— *Tu ne trouves pas que ça ressemble au pensionnat ?*

— *C'est pas la même époque, mais y a quelque chose, en effet. Je vois toujours pas où tu veux en venir.*

— *J'ai repéré une trappe dans l'allée interdite ; je pense qu'il y a un escalier en dessous qui descend peut-être vers une cave et un tunnel qui déboucherait de l'autre côté du talus près de la route.*

L'affaire paraît si sérieuse que Guzenko reprend son crayon.

— *Pour le tunnel, j'en sais rien, mais une cave, c'est sûr. J'ai déjà vu les jardiniers descendre par cette trappe avec des caisses pleines de provisions dans les bras.*

Le surveillant les observe, Valentyn s'empresse de raturer sa conversation avec Guzenko.

*

En entrant chez la paysanne, Lilya se demande si elle n'est pas allée au bout de son aventure. La maison est simple, l'atmosphère paisible, l'eau fraîche ; elle est si fatiguée.

— Eh bien ma petite, tu mourais de soif ! s'amuse la paysanne en remplissant de nouveau le verre que Lilya a bu d'un trait.

Même le chien semble apprécier le calme des lieux, il s'est couché près du poêle et ferme déjà les yeux.

La paysanne dépose sur la table une boîte de biscuits qu'elle ouvre avec difficulté. Lilya regarde ses doigts tordus pétris d'arthrose qui lui rappellent les mains de sa grand-mère.

— C'est douloureux de vieillir. Profite de ta jeunesse tant qu'elle est encore là. Je suis curieuse de savoir ce qui t'amène à Sokolos'ke. Les visiteurs sont rares. Tu habites dans quelle maison ?

— Je suis de passage, répond Lilya. Les Russes ont kidnappé mon frère, je suis parti à sa recherche.

La vieille femme lui caresse la main, l'air plein de compassion.

— Je suis désolée, j'imagine qu'il te manque, mais ce n'est sûrement pas aussi terrible que tu le racontes. Je vois souvent passer les bus scolaires qui conduisent les enfants vers une colonie de vacances en Crimée, et, quand ils en reviennent, ils ont tous très bonne mine. L'air des marais salants leur fait le plus grand bien. Parfois, ils s'arrêtent devant chez nous pour se dégourdir les jambes. Maintenant que j'y pense, cela fait longtemps qu'ils ne sont plus passés. Enfin, je suis sûre que tu t'inquiètes pour rien. Il doit beaucoup s'amuser là-bas.

— Où est cette colonie ? demande Lilya fébrile.

— Sur la presqu'île à l'entrée de Prydorozhnje, c'est un endroit ravissant. Mais en ce moment, c'est compliqué de s'y rendre ; la frontière n'est pas facile à franchir, à cause des terroristes. Au moins, quand nous serons en paix, elle n'existera plus.

— Quels terroristes ?

— Ceux qui veulent à tout prix rester ukrainiens. Qu'est-ce que cela changerait pour des gens comme nous d'être russes, puisque tous ceux qui vivent ici parlent russe ? On les accuse de tous les maux, mais avec moi ils ont toujours été très aimables. Je me demande à qui profitent ces drames. Rejoindre un grand pays ne nous rendrait pas plus pauvres que nous ne le sommes déjà, ce serait probablement le contraire. Tiens, reprends de mes biscuits, tu es jolie, mais bien maigre, je trouve.

Lilya préfère ne pas répondre, cela ne servirait à rien. Les propos de la paysanne lui ont ôté ses doutes et sa fatigue. Elle ne pense qu'à son frère, à sa peur et à sa solitude dans sa prison de Crimée. Elle a parcouru la moitié du chemin. Maintenant qu'elle sait où Valentyn est retenu, ne reste plus qu'à trouver le moyen de l'en faire sortir. Si elle échoue, elle se rendra pour être enfermée avec lui. Elle se lève, explique qu'elle doit partir avant que la nuit tombe. Sobaka dort profondément. Il ouvre un œil, s'étire paresseusement et se redresse sur ses pattes.

— Mais où vas-tu comme ça ? Je te l'ai dit, on ne peut pas aller plus loin que Chonhar.

— Je vais tenter ma chance, moi aussi j'ai besoin de vacances, répond Lilya depuis le pas de la porte, merci pour votre accueil.

La paysanne soulève le voile à sa fenêtre pour observer Lilya qui s'éloigne sur la route avec son chien à ses côtés. Elle s'inquiète de la voir s'en aller vers cet endroit qu'il ne fait pas bon fréquenter. Elle se demande si elle ne devrait pas prévenir les autorités pour qu'il n'arrive rien à cette jeune fille si polie et qui a tant apprécié ses biscuits.

Dès que la maison a disparu dans la courbure de la route, Lilya en sort une poignée de sa poche et les lance à Sobaka ; elle les a chapardés pendant que la paysanne préparait du thé.

*

Cordelia entre sans frapper dans la salle informatique, s'installe dans le fauteuil à côté de Vital et se penche sur ce qui est affiché sur les écrans.

— Tu n'es pas censée voir ça, dit-il d'une voix calme.

— Une petite question, juste pour être bien sûr : quand on a volé trois cent cinquante millions de dollars aux responsables du scandale de l'insuline pour les reverser à leurs victimes, c'était sensé ? Hacker des milliardaires et balancer à la presse les preuves de leur corruption, on était censés le faire ou pas ? Et faire chanter l'entourage d'un dictateur pour sortir un prisonnier politique de sa prison ? Tout ce qu'on a fait depuis que nous sommes hors la loi, ce n'était pas justifié ? Maintenant, tu m'expliques de quoi il s'agit !

— C'est une opération militaire, répond Vital impassible. On brouille les systèmes de guidage des lance-missiles ennemis, on arrive parfois à les rediriger sur leurs propres tanks.

— Mais quelle idée géniale ! s'exclame Cordelia, enjouée. Alors, si tu fais des choses aussi insensées, est-il possible que je couche avec un gros bonnet de l'IT Army, sans le savoir ?

— Tu pourrais être sérieuse, deux minutes ?

— Avec toi ? Le plus tard possible, mon chéri, sinon nous fonçons vers l'ennui. Des lance-missiles… je t'en supplie, Vital, laisse-moi t'aider.

— Tu peux m'aider à chercher Valentyn pendant que je m'occupe de ma mission.

Cordelia ramasse son sac qu'elle pose devant Vital.

— Tu m'as apporté des After Eight[1] ?

Elle lève les yeux au ciel et sort un épais dossier.

— Historique du système des camps pour enfants, méthodologie complète, comment et pourquoi ils les transportent en Russie ou dans les territoires qu'ils occupent. Programmes de rééducation, enseignement académique et formation militaire. Tu trouveras aussi la liste des responsables fédéraux impliqués dans ce trafic de mineurs et de ceux qui travaillent au sein des autorités d'occupation alignées sur la

1. Chocolats anglais à la menthe.

Russie. Noms et photos. Et enfin l'essentiel, les localisations des centres de rééducation.

— Comment as-tu mis la main là-dessus ?

— En faisant des choses sensées, répond-elle d'un ton distant.

*

Stefan a posé les affaires qu'il a emportées pour la nuit au pied de l'escalier et se retourne vers la mère de Lilya.

— Tu sais où est la chambre ?

— Non, madame, nous ne sommes jamais allés au-delà du salon.

— Appelle-moi Veronika, ce sera plus simple. En haut, la première porte à droite dans le couloir. Tu n'auras qu'à prendre le lit de Valentyn.

— Le canapé me conviendra très bien, si ça ne vous dérange pas.

— Tu as raison. Je n'ai pas réussi à mettre un pied dans leur chambre depuis… bon, va t'installer à la table de la cuisine, je vais nous préparer à dîner.

— Je peux vous aider ?

— Tu cuisines ?

— Une omelette, si ça vous convient ?

— Tu trouveras des œufs dans le frigo, dit-elle d'une voix lasse.

Elle lui montre où prendre les ustensiles et dresse deux couverts pendant qu'il s'affaire. L'absence de Lilya paraît plus vive maintenant qu'il est chez elle. Il pose l'omelette sur la table, s'assied en face de Veronika et attend qu'elle se serve.

Le dîner débute en silence. Chacun a les yeux rivés sur le pager qui trône sur la toile cirée. Veronika a débouché une bouteille de vin, elle remplit son verre et regarde Stefan.

— Il n'est pas très bon, mais si tu en veux un peu, je ne dirai rien, c'est promis.

Il accepte sans hésiter. L'alcool que distille son père est bien plus fort.

— Parle-moi d'elle, raconte-moi ses journées à l'école. Elle a beaucoup d'amies ? Elle est si secrète avec moi.

— Oui, elle est très populaire, c'est le moins qu'on puisse dire.

— Vraiment ?

— Oui, vraiment.

— Alors j'en suis heureuse.

Le pager vibre, ils retiennent leur souffle, Stefan se précipite dessus.

372, qu'est-ce que tu fais ? a demandé Lilya.

Elle va bien, dit-il aussitôt à sa mère.

78 01173, je dîne, répond-il.

7 61 7612, elle a faim.

Ils s'écrivent aussi vite qu'ils peuvent échanger les codes. Elle lui raconte son périple ; 440, avoue qu'elle est fatiguée. Elle évoque ceux qu'elle a croisés sur sa route, sans trop entrer dans les détails. Chaque fois que Veronika intervient pour suggérer une question, Stefan a l'impression de trahir Lilya. Parfois, il s'abstient de les retranscrire, et lorsqu'elle mentionne les mercenaires qui ont voulu la capturer, il se garde de le dire à Veronika et tape rageusement 404, laisse tomber. 12317123, rentre. Et il s'en veut aussitôt d'avoir tapé cela. Alors il enchaîne, lui demande quelle sera sa prochaine étape, quand elle espère arriver à destination. Il la supplie de ne pas prendre de risques inutiles. Ses doigts se figent quand il apprend qu'elle sait exactement où se trouve son frère, et réfléchit à un plan pour le faire s'évader. Elle doit trouver un abri avant la nuit, le monde tourne décidément à l'envers, plus elle avance vers le sud et plus il fait froid. Elle promet de le recontacter demain à son réveil, lui souhaite bonne nuit, tape 143 et l'efface avant d'appuyer sur la touche « envoi ». Elle le lui dira de vive voix à son retour… si elle le pense toujours.

*

— Voilà, je t'ai tout raconté, dit Veronika.

Vital pianote sur son clavier, une photo satellite de la zone de Prydorozhnje s'affiche à l'écran.

— Il est retenu dans d'anciennes casernes reconverties en centre de vacances. Même en agrandissant l'image, impossible de voir ce qu'il s'y passe à cause de la structure des bâtiments, sauf dans la cour extérieure. Laissez-moi quelques heures, le temps de réunir des clichés plus anciens qui nous renseigneront sur les activités autour de ce centre.

— Et Lilya ?

— Elle arrivera probablement à Chonhar avec la nuit, d'ici deux heures.

— Je saute dans ma voiture et je pars la chercher.

— De nuit, avec les patrouilles qui rôdent sur les routes, c'est de la folie.

— Mais c'est ma fille.

— Elle aura plus que jamais besoin de sa mère quand elle rentrera. Ne prenez pas de risques inutiles, je vous supplie de rester chez vous et de me laisser faire.

Veronika a raccroché ; Cordelia a tout entendu, Vital a pris l'appel en main libre.

— Elle tentera l'impossible pour se rendre en Crimée.

— Évidemment, puisque c'est pour sauver son frère ! J'en ferais autant pour Diego.

— Ça, je n'en doute pas et c'est justement ce qui m'inquiète, répond Vital.

— À moins que sa mère ne la récupère avant qu'il soit trop tard.

— Que ferais-tu à ma place ?

— D'abord, il me semble que nous sommes à la même place et deuxièmement, tu me poses une question dont tu connais la réponse.

Vital fixe longuement Cordelia, un sourire malicieux éclaire son visage.

— D'accord, on va l'aider, mais sa mère ne devra jamais le savoir.

— Et tu comptes t'y prendre comment en étant à des milliers de kilomètres de l'action ?

— Je vais entrer en contact avec la résistance ukrainienne qui opère dans cette partie de la Crimée. Si Lilya réussit à passer, ils la récupéreront.

— Et si elle ne réussit pas ?
— On va s'arranger pour que ce ne soit pas le cas.

*

Deux heures se sont écoulées depuis son échange avec Stefan. Assise sur un muret, Lilya observe la foule qui s'étend sur trois kilomètres depuis la sortie de Chonhar jusqu'au point de contrôle. Des hommes portant une valise dans chaque main, des femmes tenant un enfant sur un bras, un ou deux autres par la main, des vieillards qui s'appuient sur une canne. Sales, épuisés, ils attendent depuis des heures, une journée parfois, devant le check-point où on les fait passer un par un. Quand la foule se rapproche trop de la grille, un soldat tire une rafale en l'air.

Elle pourrait se glisser parmi eux, trouver sur le visage d'une mère un regard complice et se coller à elle en espérant qu'elle joue le jeu. Elle ne serait pas la première mineure à voyager avec d'autres parents que les siens. Mais rejoindre ce troupeau la rebute, des êtres humains qu'on traite comme des bêtes. Même Sobaka semble plus fier.

Le chien saute sur un muret, flaire l'atmosphère et tourne la tête en direction des marais salants.

— Je n'irais pas par là si j'étais toi.

Lilya sursaute. L'homme aux traits burinés qui lui a donné ce conseil porte un vieux paletot de marin, une chemise en lin, un pantalon de toile et des chaussures élimées. Sous des sourcils en broussaille aussi blancs que sa barbe, ses yeux sont pleins de mélancolie. Sobaka ne semble pas s'en méfier.

Possible qu'il l'ait déjà croisé en vagabondant dans les rues, possible aussi qu'il se soit déjà aventuré jusqu'à Chonhar.

— Caressez-le, sinon il pensera que vous ne l'aimez pas, répond Lilya.

— Je m'appelle Dimitri, dit-il en tapotant gentiment la tête de l'animal. C'est truffé de mines, explique-t-il. On ne peut plus accoster avec nos barques par ici, tellement il y en a. Ton chien n'est pas assez lourd pour les déclencher, mais toi, si.

— Il est bien plus gros que moi, proteste Lilya.

— Possible, mais son poids se répartit sur quatre pattes, le tien seulement sur deux pieds. Jamais vu de chien se faire péter la gueule, sauf avec les mines à fil, mais des hommes et des femmes ça, oui, et je peux t'assurer que ce n'est pas joli à regarder.

Il a eu une expression dégoûtée en disant cela.

— Sacré orage hier soir. J'espère que tu étais à l'abri.

Lilya hoche la tête, pas encore décidée à engager la conversation.

— Si tu veux te rendre en Crimée, il est trop tard pour passer aujourd'hui. Tu devras dormir sur le pont, mais avec la brise marine qui se lève à la nuit, il fait sacrément froid.

Lilya ne répond pas.

— À l'entrée des marais, tu verras une petite maison bleue ; il y a une barque couchée sur le flanc juste devant ma porte. Si tu ne sais pas où aller, tu peux frapper. Je ne dirai rien à personne.

— Pourquoi ? demande Lilya.

— Je ne t'ai pas posé de questions, ne m'en pose pas non plus. Parce que ça se fait, je suppose. Ne traîne pas ici trop longtemps ; surveille discrètement le mirador au bout du pont. Les gars qui sont postés en haut observent tout et leurs jumelles portent loin.

Le vieux pêcheur s'en va, longe la digue et emprunte un chemin qui mène à sa maison. De retour chez lui, il prend son téléphone portable dans la poche de son paletot.

— C'est bon, je l'ai repérée, elle a mordu à l'hameçon. D'ici une heure, il fera trop froid pour rester dehors et elle débarquera chez moi.

— Ne la laissez repartir sous aucun prétexte. D'autres instructions vous seront communiquées un peu plus tard. Personne ne doit mettre la main sur elle avant que tout soit en place.

— C'est clair, ne vous inquiétez pas, je vais la faire lanterner le temps qu'il faut.

— Merci de votre collaboration, vous serez récompensé, promet son interlocuteur.

15

La bande était au complet, Andriy, Romanyuk, Krivich, et Guzenko avec son air de dur, l'attendaient devant la salle des douches. Valentyn ne se faisait aucune illusion. Même si l'heure de colle les avait rapprochés, Guzenko ne perdrait pas la face devant les autres. Ils s'étaient mis d'accord pendant l'étude, les coups seraient moins forts que la veille. Mais la promesse n'avait pas été respectée à la lettre. Valentyn avait drôlement mal aux côtes. Peu lui importaient les brimades, les souvenirs de ce qu'il endurait dans ce pensionnat resteraient à jamais enfouis dans les secrets de son enfance.

Son copain n'en menait pas plus large à table, et tous les enfants présents au réfectoire ressentaient cette angoisse qui vous saisit à l'approche de la nuit. Valentyn n'avait pas fini son repas et s'était levé pour quitter la salle.

Le jardin intérieur était plongé dans une obscurité profonde, quelques lucioles scintillaient entre les bégonias. Il avait longé la coursive, résolu à s'enfuir dès ce soir.

Il était déjà couché quand les élèves avaient envahi le dortoir. Guzenko était passé sous bonne escorte devant son lit, sans même le regarder.

— Je te jure que je ne les lâche pas, avait murmuré son copain depuis le lit voisin. Ils vont se lasser, je te promets.

Valentyn lui avait souri et s'était retourné pour pleurer en silence, le visage enfoui dans l'oreiller.

*

Valentyn n'est pas le seul à pleurer. Devant sa voiture, garée sur le parking du dispensaire, après avoir maintes fois essayé de démarrer, Veronika découvre que le bouchon du réservoir a disparu et qu'on a siphonné son essence.

Elle se rassied derrière le volant et le frappe rageusement en versant toutes les larmes de son corps.

— Et qu'est-ce qui vous arrive ? demande Danylo qui fumait sa cigarette assis sur un banc non loin de là.

Veronika tourne la tête vers lui et éclate à nouveau en sanglots. Danylo contourne la voiture et s'installe sur le siège passager.

— Et si je vous disais qu'il y a un gros bidon d'essence à la cave, ça vous consolerait ? Et même si elle est réservée au générateur du dispensaire, je peux en sacrifier quelques litres.

— C'est très généreux, mais il est trop tard maintenant. Le temps que j'arrive à Chonhar, elle se sera cachée pour la nuit, je ne la trouverai jamais.

— C'est pour aller chercher la petite que vous vouliez prendre le risque de rouler de nuit ?

— On a fait pire ensemble, non ?

— Eh oui, ça, c'est vrai, mais faudrait tout de même pas que ça se transforme en habitude. Et demain matin, elle sera toujours cachée ? demande Danylo d'une voix ingénue.

Veronika sèche ses larmes du revers de la main, son visage a repris des couleurs.

— Et voilà mon plan qui va vous redonner de la joie de vivre ; pendant que vous dormez, je mettrai ce qu'il faut dans le réservoir et je lui collerai un bouchon à clé ; ce que vous auriez dû faire depuis belle lurette, vu que les gens sont prêts à se battre pour un litre d'essence. Et en partant à l'aube, vous arriverez là-bas quand votre fille pointera le nez dehors. Et comme Chonhar n'est pas très grand, vous la croiserez sûrement. Et vous serez rentrées toutes les deux pour l'heure du déjeuner.

Veronika prend les joues de Danylo entre ses mains et les embrasse comme du bon pain. Il est surpris de cette effusion de joie qui n'est pas pour lui déplaire.

— Et je vous rappelle que dans mon plan, il est question que vous alliez dormir, alors rentrez chez vous, et je m'occupe du reste !

*

Lilya reste sur le seuil, hésitante. Le vieil homme lui montre ses mains calleuses.

— Elles ne peuvent plus réparer mes filets. Tu vois, je suis trop âgé pour être encore une menace. Viens te mettre au chaud et ferme cette porte, le vent est glacial ce soir.

La maison du pêcheur est modeste. Le sol en bois est patiné par le temps, et si les relents de poisson se font sentir, l'intérieur est mieux entretenu que la façade décrépie par le sel et le vent ne le laissait supposer. Le mobilier est simple, une petite table, deux chaises et un fauteuil usé près du poêle. Au fond de la pièce à vivre, une vasque et un vieux réchaud font office de cuisine. Un escalier aussi raide que ceux qui montent à un grenier permet d'atteindre la mezzanine où Lilya aperçoit un matelas.

— Je peux rester un peu ? demande-t-elle en contemplant les flammes qui dansent derrière la vitre du poêle.

— Autant que tu le souhaites. Tu as faim ?

Elle hausse les épaules.

— J'ai mis un beau mulet et des pommes de terre dans ma soupe, ça devrait te plaire.

Lilya considère Sobaka assis à ses pieds.

— Tu peux partager ton repas avec lui, je n'y vois pas d'inconvénient. Dans le temps j'en avais un, un peu moins grand, mais très bon compagnon de pêche. Quand je naviguais, il adorait se mettre à la proue, le museau au vent ; bien entendu, il me cachait la vue. Les copains se foutaient de moi en me disant que je n'avais qu'à mettre le cap sur son dos pour retrouver la rive.

— Vous avez toujours vécu ici ?

— Je n'ai pas envie de parler de moi. Ma vie n'est pas très belle à raconter. Mais rien ne t'empêche de me dire pourquoi tu traînes dans le coin avec ton chien.

Il s'éloigne vers le réchaud, hume le fumet qui s'échappe d'une casserole, remplit deux assiettes creuses, sort d'un placard une gamelle un peu rouillée et sourit en versant la soupe.

Il sert d'abord Sobaka et pose les assiettes sur la table.

— Tu n'es pas très bavarde, s'amuse Dimitri en regardant Lilya avaler son repas avec un appétit féroce.

Elle relève la tête et le jauge.

— Je dois passer en Crimée.

— Tu as de la famille là-bas ?

— Mon frère.

— Et tes parents ?

— Nous vivons à Rykove.

— Je n'y suis jamais allé, confie le pêcheur. En fait, je ne me suis jamais aventuré dans les terres, mais en mer, ça, j'ai navigué loin.

— Loin comment ? La mer d'Azov n'est pas plus grande qu'un lac, fait remarquer Lilya sur un ton insolent.

Elle racle le fond de son assiette, le pêcheur la lui enlève, retourne au réchaud et la remplit à nouveau.

— Non, mais dans le temps quand j'avais un petit chalutier, on traversait le détroit de Kertch pour aller braconner dans les eaux turques. Valait mieux ne pas se faire prendre, je te l'assure. Rien que d'aller là-bas, ça représentait plus de trois cents milles marins, ajoute à ça une centaine pour longer les côtes et trois cents autres au retour. On restait jusqu'à deux semaines en mer. Si vous êtes de Rykove, qu'est-ce que ton frère fabrique en Crimée ?

— C'est tout le problème, répond Lilya. De quel côté êtes-vous ?

— Je ne comprends pas ta question, ma petite.

— Je ne suis pas petite, et vous savez très bien de quoi je parle.

— Dans ce cas, commence par apprendre à parler moins fort ; les gens qui pensent comme moi ne sont pas nombreux dans la région.

— Et vous pensez quoi ?

— Qui me dit que je peux te faire confiance ?

— J'ai la tête d'une espionne ? Il y a deux secondes vous m'appeliez ma petite.

Le pêcheur se gratte la tête.

— Tu ne manques pas d'à-propos. Disons que je n'en pince pas pour ceux qui ont transformé les marais en champs de mines, ça te va comme réponse ?

La conversation a bercé Sobaka qui bâille, s'étire et s'allonge aux pieds de Lilya. Son calme la met en confiance.

— Valentyn est là-bas parce qu'ils l'ont kidnappé.

— Les miliciens ?

— Non, les Russes.

— Et tu veux le ramener chez toi ?

— Oui.

— Tu as de la chance.

— Que les Russes aient enlevé mon frère ?

— D'avoir dans ta vie quelqu'un qui te donne ce courage.

Dimitri se lève pour débarrasser la table, Lilya lui prend des mains les deux assiettes qu'elle porte dans l'évier.

Il n'y a qu'un pain de savon sur la vasque, elle le gratte avec ses ongles, pour en tirer des copeaux qu'elle dilue dans l'eau. Le pêcheur s'installe dans son fauteuil ; cela fait longtemps qu'il est seul à s'occuper de sa maison, voir Lilya laver la vaisselle le distrait.

Puis il se lève, va chercher une serviette dans une armoire et lui indique la porte de la salle d'eau.

— Tu as l'air encore plus fatigué que ton chien. J'ai l'habitude de passer la nuit dans mon fauteuil, grimpe à la mezzanine. Tu peux dormir sur tes deux oreilles, si je t'avais voulu du mal, ce serait fait depuis longtemps.

*

Cordelia a imprimé une trentaine de photos qu'elle a alignées sur la grande table du donjon. Elles sont toutes marquées de la date et de l'heure auxquelles elles ont été prises.

— Regarde, dit-elle après en avoir sélectionné six, le mardi et le jeudi entre 14 heures et 17 heures, ils font une sortie en groupe.

Vital affiche les photos sur son écran et zoome au maximum.

— Ils sont à vélo ?

— Ça m'en a tout l'air, répond Cordelia, une trentaine d'enfants et je ne vois chaque fois que trois adultes pour les escorter, un devant, un au milieu et un qui ferme la marche.

— Trois virées successives, quatre-vingt-dix têtes, la résistance pourrait intervenir, à condition d'être capable d'identifier Valentyn parmi tous ces gamins.

— J'en connais une pour qui ce n'est pas un problème.

— Quand ont lieu ces sorties ?

— La prochaine, demain.

— Trop court pour monter le coup, elle n'est pas encore arrivée sur place.

— Mais tu as un plan pour l'aider à passer la frontière demain matin, n'est-ce pas ?

— Je dois d'abord m'occuper d'une opération militaire.

— Si tu me laissais t'aider, nous irions plus vite à deux, non ?

— Tu ne saisis toujours pas ce que signifie « opération militaire » ?

— Si, justement. Tu me donnes les codes ?

À court d'arguments, il capitule. Elle ne le laissera jamais agir seul et il n'a ni le courage ni l'envie de lui demander de quitter le donjon.

À peine lui a-t-il autorisé l'accès à sa console que Cordelia se met au travail. Duper les pare-feu, entrer dans les serveurs ennemis, sans activer les lignes de défense, lui procure une jouissance indicible. Elle rêve depuis des mois de faire un gros coup. Les attaques qu'elle lance au sein de son agence de sécurité ne sont que des simulations sans conséquences, ce n'est pas le cas ce soir et elle ne peut imaginer plus romantique qu'un hack en tête à tête avec Vital.

C'est une partition à quatre mains, jouée par deux virtuoses. Les lignes de codes défilent sur les écrans, à chaque étape de l'intrusion, la tension monte d'un cran ; par moments, Cordelia s'arrête pour faire craquer ses doigts et reprend de plus belle.

Une heure à jouer au chat et à la souris, ils entrent au cœur du système et reprogramment les coordonnées des cibles. Le travail accompli, Vital fixe son écran en silence.

— Et maintenant ? demande Cordelia.

— Rien, on saura si ça a fonctionné lorsqu'ils les lanceront.

Elle le regarde, interdite.

— Tu es sérieux ?

— Tu t'attendais à quoi ? À ce qu'on leur fasse péter à la gueule ?

— Un truc dans le genre ne m'aurait pas déplu, et ne me dis pas que c'est impossible.

— Ce serait contraire à notre ligne de conduite et ils ne tarderaient pas à se douter de quelque chose. La beauté de ce que nous avons accompli ce soir, c'est que chaque fois que leurs missiles rateront leurs objectifs, ils penseront que leur matériel est défectueux. Ce qui va les démoraliser et les faire douter de leur chaîne de commandement. Et nous, on a fait d'une pierre deux coups.

— Tu montes fumer un pétard avec moi dans le parc ? Un bol d'air nous ferait le plus grand bien.

— Parce que fumer un pétard, c'est un bol d'air ?

Vital promet de la rejoindre, le temps d'arrimer son fauteuil à la crémaillère qui grimpe le long de l'escalier.

*

Le dortoir est plongé dans le noir depuis longtemps. Valentyn épie les respirations des autres enfants. Ce soir tout est calme, il n'entend aucun pleur. Ses yeux se sont accommodés à l'obscurité. Son copain dort paisiblement, Valentyn se lève sans faire de bruit. Lentement, il ôte son pyjama, enfile les vêtements qu'il a cachés sous l'oreiller et avance à pas de loup vers Guzenko. Il tapote doucement sur son épaule. Guzenko se retourne et chuchote :

— Tu croyais vraiment que j'allais venir avec toi ? T'es vraiment trop con le muet, va-t'en et laisse-moi dormir.

Valentyn reste un instant immobile, bras ballants, ses espoirs évanouis, puisque seul, il ne peut pas soulever la trappe. Les larmes lui montent aux yeux.

Il récupère le pyjama qu'il a caché sous son lit, de sombres pensées lui traversent l'esprit tandis qu'il effleure le couteau volé au réfectoire. Une petite voix le fait sursauter.

— On y va ? lui murmure son copain, tout habillé.

*

Lilya a sursauté quand il a posé sa main sur son mollet. La tête de Dimitri apparaît en haut de l'échelle, il la regarde étrangement.

— Lève-toi et rejoins-moi en bas.

Elle n'a aucune idée de l'heure qu'il est et encore moins des intentions du pêcheur. Elle descend parce qu'elle n'a pas le choix. Dimitri a passé son paletot, et l'attend, adossé à la porte, absorbé dans ses pensées. Sobaka, debout sur ses pattes, semble ravi de sortir. Lilya est un peu rassurée en le voyant remuer la queue, il y a un pacte entre eux.

Avant de partir, Dimitri lui lance un vieux pull à grosses mailles et une écharpe.

— Mets ça, un vent glacé souffle dehors.

— Qu'est-ce qu'on va faire ?

— Tu veux toujours aller en Crimée ? Alors, suis-moi, et en silence.

Il ouvre la porte et se tient sur le pas, les yeux posés sur Sobaka.

— Tu ne peux pas l'emmener, c'est trop dangereux.

— Pas question, je ne vais nulle part sans lui. Sinon, on s'en va tous les deux. Laissez-nous tranquilles.

— Tu as peur de moi ?

— J'ai peur tout court, je reste avec mon chien.

— Impossible, il aboiera.

— Sobaka, viens ici ! crie Lilya.

Le chien bondit et s'interpose entre eux, grognant contre Dimitri.

— Calme-le ! grommelle le pêcheur, les mâchoires serrées. Qu'est-ce que tu vas t'imaginer ? Si j'avais voulu m'en débarrasser, j'avais qu'à foutre de la mort-aux-rats dans sa gamelle.

— Je vous jure qu'il ne vous fera aucun mal.

— Bon, si tu y tiens tant que ça, mais tu comprendras là-bas, râle le pêcheur en sortant.

Lilya passe le pull par la tête, peine à enfiler les manches beaucoup trop longues pour elle. Elle noue l'écharpe autour de son cou, attrape sa besace et sort, en tenant Sobaka par l'encolure.

La brume recouvre les marais salants.

— Où m'emmenez-vous ?

— On va longer la berge, il faut que tu marches dans mes pas à cause des mines, et quand nous serons sur le chemin, tu ne dis plus un mot. Tu m'as compris ?

Tout est plongé dans l'obscurité et le silence. Lilya se sent coupable de s'être mise dans cette situation. Elle n'aurait pas dû l'écouter quand il l'a abordée sur la digue, et encore moins se laisser tenter par la chaleur de sa maison. Il a dit vrai sur le froid qui sévit pendant la nuit, elle en aurait souffert en restant sur le pont, mais rien ne pourrait être pire que d'être à la merci de cet homme.

Elle songe à détaler à toutes jambes avec Sobaka, elle sèmerait le pêcheur sans difficulté, mais pour courir combien de temps avant de déclencher une mine, et même s'il a menti, et qu'il n'y en a pas, où irait-elle ? Le jour n'est pas près de se lever et la campagne est déserte.

Le cœur battant, elle enjambe deux troncs d'arbres que des foudres ont couchés au sol. Le chemin étroit grimpe sec. Dimitri vérifie qu'elle ne lui échappe pas et indique la direction à prendre.

En approchant d'une route, il lui fait signe de s'accroupir. Deux camions passent devant eux.

— C'est bon, on traverse et on redescend de l'autre côté du talus, ce n'est plus très loin.

— Où m'emmenez-vous ? répète Lilya.

— On discutera plus tard, il faut se dépêcher si tu ne veux pas rater le départ.

Dimitri s'élance, Lilya se fige au milieu de la route, c'est le moment ou jamais de prendre la fuite, il n'y a pas de mines sur l'asphalte, mais Sobaka s'est déjà engagé sur le versant, dans les pas du pêcheur.

La traversée d'un terrain vague les amène vers une voie de chemin de fer. Arrive un aiguillage, où la voie se découple, puis un autre à partir duquel les rails s'enchevêtrent.

— C'est la gare de triage. Le train de marchandises stationné sur la voie du milieu part dans moins de quinze minutes. Le chargement vient de se terminer, les gars sont fourbus et ils ont plus envie de se reposer que de rester dans le froid à surveiller le convoi. Je vais t'aider à grimper dans le wagon de queue. On y transporte la cargaison de poisson, autant te prévenir que l'odeur est forte, mais les chiens ne flaireront pas ta présence.

— Où va ce train ?

— Tu descendras à Djankoï, à quarante kilomètres, de l'autre côté de la frontière. Tu veux toujours te rendre en Crimée ?

Lilya regarde Sobaka qui semble attendre ses instructions.

— Écoute-moi bien. Le premier arrêt se fera à Solone Ozero. Les Russes vérifieront tous les wagons pour s'assurer que personne n'a eu l'idée de s'y cacher.

— Avec des chiens ?

— Eh oui, avec des chiens bien dressés. Reste cachée derrière les caisses de poisson fumé, c'est ce qui sent le plus fort, et les chiens ne détecteront pas ta présence. Tu comprends maintenant pourquoi tu ne peux pas emmener Sobaka avec toi. Il aboierait et tu te ferais prendre.

— Mais je ne peux pas l'abandonner…

— Je le garde avec moi, je n'ai rien contre l'idée d'avoir un nouveau compagnon. Et quand tu reviendras avec ton frère, tu pourras toujours venir le récupérer ; tu sais où se trouve ma maison. Maintenant, viens, et ne fais pas de bruit.

Le trio se faufile entre deux convois, dont l'un partira une autre nuit. Le ballast crisse sous les pas de Lilya, Dimitri lui montre comment marcher sur les traverses. Il aperçoit au loin les rougeoiements de cigarettes qui se détachent dans la nuit, cinq cheminots fument et conversent, assis sur les butoirs.

— C'est bon, ils sont occupés, dit-il avant de s'avancer vers le wagon de queue.

Dimitri soulève le levier de verrouillage et repousse la porte sur la glissière ; suffisamment pour que Lilya puisse se faufiler.

Elle grimpe et s'assied sur le rebord, Sobaka s'est dressé sur ses pattes arrière, attendant qu'elle lui fasse assez de place pour monter à son tour.

— Je peux pas t'emmener, mon vieux, je t'en prie, ne t'en va pas vadrouiller, reste auprès de lui, je reviendrai, je te le promets.

Sobaka ne semble pas d'accord et pousse de petits gémissements.

— Chut, souffle Dimitri.

Le pêcheur regarde Lilya pour lui faire comprendre de rentrer à l'intérieur du wagon.

— Cache-toi dans le fond et souviens-toi de descendre au deuxième arrêt. Surtout, ne t'endors pas, le froid est redoutable pour ça. La gare de fret de Djankoï est à la sortie de la ville. Les Russes ne feront pas d'inspection, mais ils déchargeront une partie de la marchandise, alors ne traîne pas sur les voies. Dès que tu ouvriras cette porte, tu sautes et tu files à toute vitesse.

Lilya jette un dernier regard à son chien, un autre à Dimitri qui lui répond d'un clin d'œil. La porte coulisse, se referme sur elle, la plongeant dans le noir.

*

— Viens, ne traînons pas, dit-il à Sobaka qui attend toujours devant le wagon.

Le chien s'ébroue et lui emboîte le pas.

En haut du talus, le vieux pêcheur s'arrête pour regarder le convoi qui s'ébranle. Il sort son téléphone de la poche de son paletot et compose un numéro.

— Dans le wagon de queue, elle est à vous, vous n'avez plus qu'à la cueillir, dit-il avant de raccrocher.

Puis il se penche vers Sobaka.

— Allez, le chien, on rentre se coucher.

16

La porte du dortoir se referme derrière eux, aussi doucement qu'ils l'ont ouverte ; Valentyn a les poches pleines des biscuits qu'il a mis de côté à chaque goûter. Une lampe allumée sur la console du hall refoule à peine l'obscurité, mais suffit à indiquer la direction à prendre. Valentyn signale à son copain que la voie est libre. Les deux enfants contournent la volée de marches, ouvrent une autre porte et sortent dans la coursive.

Le vent est glacé, le copain frissonne, claque des dents et se frictionne les épaules. La trappe est de l'autre côté du jardin. Il enjambe le muret le premier, puis c'est au tour de Valentyn. Tous deux se faufilent entre les haies. Soudain, Valentyn pointe du doigt la fenêtre éclairée en haut de la tour. Elle vient de s'éteindre, l'intendante générale a dû veiller très tard. Valentyn se souvient qu'il ne lui a fallu que quelques minutes pour redescendre l'escalier quand elle l'avait congédié de son bureau. Il pousse son copain derrière un buisson. Ils ont juste eu le temps de s'accroupir quand le faisceau d'une lampe de poche vient balayer les murs de la galerie interdite, puis se promène dans le jardin. Les enfants retiennent leur respiration, et même dans ce froid terrible, le copain sent la sueur couler dans son dos. L'ombre qui avance est certainement celle d'un surveillant. Ce qu'il est allé faire à une heure pareille dans le bureau de l'intendante générale est une énigme que Valentyn n'aura pas à résoudre. Demain, il sera loin d'ici.

Le surveillant déverrouille la grille qu'il referme aussitôt derrière lui et poursuit sa ronde. Valentyn espère qu'il n'ira pas inspecter les dortoirs. Le pyjama qu'il a roulé sous ses draps ne trompera personne, surtout si Guzenko se réveille et vend la mèche. Il n'y a pas de temps à perdre. Le calme est revenu, Valentyn se redresse, traverse le jardin, longe le muret et saute de l'autre côté. Son copain lui colle au train, mort de trouille.

Il compte les colonnes, s'arrête devant la quatrième. Une tache noire apparaît sur le sol. Les deux enfants attrapent l'anneau et tirent dessus de toutes leurs forces. La trappe leur résiste, les charnières font un grincement terrible dans le silence de la nuit ; après deux tentatives, l'ouverture s'agrandit. Le copain sourit, et murmure :

— C'est tellement rouillé qu'elle tient toute seule.

Les gonds sont si grippés qu'ils rendent le maniement de la trappe ardu, au point de l'empêcher de retomber sous son propre poids. Valentyn n'avait pas prévu cela ; il n'y a pas d'anneau en dessous, aucune prise pour la refermer après leur passage. Lors de sa prochaine ronde, le surveillant la découvrira ouverte. Le copain regarde Valentyn fixer cette fichue trappe, et finit par comprendre l'ampleur du problème.

— Écoute, faut pas que tu m'en veuilles, je peux pas descendre dans cette cave, c'est trop noir pour moi. Je le savais déjà quand je t'ai accompagné et je savais aussi que cette couille molle de Guzenko se dégonflerait. C'est un lâche, plus trouillard que moi quand les Russes m'ont attrapé dans les toilettes. Il n'est rien sans sa bande et si tu veux mon avis, même flanqué de ces trois abrutis, Guzenko n'est pas grand-chose. Je vais refermer derrière toi, on peut y arriver. Tu me donnes un coup de main en tirant par en dessous, et quand tu devras retirer tes doigts, je pousserai de tout mon poids. Je suis sûr d'avoir assez de force.

Valentyn refuse que son copain se sacrifie, mais ce dernier sourit avec une tendresse inédite.

— Allez, fais pas cette tête, dis-toi qu'on est quittes. Quand tu seras rentré chez toi, tu diras à mes parents que je vais bien, que je pense tout le temps à eux et surtout raconte-leur que c'est pas si terrible ici ; comme ça, ils s'inquiéteront pas trop. Et puis le moment venu, je trouverai le moyen de m'échapper à mon tour, enfin ça, j'en suis pas sûr, mais ça m'occupera l'esprit quand tu seras plus là. Faut que tu réussisses, tu deviendras un héros et moi aussi pour avoir été ton copain d'évasion, tu promets, hein ?

Valentyn sort son carnet et son stylo-bille de sa poche et écrit en tremblant qu'il doit venir avec lui, il le guidera dans le noir, le tunnel ne doit pas être bien long, il suffira d'affronter un petit moment de peur pour retrouver la liberté. Quand ils seront de l'autre côté, ils pourront courir dans les champs, gagner le sous-bois en deux heures. Il a fait des calculs, après deux jours de marche, ils seront chez eux…

— Toi et ton carnet… Qu'est-ce que tu veux que je lise dans ce noir ? Vas-y, faut pas que je tarde à retourner dans le dortoir. Oublie pas le message à mes parents.

Le copain appuie des deux mains sur la trappe, les charnières poussent un cri aigu, le rai de lumière s'amenuise et disparaît. Valentyn est plongé dans l'obscurité.

Il descend l'escalier à tâtons, se sert du mur pour se guider et le salpêtre lui colle à la main. Il fait moins froid qu'au-dehors mais la moiteur de l'air est pénible, au sol, la terre est si humide qu'il a l'impression de marcher dans de la vase.

Valentyn espérait que ses yeux s'accommoderaient à la noirceur, mais il n'y voit rien du tout. Alors il tente de se représenter les lieux pour ne pas penser aux deux rats qui l'ont frôlé avant de détaler.

Dans le livre sur les travaux de l'architecte Semenov, les sous-sols comportaient toujours des caves qui, selon les échelles figurant sur les plans, mesuraient entre vingt et cent mètres de long ; et comme Semenov n'avait aucune raison de se compliquer la vie pour dessiner des endroits aussi peu fréquentés, elles étaient systématiquement carrées ou rectangulaires.

Les fondations des grands ensembles en comptaient plusieurs en enfilade, séparées par des voûtes de soutènement où les murs devenaient plus étroits.

Le pensionnat n'était pas aussi immense, Valentyn n'avait découvert qu'un seul accès, et il avait estimé qu'il n'y aurait qu'une seule cave, longue d'une cinquantaine de mètres, soit la distance entre le milieu de l'aile interdite et le mur surplombant la cour extérieure. Un calcul qui aurait laissé pantois ce con de Guzenko.

Se tenant à la paroi, Valentyn se décide à suivre la direction que les rats ont empruntée, ils ont probablement filé vers l'entrée du tunnel. Pour se donner du courage, il imagine Lilya, assise sur son lit, lui racontant ses histoires d'épouvante... Plus aucun de ses livres ne fera le poids à côté de ce qu'il est en train de vivre.

Quand le mur s'arrondit avant de se prolonger vers la droite, Valentyn, pris de court, a une peur bleue de se perdre.

Les rats se manifestent à nouveau, mais cette fois les bruits sont différents, flic-floc, ils ont dû traverser des flaques. Il tend l'oreille, les flic-floc s'accélèrent, comme si les rongeurs couraient sur un filet d'eau. Peut-être que les rats n'ont pas peur de lui, peut-être même cherchent-ils à lui montrer le chemin.

Il n'a plus rien à perdre, alors il abandonne le mur et fait un pas de côté, un pas qui produit le même flic-floc. Un autre détail l'avait captivé dans le bouquin de Semenov, celui concernant l'évacuation des eaux usées. Celles du jardin s'écoulent sous ses pieds, ce qui explique que les murs soient couverts de salpêtre et l'air, si humide. Les eaux usées se déversent toujours dehors. Il n'a plus qu'à suivre le ruisseau.

Valentyn n'a plus peur, il enchaîne les pas, apprend à se diriger à l'oreille dans le noir. Il est certain d'avoir dépassé depuis longtemps l'enceinte du portail ; depuis la bifurcation, le souterrain doit longer la route.

Soudain, il entrevoit une petite lueur au loin, un semblant de clarté qui s'amplifie au fur et à mesure qu'il s'en approche.

Maintenant il peut même distinguer les parois. Ce n'est pas le tunnel qu'il avait imaginé, mais une conduite d'égout ; et en apercevant un bout de ciel étoilé, il se dit que de toute son enfance, il n'a jamais réussi un tel coup.

Il pique un sprint et se heurte à une grille qui laisse passer le ruisseau des eaux usées, mais pas son corps d'enfant.

Valentyn colle son visage aux barreaux. La lune éclaire la campagne, il se voit grimper le petit talus, traverser la route, courir à travers champs. Dans une heure, il aurait dépassé cette grande ferme qu'il avait aperçue depuis la voiture ; mais il n'a plus rien à espérer désormais, l'air est redevenu glacial et la liberté paraît hors de portée.

Faire demi-tour, retraverser le jardin pour rejoindre son lit avant le lever du jour et l'arrivée de l'intendante générale dans le dortoir…

Mais à quoi bon rebrousser chemin ? La trappe sera bien trop lourde à soulever sans l'aide de son copain.

Valentyn s'assied au pied des barreaux, il regarde l'eau qui file, plonge la main dans sa poche et croque un biscuit.

*

Depuis qu'il a quitté la gare de triage, le train lambine ; chaque fois qu'il passe un aiguillage, Lilya est ballottée. Les roues poussent des cris métalliques. Dimitri l'a fait grimper dans un wagon rouillé ; des trous sur les parois laissent passer la clarté de la lune qui pose sur les caisses des petits ronds de lumière à laquelle ses yeux ont fini par s'accommoder. L'odeur de poisson donne à Lilya des haut-le-cœur. Le convoi accélère et ralentit sans cesse, comme si le conducteur n'arrivait pas à trouver sa vitesse de croisière.

Le train serpente sur les voies, les bogies dansent et Lilya se cramponne du mieux qu'elle peut. Elle colle un œil à un trou pour regarder au-dehors. Elle aperçoit les marais salants, et soudain, l'armature d'un vieux pont. Le train s'est engagé sur le tablier, les poutres d'acier se succèdent, elle en compte huit et quand la dernière disparaît, elle serre les poings en signe de victoire, elle est passée en Crimée.

Maintenant, les rails filent droit dans la campagne, l'allure est lente et régulière, le roulis la berce, ses paupières sont lourdes, pourtant le pêcheur l'a mise en garde, le froid est traître.

*

Lilya sursaute, des aboiements l'ont tirée de sa torpeur ; le convoi est en gare de Solone Ozero. Elle se faufile au fond du wagon, se recroqueville derrière une pile de cageots en mousse de polystyrène et retient son souffle. Le verrou fait un bruit sinistre, la porte coulisse, un soldat pousse un râle de dégoût et la referme aussitôt. Ses pas s'éloignent sur le ballast, un coup de sifflet retentit et le wagon s'ébranle à nouveau.

Elle s'assied sur une caisse, elle grelotte, enfouit sa tête dans les manches trop longues du pull, se repose contre la paroi, elle sombre doucement, ses yeux se ferment, elle arrivera bientôt à Djankoï.

Dans son cauchemar, Valentyn s'étale de tout son long dans le canapé, il bouquine, lui jette des regards en coin, l'air narquois en mâchouillant son bonbon de réglisse la bouche ouverte, pour l'agacer ; sa mère récure une casserole, le raclement de l'éponge en limaille de fer la fait frissonner. Comment se concentrer sur ses devoirs avec un vacarme pareil ? Elle en a assez, personne ne la respecte dans cette famille. Sa mère doit le faire exprès, pour gratter si fort. Qu'est-ce que fiche Dimitri dans sa maison et pourquoi sa mère ne lui accorde aucune attention ? Le vieux marin s'approche d'elle, remue les lèvres, ses mâchoires édentées sont effrayantes quand il se penche sur ses devoirs ; il lui ôte son stylo des mains et trace à l'encre rouge un zéro sur sa feuille. La maison s'obscurcit, tout devient sombre ; Valentyn n'est plus sur le canapé, sa mère a disparu, le pêcheur se tient devant la porte.

Je t'avais dit de ne pas t'endormir, idiote, tu vas tout gâcher, tu es vraiment stupide.

Et il disparaît dans le blizzard.

Lilya est transie de froid, ses membres sont lourds, elle suffoque, Dimitri lui a montré le chemin, elle doit atteindre cette porte, sortir pour trouver de l'oxygène et de la lumière. Elle pousse un cri, aspire une grande goulée d'air.

Des bruits, des voix, on s'agite en tête du convoi. Le wagon est immobile. Elle frictionne ses joues qu'elle peine à sentir, se frotte les épaules, avec ses mains glacées et ses doigts engourdis.

Elle doit fournir un effort surhumain pour soulever le loquet ; la porte coulisse lentement, Lilya s'assied sur le rebord, passe sa besace autour de son cou et saute. Elle reste accroupie sur les graviers, le temps de reprendre ses esprits. La tête lui tourne.

Une lanterne s'agite dans la nuit, quatre ombres marchent vers elle.

Dès que tu seras sur les voies, file à toute vitesse.

Elle se relève, détale en titubant vers le terrain vague qui borde la gare de marchandises, enjambe la barrière, et s'élance entre les herbes folles.

— Arrête-toi !

Elle a trop peur pour se retourner. Les contours d'une grange se découpent dans la nuit. Si elle arrive à l'atteindre, elle pourra s'y cacher. Elle franchit un ruisseau, son pull trop grand la ralentit, les manches pèsent comme deux ancres.

— Arrête de courir !

Les voix se rapprochent. Lilya pousse un hurlement animal, son genou lui fait un mal de chien, il plie dans une ornière, ce qui la fait trébucher ; elle se redresse, reprend sa course en titubant avant de retrouver l'équilibre. Elle est presque arrivée à la grange, quand lui revient le souvenir de la maison du pêcheur, pas question de se retrouver coincée entre quatre murs ; elle la dépasse.

— Halte ! Arrête-toi immédiatement !

— Passe à droite pour la coincer !

Ils sont plusieurs à la pourchasser, si près qu'elle entend leurs bottes faire craquer la boue séchée. Elle a atteint le pied du talus dont lui a parlé Dimitri, si elle arrive au sommet, elle pourra glisser sur le versant et les distancer.

Elle s'élance, mais une main la saisit à l'épaule, une autre la plaque au sol. Lilya se débat, hurle, donne des coups de poing. Le voyage ne peut pas s'arrêter là, pas maintenant, alors qu'elle est si près de son frère.

— Arrête de me mordre ou je te colle une baffe.

L'homme qui la maintient mesure deux têtes de plus qu'elle, il la soulève, les pieds de Lilya s'agitent dans les airs.

— Calme-toi, enfin, on est venus pour t'aider à retrouver Valentyn.

Lilya s'arrête net ; elle a un goût de cuir et de sang dans la bouche, de la boue plein le visage, et mal partout.

— C'est pas trop tôt, râle le maquisard. On ira chercher ton frère demain, mais avant tu vas te laver et changer de vêtements, c'est immonde ce que tu pues.

*

Vital a reçu un message des maquisards, l'informant du succès de la mission, il téléphone aussitôt à Dimitri pour le remercier du rôle qu'il a joué dans ce sauvetage ; le vieux pêcheur qui se promenait avec Sobaka se surprend à confier à un chien que tout s'est déroulé comme prévu.

— Tu as l'air content de toi, ironise Cordelia, dès qu'il a raccroché.

— Le plan a fonctionné, elle est passée en Crimée et elle est en de bonnes mains, c'est plutôt réjouissant, non ?

— Tout dépend pour qui, tu attends quoi pour appeler sa mère ?

— Une heure décente.

*

Les premières lueurs du jour entrent par la fenêtre de sa chambre, Veronika ouvre les yeux, les tempes prises dans un étau. Son crâne est la proie d'une migraine de lendemain d'alcool.

Elle s'en veut d'avoir enivré Stefan ; il avait beau jurer que ce n'était pas la première fois, que son père lui avait fait goûter des trucs bien plus forts, il n'a que quinze ans, même s'il dit en avoir presque seize. Mais plus elle le resservait et plus il se livrait et c'est peut-être ce qui la fait se sentir coupable. Ils ont beaucoup parlé de Lilya, et cette conversation lui a révélé l'évidence ; elle n'a pas vu combien sa fille avait changé, devenant semaine après semaine une jeune femme secrète et solitaire. Entre son couple en perdition, la guerre, son travail au dispensaire, elle est passée à côté d'elle. Stefan est un bon garçon comme on dit dans les campagnes, un esprit poète qui lui rappelle son mari ; rien d'étonnant à ce que Lilya se soit entichée de lui, il a le même rapport diffus au monde que son père.

Ses yeux piquent, elle a un goût amer dans la bouche. Elle se rend sous la douche pour se remettre les idées au clair, ensuite elle ira réveiller Stefan, préparera du café, beaucoup de café et s'arrangera pour qu'il ne dise rien de sa soirée à sa mère. Puis elle prendra sa voiture pour aller chercher Lilya à Chonhar, elle veut y arriver dès 8 heures du matin.

Elle se coiffe, se maquille un peu pour que Lilya la trouve jolie, elle accrochera sur son visage un sourire plein de tendresse et d'amour et lui dira des mots rassurants.

Stefan est affalé dans le canapé, les bras en croix. Veronika s'amuse qu'un jeune homme de son âge ronfle déjà aussi fort, voilà qui promet des nuits paisibles.

Les bruits de la cuisine le réveillent, il s'étire, son regard cherche à déterminer où il se trouve, enfin il se lève d'un bond, remet les pans de sa chemise dans son pantalon, passe la main dans ses cheveux et propose aussitôt son aide.

— Tu ne peux pas être à ce point en forme, proteste Veronika.

— Ben si, j'ai vraiment bien dormi.

— Tu sais que nous avons descendu deux bouteilles.

— Je crois que vous avez sifflé la deuxième toute seule.

— Vraiment ? Ceci explique cela. Des nouvelles ?

— Il est trop tôt, mais je vais vérifier.

Stefan sort le pager de sa poche, et fixe Veronika avec des yeux ronds comme ceux d'un hibou.

— Elle est en Crimée, elle dit qu'elle ramènera Valentyn ce soir.

La tasse encore vide glisse des mains de Veronika et se brise sur le carrelage, elle se retient à une chaise, Stefan la voit vaciller et se précipite pour l'aider à s'asseoir.

— Ça va aller, dit-elle en reprenant son souffle. Qu'est-ce qu'elle dit d'autre ?

— Rien.

Stefan ramasse la porcelaine, attrape deux tasses près de l'évier qu'il remplit de café et s'assied en face de Veronika.

— J'ai laissé mon téléphone sur ma table de nuit, tu peux monter le chercher, s'il te plaît ? demande-t-elle.

— Vous avez du réseau ici ?

— Je t'expliquerai, dépêche-toi.

*

Vital dort du sommeil du juste, sur le côté, un bras enlaçant Cordelia. Dans ses rêves, ses jambes le portent encore, il marche, grimpe les escaliers, court dans le parc du manoir, se promène avec elle dans les rues de Kyiv, en paix ; dans d'autres rêves, elle le regarde jouer au foot avec son frère.

Il entend une sonnerie, ouvre péniblement les yeux, cherche à tâtons son téléphone sur la table de nuit et décroche. Faire semblant ne sera pas facile, mais quand Veronika pense lui apprendre que Lilya est en Crimée, il pousse un petit grognement, la rassure aussitôt et invente une fable qui doit tenir debout.

— J'ai eu le pressentiment qu'elle pourrait tenter sa chance à la faveur de la nuit. Et, comme il n'y avait que deux points de passage possibles, j'ai demandé à des amis maquisards d'aller faire le guet, au cas où. Je ne vous ai rien dit hier, parce que je ne voulais pas vous inquiéter inutilement. Mais mieux valait assurer nos arrières.

— Comment a-t-elle réussi, tu m'as toi-même expliqué qu'il était impossible de traverser le check-point ?

— Il faut croire que je l'ai sous-estimée.

— Et tu penses que tes amis la retrouveront ?

— Je ne pense pas, je le sais. Il était aux alentours de 4 heures du matin quand ils m'ont envoyé un message pour me prévenir qu'ils l'avaient récupérée près de la gare de Djankoï.

— Elle a pu aller jusqu'à Djankoï ?

— La seule chose qui compte c'est qu'elle est désormais en sécurité. Ils vont tenter de libérer Valentyn cet après-midi, j'attendais une heure décente pour vous raconter tout ça et je me suis bêtement rendormi.

Sur ces mots, Vital promet de la contacter dès qu'il aura du nouveau, raccroche sans lui laisser le temps de poser davantage de questions et se tourne vers Cordelia qui le dévisage, bras croisés, avec un air étrange.

— Qu'est-ce que tu as ? demande-t-il.

— Si un jour tu arrives en retard, ou que tu me poses un lapin, ne me donne surtout aucune explication.

— Je suis d'une ponctualité infaillible.

— Arrête, tu recommences !

— Je recommence quoi ?

— À mentir.

— Mais je ne t'ai pas menti !

— À moi, pas encore. À la mère de Lilya, en revanche… c'était terrifiant de te voir la baratiner avec un tel aplomb, tu n'as même pas sourcillé.

— Que voulais-tu que je lui dise ?

— Si tu l'avais appelée hier soir au lieu d'organiser les choses dans son dos, tu aurais pu lui apprendre que sa fille passait la nuit à Chonhar dans la maison d'un vieux pêcheur, ce qui aurait été pas mal pour un début. Que Lilya était alors vraiment en sécurité et qu'elle pouvait aller la cueillir à son réveil ou la laisser s'aventurer dans une opération à risque pour sauver Valentyn. Cette décision lui revenait, me semble-t-il. On appelle cela l'autorité parentale.

— Et la culpabilité parentale ? Si elle avait décidé d'aller chercher Lilya et que son fils ne revenait jamais, elle s'en serait voulu toute sa vie ; mais si elle avait pris la décision contraire et qu'il était arrivé malheur à sa fille, elle s'en serait voulu également toute sa vie ; j'ai pris sur moi de ne pas obliger une mère à faire un choix aussi cruel.

— Et si maintenant qu'elle est si près de son frère, il leur arrivait quelque chose à tous les deux ?

— Alors je m'en voudrais toute ma vie.

Cordelia repousse les draps, se lève sans dire un mot, et entre dans la salle de bains. Vital l'entend se brosser les dents rageusement.

— Qu'est-ce que j'ai encore dit pour t'énerver à ce point ?

— Ta délicatesse est insupportable, comment veux-tu qu'une femme te résiste ?

*

À peine réveillée, Lilya renifle ses mains, ses bras, ses épaules, elle a eu beau se frotter sous la douche, la puanteur persiste. Elle se jure de ne plus s'approcher d'un poisson de toute sa vie. Les quatre maquisards assis autour d'une table l'observent, amusés.

— On a préféré dormir à la belle étoile, rit Artëm, et, en laissant la porte ouverte, on n'a pas eu un moustique.

— C'est vraiment marrant, grogne Lilya.

— Allez, approche, on va t'expliquer la suite des opérations.

Artëm rallume un mégot de cigarette, il gratte sa barbe drue et déplie une feuille de papier sur la table. Il a la quarantaine, mais sa figure de plâtrier est déjà usée. À sa droite se tient Petro, un cheminot, grâce auquel ils ont pu récupérer Lilya sans trop de problèmes. Petro est un syndicaliste endurci qui règne en maître sur les rails du nord de la Crimée et dont les Russes n'ont jamais diminué l'autorité. À côté de Petro, Taras, son associé, chauffeur de camion et grand contrebandier. Alcools, cigarettes, cigares et chocolats, quand la récolte dans les wagons russes est fructueuse, mais jamais de drogue ni de détournement de médicaments, sauf lorsqu'ils sont destinés aux troupes russes. Enfin, à la gauche d'Artëm, Bodhan le gros. Lui-même se désigne comme ça, il est fier de sa corpulence. D'un coup de ventre ou d'épaule, Bodhan peut sonner un adversaire et le mettre à terre sans se salir les mains. Il soulève cent kilos sans grimacer, et, pour faire mentir les préjugés, il est féru de lecture. Un passionné des romantiques russes, Lermontov, Dostoïevski, Tchekhov, il n'a jamais accroché avec Gogol, mais voue une admiration sans fin à Tolstoï et Soljenitsyne.

Lilya abandonne sa paillasse. Son corps est perclus de courbatures, son genou a gonflé, ses joues sont couvertes de griffures.

Artëm raconte le plan que ses camarades et lui ont mis au point pour récupérer Valentyn. Il le détaille croquis à l'appui.

— D'après les informations reçues de Kyiv, trois groupes d'enfants se succèdent pour une sortie à vélo. Tu devras participer à l'opération, dit-il à Lilya, pour nous indiquer celui dans lequel se trouvera ton frère. Les enfants quittent le pensionnat par le grand portail et empruntent cette route, une ligne droite sur environ six cents mètres. Après un virage à angle droit, elle est bordée par un fossé. C'est là que nous interviendrons. Petro et Taras s'y cacheront pendant que Bodhan et moi, penchés sur le moteur de la camionnette, ferons croire que nous sommes en panne. Toi tu te tiendras derrière les portes arrière, de façon à voir arriver les vélos. Le virage les ralentira. Dès que tu repères ton frère, tu siffles. Tu sais siffler ?

Lilya pince ses doigts entre ses lèvres et prouve ses aptitudes.

— Parfait, ce sera le signal, et nous passerons à l'action. Pendant qu'on s'occupera des accompagnateurs, tu te précipiteras vers ton frère. Il doit te voir tout de suite, sinon, il pourrait craindre un nouvel enlèvement, il doit encore être traumatisé et je préfère qu'on n'ait pas à le courser à travers champs comme toi hier soir.

— Et ensuite ? demande Lilya.

— Tu le fais grimper à l'arrière et on démarre. La frontière est à quarante kilomètres, en fonçant, on l'atteindra en trente minutes.

— Et les Russes nous laisseront passer ?

— À ce moment-là, vous serez cachés sous le double fond du plancher, Petro et Taras se chargeront des gardiens, ils ont l'habitude de leur graisser la patte. Deux cartouches de cigarettes, et la barrière se soulève. Après quoi, on vous déposera à Rykove et on rentrera chez nous. Tout te paraît clair ?

— Il y a combien de places sous le plancher de votre camionnette ? questionne Lilya.

— Juste assez pour ton frère et toi, pourquoi ?

— Parce que Valentyn a été enlevé avec un copain.

Artëm se frotte les cheveux et jette un regard à ses complices qui hochent la tête en signe d'approbation.

— D'accord, on verra comment ça se passe, mais faudra vous serrer. En attendant, on va casser la croûte avant d'aller faire un repérage sur la route avec la voiture de Bodhan.

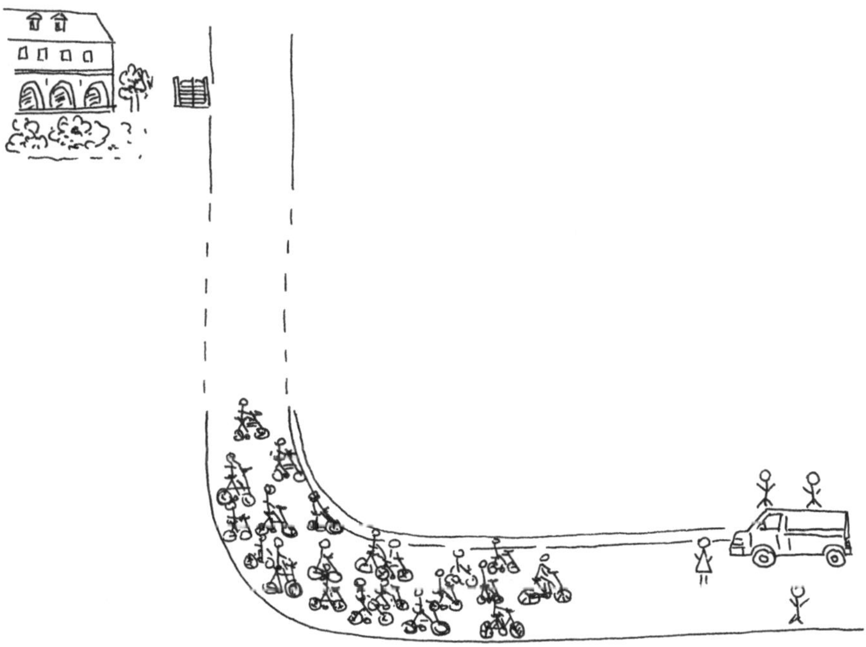

17

Des mulots vont et viennent le long des barreaux. Valentyn préfère leur compagnie à celle des rats, il les observe, songeur. Vers midi, quand le soleil était au sommet de sa course dans le ciel, il a avalé son dernier biscuit et s'est assoupi. À son réveil, il a faim et une soif qui le brûle aussi ; il regarde le ruisseau avec envie. C'est une torture de ne pas pouvoir boire de cette eau. Il ne sait pas combien de temps il pourra encore tenir. Il a eu pour s'évader la force de traverser la cave obscure, mais le courage lui manque pour s'enfoncer dans le sombre boyau alors qu'au bout du chemin, sa prison l'attend. Il faudra bien faire demi-tour et frapper à la trappe jusqu'à ce que quelqu'un l'entende, mais plus que la peur de se perdre dans le dédale des souterrains, ou les punitions qu'il subira, ce sont les railleries de Guzenko qui le retiennent. Même derrière cette grille, il se sent plus libre qu'au pensionnat.

Il est si épuisé qu'il a du mal à se lever. Quand il réussit, ses jambes chancellent et il se rassied.

Soudain, il voit passer le professeur d'éducation physique à bicyclette, les élèves qui le suivent ne sont pas dans sa classe. Il se réjouit d'avoir échappé à cette sortie stupide ; dans trente minutes, ils repasseront tous dans l'autre sens, et il se réjouira encore plus quand il verra Guzenko pédaler, les joues cramoisies. Il espère apercevoir son copain, et finalement préfère se cacher pour qu'il ne le voie pas, il sera tellement déçu en apprenant son échec. *Tu parles d'un héros*, se lamente Valentyn dans son silence. Mais sa nature résolument optimiste l'emporte et lui fait considérer la possibilité que le simple fait d'avoir tenté un coup pareil fasse grimper sa cote de popularité.

Cette pensée le ramène à son père. Peut-être que les Russes l'ont fait prisonnier, lui aussi. Un jour, quand les Ukrainiens auront gagné la guerre, ils partageront le récit de leurs exploits à la table de la cuisine dans leur maison. Lilya sera un peu jalouse, mais fière d'eux. Sa sœur et sa mère lui manquent autant que son père.

Avant de s'enfoncer dans les ténèbres, Valentyn se rapproche de la grille, il a besoin de respirer une dernière fois le grand air pour trouver le courage d'affronter ce qui l'attend : le conduit d'égout, la cave avec les rats et l'intendante générale qui va lui faire payer sa bravoure.

Le visage collé aux barreaux, Valentyn aperçoit une camionnette garée sur le bas-côté. Elle doit être en panne, car deux hommes sont penchés sur le moteur. Si seulement il pouvait les rejoindre, il leur donnerait un coup de main et en échange ils le ramèneraient chez lui.

Il se redresse d'un bond, ses jambes ont retrouvé leurs forces, il s'accroche au métal, les yeux écarquillés. La jeune fille adossée à l'arrière de la camionnette, c'est Lilya !

Elle est à vingt mètres de lui, le regard rivé sur la route, il suffirait qu'elle tourne la tête, pour le voir. Il emplit ses poumons, tente de pousser un cri, recommence si fort que sa poitrine le brûle, mais aucun son ne sort de sa gorge. Il agite les bras, saute sur ses pieds, cogne la grille à s'en faire saigner les mains. Lilya fixe toujours la route.

Il fouille sa poche, prend le couteau qu'il a volé au réfectoire, et tape la lame sur les barreaux. Le deuxième groupe sort du virage, une ribambelle d'enfants à bicyclette passent entre sa sœur et lui.

*

Lilya trépigne devant le peloton qui se rapproche. Ses yeux s'éclairent, elle a reconnu le copain de Valentyn. Tout va trop vite pour réfléchir plus longtemps. Ils ont le même âge, font partie du même groupe, Valentyn est sûrement à la traîne. Elle siffle entre ses doigts. Artëm et Bodhan se ruent sur le professeur d'éducation physique, Bodhan le fait chuter de vélo et le plaque au sol. Petro et Taras réservent le même sort aux surveillants, Artëm se met en travers de la route, arrête les enfants et se retourne vers Lilya.

— Où est ton frère ? crie-t-il.

— Je ne le vois pas !

— Alors pourquoi tu as donné le signal ? s'emporte Artëm.

Elle montre un garçon.

— Parce que c'est son copain.

Artëm se précipite vers lui.

— Où est Valentyn, il n'est pas avec vous ?

— Non, bafouille le copain apeuré, il s'est évadé cette nuit.

Artëm, stupéfait, lance un regard à ses compères.

— On l'emmène et on dégage !

Lilya prend le copain de Valentyn par la main et l'entraîne en courant vers la camionnette. Petro et Taras vérifient les nœuds des cordelettes avec lesquelles ils ont ligoté les adultes. Les enfants sont au spectacle, impuissants et fascinés par ce qui se déroule sous leurs yeux. Certains sont terrifiés, d'autres, hilares, sautillent en poussant des cris de joie.

— C'est bon, confirme Petro.

Bodhan prend le volant, Artëm fait grimper les deux jeunes à l'arrière et monte à son tour. Petro se glisse au milieu de la banquette pour laisser s'installer Taras qui claque la portière, et l'équipage file à tombeau ouvert.

*

Derrière les barreaux, Valentyn pleure et sourit. Grâce à son copain, il sera quand même un héros. Lilya et sa mère seront fières de lui, comme il l'est de sa sœur.

Rebrousser chemin vers le pensionnat gâcherait tout. L'évasion de son copain vaut bien de passer une nuit à la belle étoile, et même quand il fera noir, il ne se sentira plus seul.

Sa famille ne l'a pas abandonné. Lilya reviendra le sauver une autre fois.

*

Un lourd silence règne à bord. Ni Artëm ni ses compagnons ne savent que dire à Lilya. Alors le copain de Valentyn, encore excité par l'action, prend les devants.

— Il avait tout calculé, sauf que Guzenko se dégonflerait. La trappe était trop lourde, fallait être deux pour la soulever, alors je l'ai aidé. Seulement moi, j'ai pas eu le courage d'aller plus loin. Je suis claustrophobe, j'ai pas pu descendre dans la cave. Lui si. Même quand Guzenko et sa bande lui tapaient dessus, il bronchait pas. Au contraire, il souriait pour leur montrer que ça lui était bien égal.

Maintenant, Lilya ne retient plus son émotion.

— Faut pas pleurer, c'est un héros, je vous jure.

— Il t'a dit où il comptait aller ? demande Artëm.

— Non, ça, c'était son secret, mais je sais qu'il a noté l'itinéraire dans sa tête quand ils nous ont emmenés ici.

— Laissez-moi descendre ! supplie Lilya. Emmenez-le à Rykove, moi je reste, je vous rejoindrai quand j'aurai retrouvé mon frère.

Artëm plonge ses yeux dans les siens.

— Écoute-moi bien. Je ne sais pas combien de temps les enfants mettront à détacher les profs ou s'ils iront sonner l'alarme, mais bientôt, les responsables du centre apprendront ce qu'il s'est passé. Eux aussi donneront l'alerte et je ne donne pas une heure avant que la frontière soit bouclée. On doit la traverser maintenant. J'ai reçu des ordres et je compte m'y tenir. Tu es arrivée au bout de ton aventure, sois fière de toi. Pense aux parents de ce gosse. Quant à ton frère, on a sa photo. On battra la campagne, on se rendra dans tous les villages, on a beaucoup d'amis dans le coin. Tout le monde sera sur le qui-vive. On saura vite où il est et on te le ramènera. Et s'il se fait reprendre, bien que je doute que les sorties à vélo reprennent dans l'immédiat, les choses finiront tôt ou tard par se calmer et nous le cueillerons à la première occasion. Sois patiente. Tu as vu ce dont nous sommes capables. Fais-moi confiance, tu as ma parole qu'on ne l'abandonnera pas. Maintenant, je vous raccompagne et c'est sans discussion.

Artëm ne plaisante pas, et même si l'idée de sauter de la camionnette en marche traverse l'esprit de Lilya, trahir la confiance de ces hommes compromettrait les chances de sauver Valentyn. Elle se sait au bout de ses forces, et quand le petit garçon la fixe intensément et lui demande s'il va vraiment rentrer chez lui, elle répond oui et le serre dans ses bras pour le rassurer.

Artëm soulève deux planches, l'enfant regarde le double fond et blêmit.

— Moi aussi je suis claustro, lui dit Lilya. Et j'ai vraiment besoin que tu me tiennes la main. On sera courageux ensemble, ça ne durera pas longtemps, je te le promets. Ferme les yeux et souviens-toi que tu vas bientôt retrouver ta famille.

Ils s'installent, Lilya tient la main du copain dans la sienne, un dernier sourire et Artëm repose les planches à l'approche de la frontière.

— J'ai oublié ton prénom, chuchote Lilya.

— Je m'appelle Mykolaï, répond le copain.

18

Il veut rester éveillé jusqu'à la fin du jour, voir le soleil disparaître au bout des champs, alors il fermera les yeux, mais pas avant. La camionnette est repartie depuis longtemps. Au son des cris, des rires et des remontrances, les élèves ont détaché le professeur ; ils ont enfourché leurs vélos, après quoi, tout n'a été que silence.

Valentyn rumine. Son imagination et son courage lui ont coûté la liberté, mais il refuse d'avoir pitié de lui-même, alors il sort son carnet et écrit plus résolu que jamais :

Je m'appelle Valentyn Khodova, je m'évaderai un autre jour et quand je serai libre, je rentrerai chez moi.

Pour lutter contre la fatigue, il agite les bras, comme si c'étaient des ailes, rêvant encore qu'il survole la route, les villages, emportant ses exploits avant que la nuit tombe.

Il entend des flic-floc, trop bruyants pour que ce soient les rats, tourne la tête et plisse les yeux. Des pas se rapprochent, une silhouette apparaît à l'extrémité du conduit, le faisceau d'une lampe frappe son visage. Un surveillant le soulève de terre.

Éclairé, le chemin du retour paraît plus court, la cave moins grande. La trappe est ouverte, le surveillant qui n'a toujours pas prononcé un mot le pousse vers les marches.

Des têtes d'enfants sont collées aux fenêtres du réfectoire qui donnent sur la coursive ; on le regarde, certains avec admiration, d'autres avec des airs moqueurs, et d'autres encore avec des airs interdits. Le surveillant le tient fermement par le bras et l'entraîne vers le hall. Valentyn se prépare à affronter l'intendante générale mais le chemin de croix se poursuit vers les douches.

Pendant que son prisonnier se lave, le surveillant attend bras croisés. Il lui lance une serviette et, impassible, désigne un banc où un uniforme a été déposé à son intention.

Un pantalon bleu, un tricot de corps à rayures, un blazer et des mocassins. Valentyn s'habille et se regarde dans le miroir, il ressemble à un sous-officier de la marine russe.

Le surveillant fait une moue satisfaite et lui donne l'ordre de le suivre.

La grille de la galerie interdite se referme derrière eux. En montant l'escalier de la tour, Valentyn imagine le châtiment qui l'attend. Des coups de ceinture qu'on lui infligera sur l'estrade, devant tous les pensionnaires réunis dans la salle où l'on chante l'hymne. On lui a probablement remis ces habits spéciaux pour le supplice. Ensuite, on l'obligera à rester debout toute la nuit dans la cour extérieure, jusqu'à ce qu'il s'écroule, comme dans *La Grande Évasion*. Encore quelques marches et il sera fixé sur son sort.

Assise à son bureau, l'intendante générale congédie le surveillant d'un geste de la main, et laisse planer un lourd silence après son départ. Valentyn voudrait être fier, mais il tremble comme tout enfant terrorisé.

— Tu m'as beaucoup déçu, soupire le monstre.

Elle se lève, arpente la pièce, regarde par la fenêtre, refusant de poser les yeux sur lui.

— Je t'avais pris sous mon aile et c'est ainsi que tu me récompenses. Tu peux remercier ton camarade Guzenko ; s'il n'avait rien dit, tu serais mort de faim et de soif avant qu'on ne te retrouve. Qu'est-ce qui t'est passé par la tête ?

Elle sait qu'il ne peut pas répondre, et c'est bien ce qu'elle souhaite, puisqu'elle a ôté les stylos de son bureau.

— Je ne peux pas imaginer que tu aies voulu retourner auprès de ceux qui t'ont abandonné, ce serait d'une telle ingratitude à mon égard !

Pour montrer sa colère, elle a tapé du pied sur le plancher. Son visage est effrayant quand elle se penche sur lui, mais il le devient encore plus quand il s'éclaircit soudain.

— Tu es très intelligent, beaucoup trop pour ton âge, mais une bonne éducation remédiera à ce problème. Et cette intelligence, aussi particulière que ton silence, va nous servir à tous les deux ; n'est-ce pas merveilleux qu'un projet nous unisse ? Puisque tu es d'accord, considérons cet incident comme une erreur de jeunesse, il faut bien que jeunesse se passe, n'est-ce pas ? Mais tu dois me jurer de n'en parler à personne, ton escapade sera notre secret. Tu le promets ?

Elle n'attend de lui aucune réponse, elle parle, le regard perdu dans le vide, au point que Valentyn se demande, terrifié, si elle s'adresse à lui ou à une assemblée de monstres invisibles.

— Très bien, enchaîne-t-elle, alors tu es pardonné. Je t'avoue que je me sens soulagée. Je n'aime pas devoir sévir, même s'il m'arrive parfois de ne pas avoir le choix.

Elle voit sa peur et tient à le rassurer.

— Allons, assieds-toi sur cette chaise. Je t'ai dit que je te pardonnais, alors calme-toi.

À peine est-il assis, qu'elle sort un mouchoir de sa poche et lui essuie le front avec une grande délicatesse.

— Quand je pense que tu as failli tout gâcher, de quoi aurais-je eu l'air ? Quelle journée mouvementée, mais elle se termine bien et juste à temps, c'est l'essentiel.

Valentyn ne comprend rien à ce qu'elle raconte, sinon que l'intendante générale est encore plus folle qu'il ne le supposait. Mais il a échappé aux coups de ceinture, c'est déjà ça, même si l'idée d'avoir à remercier Guzenko de l'avoir balancé lui retourne le cœur.

— Tu te demandes sûrement pourquoi tu portes ces beaux habits ? questionne l'intendante générale en regardant sa montre. Ne t'avais-je pas promis un grand destin ? Eh bien, moi, vois-tu, je tiens toujours mes promesses.

Elle retourne à la fenêtre et colle son visage aux carreaux. Deux berlines noires ont franchi le portail et se garent dans la cour.

— Tu vas comprendre la chance que tu as de m'avoir rencontrée.

Elle revient vers lui, ajuste son blazer et l'observe, satisfaite, en lui demandant de se tenir bien droit.

On frappe à la porte, le surveillant laisse entrer une femme accompagnée de son assistant. Pendant un bref instant de silence, l'intendante générale admire l'autorité qu'elle dégage. Elle a noué une écharpe en soie autour de son cou, et porte des boucles d'oreilles en argent sous sa chevelure blonde.

L'intendante générale prend la main de Valentyn et dit d'une voix douce :

— Je te présente une très grande dame et amie proche de notre président. Maria Alexeyevna Lvova-Belova. Ta nouvelle maman.

Écartant, d'un geste de la main, le pan de son manteau blanc, Maria Alexeyevna Lvova-Belova se baisse pour l'embrasser du bout des lèvres sur la joue, pendant que l'assistant les prend tous deux en photo.

— Je suis si heureuse de faire ta connaissance. Le rapport que Mme l'intendante générale nous a adressé est éblouissant. Je t'emmène dès ce soir à Moscou où tu vivras dans une magnifique demeure. Tu n'es plus orphelin, et tu vas faire ton baptême de l'air, n'est-ce pas une nuit extraordinaire ?

19

Vital a beau vouloir rassurer Veronika du mieux possible, ses mots sont maladroits. La réalité est cruelle quand il faut expliquer à une mère que sa fille est sur le chemin du retour mais que son fils est égaré dans la nature.

Cordelia perçoit dans sa voix un mélange de tendresse et de scrupules qui ne la laisse pas indifférente. Elle lui confisque le portable et prend la situation en main.

— Le retour de Lilya et de l'enfant ne doit pas s'ébruiter, explique-t-elle. Les responsables du pensionnat auront soif de représailles. Ils vont chercher dans leurs dossiers où vit Mykolaï et, pour donner l'exemple, ils pourraient envoyer des miliciens le reprendre.

— On a combien de temps devant nous pour leur trouver un point de chute ? demande Veronika, d'une voix calme.

— Peu. Artëm et ses amis avaient dépassé Chonhar quand ils nous ont appelés, ils devraient arriver à Rykove dans l'heure.

— J'irai voir les parents de Mykolaï et je leur proposerai de les accueillir chez moi, suggère Veronika.

— Ce n'est pas une bonne idée ; après l'évasion de Valentyn, il n'est pas impossible que les Russes vous rendent également visite. D'ailleurs, quand les maquisards l'auront retrouvé et vous le ramèneront aussi, il faudra vous cacher.

— Quand le retrouveront-ils ?

— Artëm a diffusé son signalement à la résistance, et il s'est arrangé pour que des battues soient menées dans la campagne et les villages entre Djankoï et la frontière, tous les sympathisants sont sur le qui-vive ; les Russes n'ont pas autant d'hommes disponibles, ce n'est qu'une question d'heures, j'en suis certaine.

— Et s'ils ne le trouvent pas, ou passera-t-il la nuit ?

— Ils le trouveront.

La certitude de Cordelia semble la soulager.

— D'accord, dit-elle, je demanderai au père de Stefan que la réunion se tienne chez lui, nous aviserons ensuite.

Veronika communique l'adresse de l'atelier de M. Vasylyk et raccroche. Elle s'apprête à quitter le dispensaire quand le chirurgien, qui n'a rien dit jusque-là, la retient par la main et lui remet un trousseau de clés.

— Ma maison est grande et remarquablement vide, installez la famille de l'enfant chez moi, ils sont les bienvenus. Vous aussi, si le cœur vous en dit, ajoute-t-il.

Veronika le découvre vulnérable.

— C'est très généreux de votre part, mais Lilya voudra sûrement dormir dans sa chambre, ce soir, et j'ai besoin d'être seule avec elle.

— Bien sûr, murmure le chirurgien. Félicitez-la de ma part, ce qu'elle a accompli est admirable.

— Merci, répond Veronika.

— De quoi ?

— De m'avoir donné les mots que je n'aurais pas trouvés.

Elle traverse le parking du dispensaire, fouettée par le vent en courant vers la maison des parents de Mykolaï.

Elles se sont croisées maintes fois, sur le parvis de l'école, aux réunions de parents d'élèves, aux fêtes de fin d'année, sans jamais vraiment se connaître. Depuis la rafle, la tragédie les unissait, mais la douleur était trop forte pour qu'elles se voient et les jours, marqués par la peine, se sont écoulés dans le silence. Hanna a trente ans, elle est belle comme un cœur et en ouvrant sa porte, elle blêmit soudain, comme ces mères de soldats qui voient venir à elles des gens en uniforme. Veronika, un sourire fragile au visage, lui apprend le retour imminent de son fils. Hanna est si émue qu'elle manque de s'effondrer ; son mari la retient de justesse. Ils n'osent pas demander si Valentyn rentre aussi, mais le regard de Veronika leur fait comprendre que leur joie n'est pas à partager.

— Il n'y a pas de temps à perdre, explique Veronika. Préparez des affaires pour quelques jours, vous ne pouvez pas rester chez vous.

Hanna et Marko s'empressent de faire le nécessaire. Hanna glisse quelques jouets dans son sac, trois petites voitures, deux avions miniatures et le doudou de Mykolaï. Il ne le traîne plus partout à ses côtés depuis qu'il est entré en primaire, mais il a toujours besoin de le sentir sur son oreiller pour s'endormir.

Bientôt, tout redeviendra normal, pense-t-elle en partant de chez elle.

Hâtant le pas dans les rues de Rykove, le trio se dirige vers la rue Zelena, Hanna marche si vite que Marko doit faire de grandes foulées pour ne pas être distancé. En chemin, Veronika précise qu'il vaudra mieux s'adresser au menuisier.

— Sa femme est une peste, ajoute-t-elle.

Le rez-de-chaussée de la maison des Vasylyk est éclairé. Mme Vasylyk ouvre la porte, toise Veronika et ce couple quelle ne connaît pas. Marko prend les devants, explique la situation, invoque la solidarité locale, l'entraide indispensable, et bien sûr leur reconnaissance éternelle si elle accepte de les abriter.

Et soudain, en écoutant le père de Mykolaï, Mme Vasylyk change de comportement. Si une amie de son fils a réussi à ramener un garçon kidnappé au pays, la renommée de ses exploits rejaillira sur la famille qui aura pris de grands risques pour les aider. De quoi susciter l'admiration de son entourage. Ce qui profitera aux affaires de son époux. À la libération, elle pourra même se vanter d'avoir été dans la résistance.

Elle les fait entrer dans son salon, et se précipite dans sa cuisine pour leur préparer un en-cas, afin d'accueillir comme il se doit ces gens valeureux qui ont secouru le petit ; ils auront sûrement une faim de loup après de telles aventures. Elle ordonne à son mari d'aller chercher deux bouteilles de l'alcool qu'il distille lui-même, l'une pour fêter l'arrivée des héros et l'autre qu'ils pourront emporter en souvenir.

Elle dresse une nappe, sort ses plus beaux verres du buffet, quelques assiettes, tapote les coussins du canapé, s'assure que les rideaux sont assez entrouverts pour que ses voisins soient intrigués de voir du monde chez elle. Demain, on lui posera des questions, et puisqu'il faut être discret, elle aura la satisfaction supplémentaire de les faire languir.

Après avoir ôté son tablier, elle s'arrête devant le miroir, ajuste sa blouse, jette un dernier regard à son salon et rougit presque autant que Stefan, quand on cogne à la porte.

Mykolaï s'élance vers sa mère, son père les enlace tous les deux.

Veronika contemple leurs visages, admirant avec amour et envie l'émoi qui les unit ; sa main fait les mêmes gestes que celle d'Hanna, comme si elle caressait les joues de Valentyn, et le serrait aussi contre elle pour s'assurer qu'il est bien là.

Artëm, Bodhan, Taras et Petro entrent à leur tour.

— Elle vous attend dehors, indique Artëm qui a compris d'un regard qui était Veronika.

Et pendant que Mme Vasylyk sert les shots, Veronika s'éclipse.

Lilya se tient sous la lumière du perron, elle gratte le sol avec le bout de sa chaussure.

— Je te demande pardon, dit-elle.

Et elle se jette dans les bras de sa mère. Veronika l'entoure d'un océan d'amour, plonge dans ses cheveux, l'embrasse, l'enlace, l'embrasse encore. Sa fille paraît si faible. Lilya sanglote ; son errance et ses peurs sont emportées par cette tendresse qu'elle rejetait si souvent avant son départ.

— Je me suis tant vantée auprès de ton père de t'avoir appris à être courageuse… que veux-tu que je te pardonne ?

— Je suis si fatiguée, maman.

— Tu n'as pas très bonne mine.

— Toi non plus. J'ai tellement de choses à te raconter.

— Je sais, j'ai aussi beaucoup de choses à te dire. Je n'ai aucune envie d'écourter ce moment, je l'ai tellement attendu, mais je dois aller les remercier. Tu veux m'accompagner ou tu préfères voir d'abord Stefan ?

— Tu peux lui demander de me rejoindre ici ? Je ne veux pas lui parler devant tout ce monde.

Veronika embrasse sa fille sur le front, caresse sa joue et se résout à rentrer dans la maison.

Les verres se vident aussi vite qu'ils se remplissent, Mme Vasylyk ne sait plus où donner de la tête. Son mari a sympathisé avec Taras, à moins que ce ne soit le contraire. Le contrebandier trouve de grandes qualités à l'alcool distillé par son hôte, il mériterait d'être connu de l'autre côté de la frontière. Il s'intéresse déjà aux quantités qu'il pourrait produire chaque mois ; il se chargerait de l'acheminement. En divisant la recette en trois parts, puisque Petro et lui sont associés, le menuisier pourrait gagner bien plus qu'avec ses meubles. La conversation, qui s'est tenue loin des oreilles de Mme Vasylyk, se conclut par une poignée de main.

Bodhan et Petro n'auraient rien contre trinquer une fois de plus à la résistance, mais Artëm compte repasser la frontière avant le changement de garde et le remplacement des hommes à qui ils ont graissé la patte. Mme Vasylyk insiste et remplit à nouveau les verres.

*

Dehors, loin du bruit qui règne dans le salon, Stefan avance vers Lilya ; elle lui fait un signe de la main.

— Pas plus près, je t'en prie.

— Qu'est-ce qu'il y a ?

— Rien, c'est juste que…

Elle hésite, mais craint plus un malentendu qu'un aveu humiliant.

— … même moi je n'arrive pas à supporter mon odeur. Je vais tellement regretter de t'avoir dit ça. J'ai voyagé avec des poissons qui puent et ça me colle à la peau. De toute façon, je n'ai jamais été aussi moche !

Stefan a cet air décalé qu'elle trouve irrésistible. Il fait un pas vers elle et lui prend la main.

— Ce n'est pas si terrible que ça, assure-t-il.

Le visage penché vers le sien, il guette son consentement avant d'aller cueillir un baiser sur ses lèvres ; le regard de Lilya n'est plus celui d'une adolescente, elle est devenue une jeune femme. Elle pose ses mains sur sa nuque et le fixe.

— Qu'est-ce que vous faites dehors les enfants ? s'écrie Mme Vasylyk sur le pas de sa porte. Nos amis vont s'en aller, venez leur dire au revoir, c'est la moindre des choses, tout de même !

Les joues de Stefan ont viré au rouge, Lilya s'en amuse et l'embrasse effrontément devant la femme du menuisier qui tourne les talons, outrée.

*

C'est le moment des adieux, Petro et Taras échangent des clins d'œil avec M. Vasylyk ; Bodhan n'est pas au mieux pour reprendre le volant, mais il en a vu d'autres.

Quand tout le monde sort pour raccompagner les quatre hommes à la camionnette, Artëm va serrer la main de Stefan et entraîne Lilya à l'écart.

— Je comprends que tu aies le cœur lourd, mais tu as pris la bonne décision. Tu as vu la joie dans cette pièce ? C'est grâce à toi. Ce soir, en t'endormant, ne pense à rien d'autre. Nous ramènerons ton frère, je n'ai qu'une parole. Je suis heureux de t'avoir rencontrée, Lilya Khodova. Quand le pays sera entièrement libéré, il faudra que tu reviennes me voir, je te montrerai comme la Crimée est belle.

Stefan et ses parents rentrent chez eux, les parents de Mykolaï les suivent pour récupérer leurs affaires avant d'aller s'installer chez le chirurgien. L'idée de les accompagner ne déplaît pas à Veronika, elle est curieuse de découvrir où il vit.

Sur le trottoir, Lilya ne lâche pas des yeux la camionnette qui disparaît au bout de la rue.

— Qui les a envoyés ? demande-t-elle à sa mère.

— Un ami de Kyiv.

— Tu le lui avais demandé, n'est-ce pas ?

— Il a agi de sa propre initiative, il a bien fait, non ?

— Peut-être. Enfin si, la vérité c'est que j'étais à bout de forces quand ils m'ont trouvée.

— Tu me raconteras ce voyage ?

— Oui, mais pas tout de suite.

— Et qu'est-ce que tu as envie de faire, maintenant ?

— Retourner là-bas pour botter le cul de Guzenko.

— C'est un Russe qui t'a fait du mal ?

— Juste un gamin qui s'en est pris à mon frère, et ne recommence pas à t'inquiéter pour rien, Valentyn ne s'est pas laissé faire.

— À part botter le cul d'un enfant de onze ans, tu as d'autres projets ?

— Rester un peu avec Stefan ce soir.

— D'accord, alors nous parlerons demain.

— Quand tu rentreras de ton travail ?

— Dès le matin, et je resterai avec toi autant que tu le voudras.

— Toute la journée ?

— Et la suivante si ça te chante.

— Alors demain, on prendra ta voiture et tu me conduiras quelque part. On ne restera pas longtemps, je te le promets.

— Pour aller où ?

— Tu verras quand on y sera.

*

Lilya rentre à minuit. Sa mère, qui s'est assoupie dans le canapé, ouvre les yeux.

— Tu as faim ? demande-t-elle.

— Je suis incapable d'avaler quoi que ce soit, on a fini les restes. C'était comment chez ton chirurgien ?

— Très différent de ce que j'imaginais.

— Mais encore ?

— Élégant, une décoration minimaliste mais étonnamment raffinée, il a beaucoup de goût, je ne pensais pas voir un bouquet de fleurs sur sa table de nuit.

— Parce que tu es allée dans sa chambre ?

— Oui, enfin, non, je me suis trompé de porte en cherchant la pièce où je devais installer les parents de Mykolaï, répond Veronika amusée.

— C'est drôle, je ne t'ai pas vue aussi radieuse depuis… enfin, je veux dire que cela fait longtemps que papa ne te fait plus sourire comme ça.

— Je n'ai pas souri, qu'est-ce que tu vas imaginer ?

— Si, mais ça ne me déplaît pas de te voir sourire. Quand Valentyn sera rentré, nous devrons aussi quitter notre maison ?

— Probablement.

— On ira où ?

— À Kyiv, je pense, mais seulement pour un temps.

20

Valentyn n'a pas eu peur, il a seulement été déçu de ne pas apercevoir grand-chose après le décollage ; une fois la piste effacée, tout était plongé dans le noir. Et ça ne s'est pas arrangé dans les airs. Il espérait toucher les étoiles et les a découvertes aussi petites vues du ciel que lorsqu'il les regardait du jardin avec sa mère. Tout a changé durant la descente. Le visage collé au hublot, il a été ébloui par le spectacle le plus fabuleux qu'il ait vu de sa vie. Moscou, immense et minuscule avec ses lumières qui s'étendaient par millions sur des kilomètres. Tout scintillait, comme si le ciel avait été renversé. Les turbulences l'ont beaucoup amusé aussi, et quand les roues ont touché le sol, le bruit assourdissant des réacteurs lui a paru excitant.

Sur le tarmac au pied de la passerelle, il a trouvé sa vocation : commandant de bord ; sa différence ne devrait pas poser de problème ; la porte du cockpit est restée ouverte pendant tout le vol et il a pu constater que le copilote pouvait très bien se charger de parler avec la tour de contrôle.

L'assistant les fait monter dans une luxueuse voiture qui les attend au bas de l'avion.

À l'arrière, quatre fauteuils en cuir blanc, assortis au manteau de Madame Belova, se font face. C'est la première fois que Valentyn est assis dans le sens inverse de la marche. Elle n'a pas dit un mot depuis le pensionnat. C'est à peine si elle a levé les yeux de sa lecture pour s'assurer qu'il était toujours là. L'assistant est plus prolixe.

— Le chauffeur de Madame te conduira à l'école et te ramènera aussitôt les cours terminés, chuchote-t-il pour ne pas déranger sa patronne.

Depuis la voiture, les quartiers dortoirs de la banlieue lui paraissent sinistres. Après le boulevard circulaire, tout change encore, les façades sont habillées de rouge, de jaune, de vert et de bleu, les avenues immenses, éclairées comme en plein jour, de gigantesques dômes en or luisent dans la nuit. Et lorsque la voiture s'engage sur les berges de la Moskova, le palais du président semble jaillir des pages d'un conte de fées.

— Magnifique, n'est-ce pas ! dit l'assistant.

Valentyn hoche la tête, l'odeur du cuir lui a filé mal au cœur. La berline entre dans le quartier du Mile d'or, le plus cher de la ville, remonte la rue Ostojenka, et s'arrête devant la grille en fer forgé d'une somptueuse résidence.

— Ta nouvelle maison. Je suis certain que tu dois la trouver plus belle que la tienne, se réjouit l'assistant.

Madame Belova le fusille du regard, car il est interdit de faire référence au passé. Pour Valentyn, désormais seul existe l'avenir.

Il n'y a pas que le Kremlin qui semble appartenir à un conte des *Mille et Une Nuits*. Le hall immense est paré de marbre blanc, et son plafond d'un manteau d'or. Valentyn se voit offrir un autre baptême, à bord d'un ascenseur cette fois, et celui dans lequel il monte vers le dernier étage est en miroir.

Il faut, pour entrer dans l'appartement, taper un code sur les touches d'un clavier, et Valentyn n'est pas au bout de ses surprises. Trois portes donnent dans le vestibule, plus grand à lui seul que toute sa maison. Madame Belova pose son sac sur une console et disparaît derrière la porte de gauche, sans un bonsoir.

— Ce sont ses appartements, explique l'assistant, tu ne dois jamais y pénétrer sans y avoir été convié. Derrière la porte centrale, ce sont les pièces de réception, le salon bleu et le petit salon.

Valentyn s'interroge sur ce qu'est un salon bleu, et il s'aventure à poser la question en écrivant sur le bloc-notes qu'il a chapardé dans le jet. L'assistant le regarde avec condescendance.

— Les sols du grand salon sont en lapis-lazuli, une pierre semi-précieuse dont la couleur bleue a donné son nom à cette pièce. Le petit salon est en boiserie, inutile de t'expliquer ce qu'est une boiserie, on m'a laissé entendre que tu étais très intelligent.

Il peut bien se moquer de lui, sa maison à Rykove a plus d'âme que ce palais glacial. Pierre semi-précieuse ou pas.

— Et tout au fond, les cuisines où tu prendras tes repas, poursuit l'assistant imperturbable.

Il ouvre la troisième porte et entraîne Valentyn dans un long couloir.

— Ici, c'est le domaine des enfants ; chaque chambre a sa salle de bains ; la tienne est tout au bout, puisque tu es le dernier à rejoindre la famille. Demain je te présenterai au personnel, les cuisinières, le valet, les femmes de ménage et, surtout, Anatoly, le majordome qui règne ici en maître. Tes frères et sœurs sont tous plus âgés… Enfin, tu les croiseras tôt ou tard.

Valentyn dénombre six chambres, donc beaucoup moins d'enfants qu'au pensionnat, ce qui n'est pas pour lui déplaire, mais que l'on soit bien clair, Lilya est son unique sœur.

— Et voici tes nouveaux quartiers, dit l'assistant en entrant dans la chambre. Réveil à 8 heures, tu trouveras des vêtements à ta taille dans l'armoire, demain, tu enfileras la tenue posée sur le fauteuil. Je viendrai te chercher après le petit déjeuner. Nous partirons avec Madame Belova pour une conférence de presse. Ne t'inquiète pas, c'est à moi qu'on posera des questions, tu n'auras qu'à être sage et souriant, ce n'est pas compliqué, n'est-ce pas ? Une dernière chose, Madame Belova est très occupée, ne la dérange sous aucun prétexte. En cas de besoin, tu t'adresseras à Anatoly, le majordome dont je t'ai déjà parlé. Il ne me reste plus qu'à te souhaiter bonne nuit, ne tarde pas à te coucher, la journée sera longue.

L'assistant se retire en fermant la porte derrière lui.

Rien ne manque dans cette grande chambre, ni le bureau pour faire ses devoirs, ni le fauteuil où se prélasser, il y a même un tapis de jeu avec des rues et des passages piétonniers, mais entre ces murs blancs où sont accrochées des gravures de lapins et d'oiseaux, Valentyn a l'impression d'avoir été transporté dans un monde plus étroit que le sien.

Ici pas de barreaux à la fenêtre, au sixième étage, ils n'auraient pas servi à grand-chose. Valentyn s'assied sur son lit, ôte ses souliers et observe la tenue qu'il devra passer le lendemain, encore plus sobre que l'uniforme. Il n'est pas mécontent de porter une cravate, mais il n'a pas la moindre idée de la façon dont on la noue, tant pis, il la mettra en écharpe.

Il se déshabille, prend sa douche, enfile le pyjama plié au pied du lit, éteint la lumière et se glisse sous les draps.

Le sommeil ne vient pas, cette fois le noir n'y est pour rien. Il regrette presque la présence des autres enfants dans le dortoir. Il pense à Mykolaï qui doit être arrivé chez lui, sa sœur Lilya aussi. C'est terrible ce qu'elle lui manque, presque autant que sa mère. Il serre les poings, se retourne et, emporté par les sanglots, il enfouit sa tête dans l'oreiller.

La porte s'entrouvre, un filet de lumière vient frapper son lit. Valentyn se redresse. Un homme se tient devant lui.

— Ça ne va pas ? demande-t-il avec un accent prononcé. Oh, mais je vois que ça ne va pas du tout. Faim ? Soif ? Pipi au lit ? Peur du noir ? Ou bien tout ça en même temps ? Alors commençons dans l'ordre, qu'est-ce qui va le moins bien ?

Pour Valentyn, un type qui énonce des problèmes aussi joyeusement ne peut être qu'un allié. Il essuie ses joues.

— Ne restons pas ici, lève-toi, et viens avec moi.

*

Une lampe est allumée sur le bureau du majordome. Valentyn s'attendait à découvrir un homme raffiné, maigre, soucieux, dans une tenue admirablement taillée. C'est tout le contraire, Anatoly est un vieux Turc, à l'embonpoint prodigieux. Il porte un pantalon bouffant violet, une chemise chamarrée, et a deux dents en or. Son visage ridé est sans âge et ses grands yeux doux lui donnent un air affable.

Le majordome s'affale dans son fauteuil, Valentyn demande du regard la permission d'utiliser le stylo posé sur le bureau, un laqué noir avec une plume en argent, ce qu'Anatoly autorise aussitôt comme si c'était évident. Il lui tend même une feuille de beau papier à lettres, que Valentyn ne résiste pas à caresser.

— *C'est quoi, une conférence de presse ?* écrit-il.

Anatoly pose les mains sur ses hanches potelées.

— C'est vrai que tu ne parles pas ! Madame me l'a certainement précisé hier mais j'ai dû oublier. Bon, avant de te répondre, je vais te confier un secret. Si je le fais, tu dois promettre de ne rien dire à personne. Enfin, de ne rien écrire. Ceux qui vivent ici pensent que je suis dur de la feuille, sourd, si tu préfères. Ce n'est pas tout à fait vrai, je n'entends que ce qui m'intéresse. C'est très pratique dans mon métier. Tu n'imagines pas le nombre de réponses que les cuisinières, le valet, les enfants de Madame et son assistant trouvent par eux-mêmes, quand je leur fais répéter trois fois leurs questions. Je ne vais pas te demander de tartiner des pages d'écriture chaque fois que tu auras un souci, c'est pour cela que je t'ai mis dans la confidence.

Anatoly incline la tête, fronce les sourcils et semble soudain plongé dans une réflexion grave.

— Ce que je dis n'a aucun sens, je n'ai jamais prétendu être myope. Bon, alors, pourquoi veux-tu savoir ce qu'est une conférence de presse ?

Valentyn écrit qu'il n'a pas étudié depuis deux jours ; est-ce qu'il doit réviser une matière avant la conférence ?

Pour avoir un rire aussi fort, Anatoly doit quand même être un peu bouché des tympans.

— *Parce qu'on m'y emmène demain matin*, précise Valentyn.

— Je vois, soupire Anatoly. Eh bien, c'est un moment très ennuyeux, non, encore plus ennuyeux que ce qui est ennuyeux. On invite des journalistes qui viennent surtout pour les petits sandwichs au caviar et le champagne. Une fois repus, ils écouteront religieusement ce que Madame ou son assistant leur raconteront. À propos, méfie-toi de lui, c'est un sale hypocrite. Où en étais-je ?

— *Aux journalistes*, écrit Valentyn.

— Quels journalistes ? demande le majordome en regardant le plafond. Ah oui, bien sûr. Eh bien, ils prendront des notes, les premiers de la classe lèveront même la main, tu les verras frémir quand l'assistant les choisira pour qu'ils posent leurs questions, ensuite ils feront des photos, on te demandera de bien sourire, et voilà. Pas méchant, mais ennuyeux, très ennuyeux.

Valentyn hoche la tête, Anatoly n'a jamais dû aller au pensionnat ; sinon, sa définition de l'ennui serait certainement très différente.

— Dis donc, tu ne devrais pas être couché à cette heure-là ? Gare à toi si tu bâilles en public demain, Madame serait très fâchée. Tu veux savoir autre chose ?

Valentyn répond non de la tête. Le majordome se lève péniblement et le reconduit à sa chambre.

— L'assistant de Madame, c'est un serpent, et pas de la famille des couleuvres, si tu vois ce que je veux dire.

Anatoly s'arrête au milieu du couloir, pour entamer la danse du cobra, passant sa langue sous ses dents en or, ce qui fait beaucoup rire Valentyn.

— Au moins, quand tu ris aux éclats, ça ne risque pas de réveiller grand monde.

Anatoly le borde dans son lit, lui offre une dernière grimace pour la nuit et se retire.

Valentyn se sent soudain moins seul. Il s'endort en songeant à la journée qui l'attend. Dès demain, il recommencera ses repérages, et pour trouver, cette fois, une autre issue qu'un conduit d'égouts.

21

Dans la lumière du jour, la chambre paraît encore plus spacieuse. On a frappé à sa porte à 8 heures, et Valentyn a enfilé sa tenue. En sortant dans le couloir, il a croisé une femme de chambre, elle s'est arrêtée pour nouer correctement sa cravate et l'a emmené à la cuisine.

Il n'en a jamais vu de pareille, tout est en double, deux fours, deux réfrigérateurs, deux lave-vaisselle, deux éviers. Une grande fenêtre laisse entrer le soleil. Le carrelage brille. La cuisinière l'installe à table. Il y a plein de bonnes choses devant lui, des tartines, des yaourts, une salade de fruits, mais avant tout, des pains au chocolat. Il aimerait pouvoir en glisser un dans sa poche pour Lilya, elle en raffole et cela fait si longtemps qu'il n'y en a plus chez eux. Il les dévore des yeux, jusqu'au moment où Evgenyia apparaît et s'assied en face de lui.

Elle doit avoir trois ans de plus que Lilya, peut-être quatre, elle est si belle qu'il en conclut que la nature l'a créée pour réparer toutes les erreurs des Russes. Sa blondeur irradie, son front, ses yeux bleus, ses lèvres sont en telle harmonie qu'on pourrait attribuer son visage à l'imagination d'un peintre. Et sa réserve impressionne autant Valentyn. Evgenyia semble gênée d'être là. Quand la cuisinière s'adresse à elle, elle pâlit, alors que sa peau est déjà si blanche ; elle ne doit avoir aucune conscience de sa splendeur pour paraître aussi triste.

Valentyn se demande si on peut tomber amoureux d'une demi-sœur. Parce qu'il n'a jamais senti son cœur battre aussi fort quand sa sœur à part entière partageait son petit déjeuner avec lui.

Sans réfléchir, il lui offre la moitié de son pain au chocolat. Evgenyia sourit et l'accepte. Elle prend un yaourt, Valentyn aussi, elle se sert un verre de jus d'orange pressé, il n'aime pas ça mais ce matin, il en boira quand même, et goûtera à la salade de fruits, même si l'ananas le fait frissonner. Il sort une feuille de sa poche et d'une encre courageuse demande à Evgenyia si elle pense que pilote de ligne est un beau métier, surtout quand on est commandant de bord.

— Moi, répond-elle d'une voix si douce qu'elle lui donne encore plus de frissons que l'ananas, j'aimerais parfois être un oiseau.

Et Valentyn en conclut que la vie à Moscou n'est pas aussi terrible qu'il l'imaginait.

*

Madame Belova a délaissé son manteau blanc pour une petite robe à fleurs et elle a noué ses cheveux en chignon. Dans la voiture, elle prête plus d'attention à Valentyn que la veille, elle passe même la main dans ses cheveux pour les remettre en ordre, remonte le nœud de sa petite cravate, le regarde attentivement et replonge dans sa lecture. Elle doit avoir une insatiable soif d'apprendre pour tant aimer lire. L'assistant enjoué l'est subitement moins quand elle mentionne qu'Anatoly « a trouvé le petit charmant ».

La berline se range devant une école accueillant des enfants handicapés. Le directeur est au garde-à-vous sur le trottoir pour accueillir ses hôtes de marque. Madame Belova descend la première et prend Valentyn par la main. Il n'aime pas le contact de sa peau, mais elle le serre si fort qu'il ne peut se libérer. Des photographes les suivent pendant qu'ils visitent les classes. Dans chacune, la commissaire russe aux droits de l'enfant s'agenouille pour caresser la tête d'un petit garçon ou d'une petite fille. L'assistant porte un gros sac rempli de peluches que Madame Belova distribue en souriant de toutes ses dents alors que les flashs crépitent. Quand il n'y a plus de peluches, on les conduit jusqu'à la cantine. Le personnel est ébloui, tous rêveraient de poser sur la photo, mais seuls le directeur, Madame Belova et Valentyn y ont droit.

Un pupitre a été posé au milieu du réfectoire. La commissaire s'y installe et entame le discours qu'elle révisait dans la voiture.

— Il y a huit ans, je créai Quartier Louis, un centre d'adaptation sociale pour enfants en situation de handicap. Que de chemin parcouru depuis. Je n'ai cessé de m'engager pour les droits de l'enfance, de toutes les enfances, y compris les enfances difficiles. Quand j'ai rejoint le parti Russie unie quelques années plus tard, alors que mon mari devenait prêtre, je n'espérais pas obtenir un tel soutien de notre gouvernement, et pourtant, notre bien-aimé président a tendu la main à notre cause, je lui en suis infiniment reconnaissante.

Elle se tait, le temps de recueillir les applaudissements du directeur, des cuisinières et des professeurs, heureux d'être aujourd'hui associés à une dame d'aussi grande importance. C'est leur président qu'ils acclament mais elle est si proche de lui que les félicitations se confondent.

— Trois ans plus tard, j'ai été honorée du titre de commissaire aux droits de l'enfant, poursuit-elle.

Et elle demande le calme à ceux qui l'applaudissent encore, elle tient à ce qu'ils préservent leur énergie pour le clou du spectacle.

— J'ai visité à l'automne chacune des quatre régions ukrainiennes annexées et ce que j'y ai découvert était terrible.

Il n'a pas échappé à Valentyn que Madame Belova, en prononçant ces mots, s'est frotté le coin des yeux, tout près du nez, et aussitôt, des larmes sont apparues. Il trouve ce truc génial, il fera pareil la prochaine fois que Lilya lui cherchera des noises. Dès qu'il pleure, sa mère prend son parti.

— J'ai décidé, malgré mes nombreuses responsabilités, de créer des centres pour adolescents, afin de leur apporter une attention particulière. Nous allons déployer des équipes en Ukraine pour aller à la rencontre des orphelins et des enfants abandonnés par leurs parents.

Elle marque une pause et prend une longue inspiration, l'assemblée retient son souffle.

— Il y a quelques mois, dit-elle d'une voix grave, le président a signé un décret simplifiant l'obtention de la nationalité Russe pour les mineurs ukrainiens considérés comme orphelins. Grace à notre travail et à la dévotion de nos équipes, ils sont déjà des milliers à avoir eu la chance de trouver une nouvelle famille. Des parents merveilleux qui leur offrent l'éducation et l'amour dont ils ont été privés en Ukraine. Demain, ils seront encore plus nombreux à s'installer dans leur nouvelle patrie, de la Crimée jusqu'à la Sibérie, car nous les sauverons tous, et nos compatriotes font déjà la queue pour les adopter.

Elle marque une nouvelle pause, son visage grave change d'expression et s'illumine.

— Je l'avoue humblement, je n'ai pas eu à faire la queue, dit-elle en se tournant vers Valentyn, les yeux débordants d'amour.

Des murmures d'émotion s'élèvent de l'assemblée en pâmoison.

— C'est lors d'un récent voyage que j'ai rencontré Valentyn et comment aurais-je pu résister à un visage aussi mignon ? Il est comme ceux dont vous vous occupez avec autant de dévotion, et porte son fardeau courageusement : Valentyn ne peut pas parler. Mais mon cœur, comme les vôtres, fait fi des handicaps. J'ai l'immense joie de vous présenter celui que j'adopterai dans trois jours. Je l'aime déjà comme mon fils.

Valentyn essaie de libérer sa main, mais elle serre si fort ses doigts qu'il en a mal. Elle l'embrasse sur la joue, le presse contre sa poitrine tandis que les photographes se bousculent pour être aux premières loges. Les flashs éblouissent Valentyn et Madame Belova, qui le tient maintenant par la nuque et l'oblige à fixer les objectifs.

*

Il est midi, Cordelia observe les photos affichées sur l'écran.

— Tu es sûr que c'est lui ?

— Aucun doute, et je ne compte pas demander un second avis à sa mère, elle en mourrait.

— Tu m'aimes ? demande Cordelia.

— Oui.

— Alors prouve-le et jure-moi que nous lui rendrons son fils.

— Tu reconnaîtras que c'est quand même une façon étrange de déclarer ses sentiments.

— Eh bien c'est ma façon à moi.

Vital se sent soudain inspiré, prêt à tout pour se montrer à la hauteur de son rôle.

— Si l'adoption a lieu dans trois jours, le compte à rebours a commencé. Dès qu'il sera naturalisé, nous ne pourrons plus rien faire, explique-t-il.

— Et pourquoi donc ?

— Parce que Veronika n'aura plus aucun droit sur lui. Valentyn ne sera plus son fils mais celui d'une personnalité proche du pouvoir. Dès lors, si nous réussissions à le récupérer, ce serait un rapt. Aucun pays occidental n'accueillera un enfant kidnappé, et il est impossible de le faire voyager depuis Moscou directement en Ukraine.

— Mais ce sont les Russes qui l'ont kidnappé, bon sang !

— Ce ne sera plus le cas au regard de la loi.

— Alors faisons éclater le scandale au grand jour avant qu'il ne soit trop tard !

— Mais tout est déjà au grand jour. Ces photos prises pendant la conférence de presse, Belova s'est empressée de les relayer sur son compte Instagram. Ce qui n'a causé aucun scandale. Cette mise en scène nourrit la propagande du régime. Et qui se soucie aujourd'hui du sort d'un seul enfant ?

— Nous, répond Cordelia. Que sait-on sur ce monstre de femme ?

— Pas suffisamment de choses ; mais pendant que tu dormais, et puisque je t'aime, j'ai fait appel à Janice. Elle prépare un dossier sur Belova, qu'on surnomme déjà Bloody Mary, elle a même promis de mobiliser ses collègues de *Haaretz* si nécessaire.

— Ce n'est pas avec un dossier qu'on ramènera Valentyn chez lui.

— Non, mais c'est un début. Une opération pareille demande une sérieuse préparation et je n'ai aucun contact en Russie, sinon des ennemis.

Cordelia se connecte sur le forum du Groupe.

— Qu'est-ce que tu fais ?

— J'appelle du renfort.

— J'aurais quand même préféré te déclarer mes sentiments autrement.

Trente minutes plus tard, la réponse à l'appel de Cordelia apparaît sur le forum. Maya, propriétaire d'une agence de voyages à Paris, dispose d'un visa d'affaires qui lui permet de se rendre à Moscou. Le temps de réunir le matériel qu'elle souhaite emporter, son vol est déjà réservé, elle se posera avant 19 heures. Pendant qu'elle voyage, Cordelia devra trouver les adresses où cueillir « le colis », domicile, école, bureau, le lieu où se tiendra la cérémonie, toutes les informations qui lui feront gagner de précieuses heures sur place. Agir dans un délai aussi court nous obligera à improviser, explique-t-elle, le contraire de la philosophie de Vital.

*

L'essence fournie par Danylo se révèle plus que nécessaire ; Veronika et Lilya arriveront à Chonhar dans une heure, à condition de ne pas croiser de miliciens en route.

— Ne reste pas sur la E105, conseille Lilya, je te guiderai sur les petites routes.

— Celles que tu as prises ?

— Non, je passais à travers champs. On pourrait récupérer le vélo de papa au passage, mais je l'ai laissé près d'un endroit où j'ai de mauvais souvenirs.

— Ton père s'en achètera un autre, répond Veronika. De toute façon, pour ce qu'il s'en sert…

Lilya se tourne vers sa mère et la regarde curieusement.

— Vous en êtes où exactement, papa et toi ?

— Tu peux me dire ce que l'on va faire à Chonhar ?

— OK, je vois.

— Regarde plutôt la route, si tu veux bien.

La route, aux abords de Novooleksiivka, Lilya ne la quitte plus des yeux, elle indique à sa mère comment contourner cette ville dans laquelle elle ne veut remettre les pieds pour rien au monde. En passant devant le hameau de Sal'Kove, elle aperçoit la maison d'une fermière en train d'étendre son linge, elle s'apprête à la saluer de la main et se ravise.

— Tu la connais ? demande Veronika, alors que la voiture se dirige vers la bande de terre qui longe le lac Sokolos'ke.

— Oui, elle est pro-russe.

— Mais elle t'a aidée.

— Comment tu le sais ?

— Tu allais lui dire bonjour ; c'est ce qu'elle a fait pour toi qui compte, pas ce qu'elle pense.

Veronika ralentit. Cent mètres plus loin, des soldats ont établi un barrage pour y contrôler les véhicules.

— Fais demi-tour, on reviendra une autre fois, dit Lilya à regret.

Mais la question que lui a posée sa fille sur son couple a réveillé quelque chose, Veronika ne veut plus renoncer à rien ; elle lui lance un clin d'œil complice et roule vers le barrage.

Le soldat lui demande sèchement ses papiers et la raison de son déplacement, Veronika emprunte le même ton autoritaire pour lui répondre.

— Deux de vos hommes sont hospitalisés dans mon service au dispensaire de Rykove. Ils ont été blessés en éteignant l'incendie du dépôt de munitions qui a été pilonné. Vous êtes sûrement au courant. Et comme si je n'avais pas assez de travail comme ça, l'officier Ilyevitch en charge du secteur m'a envoyée chercher les bandages et les crèmes dont nous manquons pour traiter leurs brûlures.

— Pourquoi l'officier Ilyevitch ne nous a pas demandé tout ça directement ?

— Parce que ma collègue de Chonhar vous aurait dit qu'elle en manquait aussi, mais moi je suis infirmière en chef. Maintenant, si vous préférez, je rebrousse chemin et j'informerai l'officier Ilyevitch que vous prenez l'affaire en main ; comme je vous l'ai dit, je ne manque pas de travail.

— La demoiselle est un peu jeune pour être infirmière, s'étonne le soldat en se penchant à la vitre.

— C'est ma fille, elle m'aide au dispensaire.

Il lui rend ses papiers et fait signe à son collègue de les laisser passer. Veronika fait craquer la boîte de vitesses en passant la première, le moteur rugit et la voiture repart.

— Tu croyais être la seule à savoir mentir ? lance Veronika à sa fille stupéfaite.

— Ilyevitch ? Mais où est-ce que tu es allée chercher ça ?

— Sur la porte de son bureau quand nous sommes allées nous renseigner sur la disparition de Valentyn, c'est un nom que je n'oublierai jamais.

*

Cordelia se lève pour aller prendre l'air dans le parc. Le sort de Valentyn l'affecte particulièrement. Elle imagine ce qu'elle vivrait si on avait touché à un cheveu de son frère Diego. Elle se réveille encore parfois la nuit en plein cauchemar, toujours le même. Revivant ce matin où elle a découvert le corps d'Alba[1].

— Qu'est-ce qui ne va pas ? demande Vital, en engageant son fauteuil sur la rampe du perron.

1. Dans *C'est arrivé la nuit*, Cordelia a découvert le corps inanimé de la petite amie de son frère Diego. Alba, diabétique, a été victime des laboratoires pharmaceutiques qui faisaient grimper le prix de l'insuline pour s'enrichir toujours davantage, en en interdisant l'accès aux plus démunis.

— Rien, envie d'une cigarette.

— Mais tu n'en fumes pas, à ce que je vois.

— J'ai changé d'avis.

— Sur nous ou sur l'envie de fumer ?

— Tu es idiot, répond Cordelia en souriant tristement. Elle est belle ?

Vital la regarde, intrigué.

— La mère de Valentyn, précise Cordelia.

— Ah, moi, je la trouve très belle.

— Elle est qui pour toi ?

— Quand je me suis retrouvé sur un lit d'hôpital – il marque un temps – et que je ne pouvais plus sentir mes jambes, Veronika s'est occupée de moi.

— Longtemps ?

— Pendant deux ans. Elle était formidable mais pas facile ; je t'assure que ton caractère n'a rien à envier au sien.

— Qu'est-ce qu'il a, mon caractère ?

— Rien. Tu n'es pas jalouse ?

— Tu es vraiment idiot. J'ai juste encore plus envie de botter le cul de Bloody Mary et de tous les Russes.

— Ne pense pas comme ça, la plupart des conscrits n'ont pas eu le choix, et quant à la population civile, elle aussi est victime du régime de Poutine. Des millions de Russes ont quitté leur pays et sont aujourd'hui en exil et nombre de ceux qui sont restés rejettent la guerre et l'idéologie du pouvoir. Comme nous, ils attendent d'être libérés et rêvent de voir tomber le dictateur.

— Puisque tu le dis. Redescendons, j'ai reçu un message de Janice, elle préfère nous parler directement au téléphone.

— Appelle-la d'ici, comme ça, tu pourras fumer, puisque tu étais montée dans le parc pour cela.

Cordelia l'embrasse sur la bouche.

*

À Tel-Aviv, Janice a aussi envie d'une cigarette, et comme il est interdit de fumer dans les locaux du journal, elle la grille penchée à la fenêtre de son bureau.

— C'est pire que ce que j'avais imaginé, dit-elle. Les témoignages de parents, de médecins, d'enseignants sont terrifiants. À Kherson, cinquante-huit garçons et filles âgés de zéro à quatre ans ont été kidnappés dans une pouponnière en plein centre-ville. Un blindé et un pick-up ont encerclé le bâtiment. Une douzaine de soldats, cagoulés, équipés de fusils d'assaut, se sont engouffrés à l'intérieur. Trois bus aux rideaux tirés stationnaient devant l'entrée. Ils se sont servis de ces bébés comme bouclier et leur ont fait traverser le Dniepr à bord de chalands convoyant des lance-missiles. Et l'horreur ne s'arrête pas là.

— Je ne sais pas si je veux en entendre plus, lâche Cordelia.

— On ne peut pas fermer les yeux sur ce qui se passe, s'excuser comme on le faisait après la Seconde Guerre mondiale en prétextant qu'on ignorait ce qui se passait. Tout le monde doit savoir ce qu'ils font.

— Continue, demande Vital.

— Le personnel qui s'inquiétait du sort que les forces d'occupation pourraient réserver à ces bébés les avait cachés dans les sous-sols d'une église. Des religieuses assuraient discrètement le ravitaillement, dissimulant les couches et les pots de lait sous leur chasuble, séchaient le linge sur les tuyaux de chauffage. Jusqu'au jour où le secret bien gardé a été balancé par un collabo qui voulait se faire bien voir auprès des nouveaux maîtres de la ville. Les Russes se sont aussitôt mis à fouiller partout et ont fini par les retrouver. Ils ont posté des snipers sur les toits des immeubles aux alentours de l'église et sous la menace des armes, le curé a été obligé de les ramener dans la pouponnière. Le jour de la rafle, Maria Belova s'est rendue sur place pour se faire photographier en train de remettre un bébé à un soldat.

— Sa cruauté ne connaît pas de limites ! enrage Cordelia.

— Valentyn n'est pas son premier, l'an dernier elle a adopté une adolescente, enlevée à Marioupol. Bloody Mary s'est vantée sur Telegram que si l'appartement où Evgenyia avait grandi lui manquait beaucoup au début, et ses amies aussi, au point qu'elle avait manifesté à son arrivée des sentiments pro-ukrainiens, très rapidement, la jeune fille avait fini par apprécier le confort de sa nouvelle maison. Belova compte de nombreux adeptes ; une femme, affiliée à son organisation, Olga Druzhinina, revendique avoir adopté quatre enfants âgés de six à dix-sept ans, tous enlevés dans la région de Donetsk, ils vivent maintenant en Sibérie, à mille six cents kilomètres de chez eux. Elle est fière que sa nouvelle famille soit comme une petite Russie, « notre pays a pris quatre régions à l'Ukraine et moi, quatre enfants », déclare-t-elle, ajoutant être en passe d'en adopter un cinquième. Elle les considère comme russes et termine ses déclarations en proclamant qu'on ne peut pas reprocher à la Russie de prendre ce qui lui appartient[1].

Cordelia coupe le haut-parleur, tend le téléphone à Vital et allume sa cigarette pour se calmer.

— Tu as d'autres informations sur Belova ? demande Vital à Janice.

— Oui, et pas des meilleures. Elle a convaincu Poutine d'accélérer le programme de déportation. Un processus de naturalisation express a été mis en place par le gouvernement russe. En quelques jours, les gamins changent de nationalité, et on leur remet un passeport, comme s'il s'agissait d'un trophée. Des officiels ont entraîné des journalistes à leur suite dans les familles d'accueil. Devant les caméras, ils offrent des jouets aux plus petits, des vêtements et des téléphones aux adolescents. Le maire de Donetsk, nommé par Moscou, s'est fait filmer en compagnie d'une ribambelle d'enfants auxquels il affirme qu'ils sont maintenant chez eux, entourés d'amis. Belova et sa suppléante pour la région de Moscou ont assuré à la presse qu'il suffisait de quelques semaines pour que les enfants soient méconnaissables, le temps d'achever le processus de transformation, disent-elles, et elles se félicitent d'avoir formaté autant de nouveaux petits citoyens. Dès leur arrivée, les enfants sont enrôlés dans des écoles où on leur apprend la fierté d'être russe, on leur enseigne aussi que l'Ukraine n'a jamais existé, que ses terres ont toujours appartenu à la Russie. Le nombre d'enfants déportés depuis un an atteint un chiffre jamais vu en Europe depuis la Seconde Guerre mondiale.

1. Le récit de l'attaque de la pouponnière, le nom d'Olga Druzhinina comme ses déclarations sont authentiques.

Seize mille selon le bilan officiel, le double au moins, selon les enquêteurs.

— Quels enquêteurs ? demande Vital.

— Un de mes amis est journaliste auprès du Tribunal pénal international. C'est par lui que j'ai appris qu'une enquête était en cours. Transférer de force des enfants d'un pays vers un autre dans l'intention d'effacer leur pays d'origine peut être considéré comme crime génocidaire. Le procès devrait aboutir sous peu sur une condamnation de Poutine et de Maria Belova pour crime contre l'humanité. Ça ne changera pas le sort de ces enfants et de leurs véritables familles, mais ceux qui rêvent de serrer la main de Poutine ou de Belova y réfléchiront à deux fois quand on les reconnaîtra comme criminels de guerre.

— Tu as pu mettre la main sur les documents de ce procès ?

— Non, pourquoi ?

— Pour obtenir l'adresse de Bloody Mary.

— Pour ça, il suffit de se pencher sur ses réseaux sociaux. Elle nourrit un culte de la personnalité très poussé. Vu l'urgence, j'ai appelé Noa. En recoupant le décor qui apparaît le plus souvent derrière les selfies de Belova avec les bases de données des renseignements israéliens, elle a réussi à la localiser. Madame Belova habite dans une grande résidence, rue Ostojenka, la plus chère de Moscou. J'ai déjà envoyé l'information à Maya.

— Maya t'a dit qu'elle était en route ?

— On est tous sur le même forum. J'ai d'autres choses à te raconter. Noa a mis la main sur des images capturées par des caméras de sécurité au cours d'une rafle organisée par les soldats russes dans un orphelinat de Kherson. Les enfants enlevés ont été présentés quelques jours plus tard et en grande pompe à la presse russe. Si cette rafle a été rendue possible, c'est parce que le réseau de Belova compte de nombreux collaborateurs dans les régions occupées. Ce sont eux qui fournissent les listes des enfants hospitalisés, les adresses des écoles, des orphelinats. Tu m'as comprise, si vous réussissez à ramener cet enfant, il faudra évacuer sa famille au plus vite.

— J'y avais déjà songé.

— Je t'enverrai dès que je le peux d'autres informations. Pour l'instant, j'ai fait de mon mieux.

La conversation s'achève. Cordelia s'approche de Vital.

— Qu'est-ce que tu as appris ?

— Rien que tu veuilles savoir, sinon que Noa s'est jointe à nous. Allez, cette fois on redescend, nous avons du pain sur la planche.

*

Les retrouvailles avec Sobaka furent d'une efficacité étonnante. Le pêcheur ouvrit sa porte, le chien se précipita sur Lilya, il y eut un échange de regards quand il resta dehors en remuant la queue, le pêcheur fit un sourire à Veronika et referma sa porte. Quant à Lilya, elle abaissa le dossier de son siège, siffla entre ses doigts et Sobaka grimpa à l'arrière de la voiture comme si c'était déjà la sienne. Veronika savait qu'un chien avait accompagné sa fille mais en parler aurait trahi Stefan. Alors elle s'installa au volant et redémarra en silence. Un silence qui dura trente minutes.

*

— Bon, dis quelque chose, tu m'en veux ?

— Non.

— C'est tout ce que tu vas répondre ? Non ?

— Non, je ne t'en veux pas de m'imposer un chien. Tu aurais pu m'en parler avant au lieu de faire tous ces mystères. Je t'aurais dit que la vie était assez compliquée comme ça sans qu'on s'embarrasse d'un animal, donc je suppose que tu as bien fait de garder le secret.

Lilya se retient de rire, elle n'a encore jamais vu sa mère se contredire avec une telle sincérité.

— Maman, qu'est-ce que tu as ? Tu n'es pas dans ton état normal.

— Je n'ai pas de nouvelles de ton frère, dans quel état veux-tu que je sois ?

— Je n'en ai pas non plus, mais je suis là, à côté de toi et tu es là à côté de moi.

Veronika passe la main dans les cheveux de sa fille pour les ébouriffer, un geste qu'elle ne s'autorise plus depuis que Lilya lui reproche ses excès de tendresse. Mais aujourd'hui elle surprend son sourire.

— Je t'ai raconté tout mon voyage, et toi, ces choses que tu devais me dire ? demande Lilya.

— L'ami de Kyiv dont je t'ai parlé, il fait tout son possible pour sauver Valentyn.

— Artëm m'a fait la promesse de le ramener et lui, au moins, est sur place. Et ce que tu viens de me dire, ça ne fait pas beaucoup de choses.

— Moi aussi j'ai fugué, avoue Veronika, pour aller le voir chez lui pendant que tu pensais que je travaillais au dispensaire.

— Tu es allée à Kyiv ? Tu es dingue ?

— Dit celle qui a pris le risque de passer la frontière pour se rendre en Crimée. Tu ne manques pas d'air !

— Alors on est quittes, se réjouit Lilya.

— Oui, je suppose qu'on est quittes, répond Veronika.

— Plus de secrets entre nous, affirme Lilya.

— D'accord.

— Non, tu dois promettre.

— Je promets.

— Alors je t'écoute. Si tu crois que je n'ai pas vu la tête que tu faisais quand on a parlé du toubib.

Veronika range la voiture le long de la route, elle ne coupe pas le moteur de peur qu'il ne redémarre pas mais serre le frein à main et se tourne vers Lilya.

— J'ai promis, alors je suppose que je n'ai pas le choix. Ton père n'est plus à la guerre. Il a été blessé, rien de grave je t'assure, mais suffisamment pour être démobilisé. Il s'en est vite remis et va très bien. Il n'a pas voulu rentrer à la maison. Il s'est installé à Lviv.

— Seul ?

— Je n'en sais rien.

— Pourquoi ne donne-t-il pas de nouvelles ?

— Il m'appelle de temps à autre au dispensaire, pour prendre des vôtres.

— Mais moi il ne m'appelle pas ! s'emporte Lilya.

— Il n'y a pas souvent de réseau ; au dispensaire nous avons des lignes fixes.

— Merde, pourquoi tu lui cherches des excuses ? Il est rentré du front et il nous a abandonnés !

— C'est peut-être moi qui l'ai abandonné, tu es la première à me reprocher de passer ma vie au travail. Je te jure que ton père vous aime tous les deux passionnément, je crois juste qu'il ne sait pas comment vous dire ces choses, peut-être parce qu'elles ne sont pas très claires dans sa tête, pas plus que dans la mienne.

— Vous nous avez menti tous les deux.

— J'ai eu tort, je voulais te protéger, parce que je te voyais encore comme une enfant.

— Quand vas-tu comprendre que j'ai changé ?

— Je l'ai compris, sinon je ne te raconterais pas tout ça.

— Très bien, donc maintenant je pourrai aller voir mes amis sans te demander la permission.

— Ne pousse pas le bouchon trop loin. Bon, tu as appris que tes parents sont en train de se séparer, que ton père va bien, il s'est installé à Lviv, il écrit un livre. Je lui dirai que tu sais tout, il t'appellera sûrement, et puis tu as un chien dans ta vie, finalement la journée n'est pas si pourrie que ça.

— Tu trouves que ça lui va bien Sobaka, comme nom ?

— Je lui demanderai son avis sur la question quand il aura fini de lécher les vitres de ma voiture et de me baver dans le cou, répond Veronika en reprenant la route.

*

Après la conférence de presse, tout le personnel s'est réuni autour d'un buffet. Madame Belova, qui était attendue pour d'autres obligations, s'est excusée, laissant le soin à Valentyn de la représenter. Elle ne s'inquiète pas des questions qu'on pourrait lui poser, elle lui a confisqué son crayon avant de s'en aller, et puis son assistant veille au grain. Valentyn ne comprend pas pourquoi ces gens le regardent avec des airs admiratifs, ils lui ont même offert des bonbons. Dans sa vie d'avant, les adultes ne lui prêtaient pas autant attention. Le directeur a tenu à l'accompagner dans une classe pour le présenter à des enfants de son âge. Il a rencontré une petite fille en fauteuil qui lui a fait penser à Cosima. En milieu d'après-midi il était épuisé, le chauffeur est venu le chercher.

*

Sur le chemin du retour, l'assistant informe Valentyn qu'il sera admis dans sa nouvelle école dès le lendemain de sa naturalisation ; l'inscription a été retardée de quelques jours. Madame Belova préfère que son ancien nom n'apparaisse pas dans les registres. En attendant, il étudiera le matin à la maison et pourra se distraire l'après-midi. Et puisqu'il semble bien s'entendre avec Anatoly, le majordome lui tiendra compagnie. Un programme qui lui convient très bien, avec un peu de chance, Evgenyia étudie aussi le matin à la maison.

*

L'avion de Maya s'est posé à l'horaire prévu à l'aéroport de Cheremetievo. Elle a loué une voiture pour se rendre à l'hôtel Kempinski, où elle a ses habitudes. Installée dans sa chambre, elle grignote une assiette de crudités en lisant les notes envoyées par les 9.

Le Groupe 9 est composé de hackeurs hors normes, des êtres humains, avec leurs forces et leurs faiblesses, mais des codeurs de génie. Maya a en plus l'expérience du terrain. Elle a été *courrier* pour les Renseignements généraux français mais cela fait longtemps qu'elle ne s'aventure plus en territoire hostile, depuis qu'une mission à Istanbul[1] a failli mal tourner Aujourd'hui, en solo à Moscou, Maya doit tout improviser. Elle tourne en rond dans sa chambre et se connecte au forum.

— Je pars dans une heure en repérage devant son domicile. J'y retournerai tôt demain matin pour planquer. Je suivrai la voiture qui conduira Valentyn à l'école. En attendant, je vais étudier attentivement ce que Bloody Mary publie sur ses réseaux sociaux. Avec elle, c'est facile d'anticiper, elle expose tous ses faits et gestes à ses fans.

— Pourquoi me racontes tu tout cela, Lastivka ?

Ce surnom dont l'affuble Vital fait resurgir des souvenirs. Elle s'abstient de lui répondre.

— N'oublie pas que nous sommes avec toi.

— Pas à Moscou en tout cas, répond Maya. Trouve le moyen de me faire sortir de Russie avec le petit, je ne peux pas m'occuper de tout.

1. Dans *Le Crépuscule des fauves,* Maya a mené une opération secrète en Turquie pour sauver une enfant syrienne, Naëlle, exfiltrée de son pays et détenant des informations capitales pour le Groupe 9. Elle s'est retrouvée dans une situation périlleuse à Erevan. Un de ses contacts, un Français attaché consulaire, et son ami Vital ont réussi à la sortir du pétrin.

— Je m'en suis déjà chargé. Vous rejoindrez Saint-Pétersbourg en train. Pas avec le Sapsan[1], les passeports y sont contrôlés avant qu'on monte à bord. D'après mes renseignements, ce n'est pas le cas sur le Nevski qui n'a d'express que le nom.

— Tes renseignements sont fiables ?

— Pour la suite… Le ferry qui reliait Saint-Pétersbourg à Helsinki n'effectue plus la traversée depuis que la Russie a attaqué l'Ukraine, mais une compagnie finlandaise continue d'organiser des croisières en mer Baltique ; un jour sur deux ses navires font leur dernière escale à Saint-Pétersbourg et repartent à 19 heures Vous accosterez en Finlande le lendemain matin.

— Et nous pourrons embarquer alors que Valentyn n'a pas de papiers ?

— Je n'ai pas d'amis en Russie, mais j'ai de bonnes relations en Finlande. Je fais le nécessaire pour que vous puissiez monter discrètement à la passerelle de l'équipage. Je te le confirmerai bientôt.

— Je préférerais que tu le confirmes avant que je me retrouve avec un enfant sur les bras.

Sur ces mots, elle met fin à la communication. Vital n'a rien besoin d'ajouter, Cordelia partage ses inquiétudes.

À Moscou, Maya fait tourner un mouchard dans le creux de sa main. Il a la taille d'une pièce de monnaie et permet d'infiltrer un réseau Wi-Fi, si on le place dans la zone de réception du signal. Elle le range dans sa poche,

1. Le Sapsan, qui tire son nom du faucon pèlerin, est un train à grande vitesse reliant Moscou et Saint-Pétersbourg.

s'interrogeant sur l'utilité du matériel de hack qu'elle a emporté, pour enlever un enfant. Elle appelle la réception et demande qu'on sorte sa voiture du parking.

Le danger ne lui a jamais déplu, au contraire, elle en a le goût. Maya aime prendre des risques, sentir l'adrénaline filer dans ses veines. C'est une sportive aguerrie et une tête brûlée qui ne se sent vivre pleinement qu'en repoussant ses limites. Mais en roulant dans la nuit moscovite, elle se demande si, cette fois, elle n'est pas allée trop loin ; cette opération pourrait facilement se terminer dans une prison russe.

Elle trouve une place dans la rue Ostojenka, à cinquante mètres du numéro indiqué. L'emplacement est réservé aux livraisons ; à cette heure-ci, les contractuels ne battent plus le pavé. Deux caméras sont installées de chaque côté du portail que les chauffeurs franchissent avant de déposer leurs maîtres au pied du grand ensemble. Maya en repère d'autres qui épient la rue. Avant, on montrait sa richesse en exhibant son argenterie, aujourd'hui, à Moscou, on l'étale en vivant dans des résidences ultra-sécurisées. Elle ne descend pas de voiture. Si elle se faisait filmer devant le domicile de Belova, elle fournirait aux enquêteurs de quoi la pister dès qu'elle serait passée à l'action, un visage que les logiciels de reconnaissance faciale compareraient avec ceux des étrangers arrivés par avion à Moscou les jours précédant l'enlèvement.

Elle redémarre, passe lentement devant la résidence en prenant discrètement des photos avec son smartphone.

*

Valentyn dîne à la cuisine en compagnie d'Evgenyia. Elle lui apprend que leurs autres frères et sœurs sont en pension et ne reviennent qu'un week-end sur deux. Elle aussi a connu la pension, mais Madame Belova a préféré qu'elle revienne vivre à Moscou. Elle est la plus âgée de la fratrie et elle l'accompagne parfois dans des soirées, selon les besoins de Madame. Au dessert, Evgenyia demande à Valentyn comment s'est passée sa journée ; il aime l'entendre parler, regarder ses sourcils bouger en même temps que ses lèvres. Il prend le stylo qu'il a volé dans une salle de classe, mais raconter tout ce qu'il a vécu aujourd'hui prendrait trop de temps, alors il se contente de répondre *bien* sur sa feuille de papier et lui retourne la question. Evgenyia est encore plus brève que lui : elle hausse les épaules et quitte la table.

Dans le couloir, Valentyn s'arrête un instant devant la porte de la chambre d'Evgenyia et poursuit son chemin. Il est trop fatigué pour s'amuser avec les jouets que Madame Belova lui a offerts, il s'allonge sur son lit, et quand ses yeux se ferment, il récite dans sa tête :

Je m'appelle Valentyn Khodova, je m'évaderai un autre jour…

et s'endort avant la fin du couplet.

22

Au matin du deuxième jour, Cordelia et Vital prennent un petit déjeuner apporté par une Ilga radieuse et d'une amabilité étrange. Elle s'inquiète de savoir s'ils ont bien dormi, leur suggère d'aller prendre l'air dans le parc avant de s'enfermer dans la salle informatique et se retire sur la pointe des pieds. La gouvernante a déjà souri deux fois hier, et ça commence à inquiéter sérieusement Vital.

— Janice m'a mené en bateau et je me suis laissé prendre comme un puceau, marmonne-t-il.

— On dit un agneau, et de quoi tu parles ?

— Elle prétend ne pas avoir eu accès aux documents du procès, mais elle a mentionné que les témoignages des parents, des médecins et éducateurs étaient terrifiants, donc elle m'a menti.

— Toi aussi, puisque tu m'as assuré hier qu'elle ne t'avait rien dit t'intéressant.

— Je vois bien à quel point cette histoire t'affecte. Tu ne manges plus, ton sommeil est peuplé de cauchemars…

— Mon amour, je suis tout à fait capable de m'occuper de moi, seulement, il m'arrive parfois de me sentir trop petite. Maintenant que je t'ai confié cela, que t'a raconté Janice ?

Vital relate sa conversation, les déclarations de Maria Belova, celles d'Olga Druzhinina, sa suppléante pour la région de Moscou, et pour adoucir l'indicible, il mentionne le procès qui se prépare. Cordelia écoute en silence et par moments, elle serre les poings jusqu'à faire blanchir ses phalanges.

— Rappelle-la tout de suite, je vais lui parler.

Vital préfère que l'échange se passe sur le forum, et pendant qu'ils descendent au sous-sol les questions tournent en boucle dans sa tête.

— Tu as obtenu les documents du procès, n'est-ce pas ? tape-t-il sur son clavier.

L'écran reste un instant inerte.

— Oui, mais j'ai promis de ne pas les communiquer, ce serait trahir ma source, répond Janice.

— Qu'est-ce qu'ils contiennent de si confidentiel ?

— Pour commencer, les identités de ceux qui ont accepté de témoigner ; la plupart vivent en territoire occupé ; ils risquent la torture et la prison pour avoir donné ces informations. Le régime de Poutine ne tolère pas la dissidence.

— OK, alors sans donner de noms, qu'est-ce que nous devrions savoir d'essentiel pour cette mission ?

— Vital, j'ignore pourquoi vous voulez sauver cet enfant en particulier quand tant d'autres connaissent le même sort. Des centaines ont été capturés dans les sous-sols de Marioupol, dans les orphelinats et écoles des régions séparatistes, dans des caves d'immeubles bombardés, ou errant dans les rues. Cette jeune fille dont je t'ai parlé, et que Bloody Mary promène comme un chien en laisse, était parmi eux. Les Russes leur font croire que leurs parents les ont abandonnés, qu'ils ne sont plus désirés. Ils se servent de ces gosses pour diffuser leur idéologie. De plus, ils en font commerce et rémunèrent les familles qui les accueillent, sans se soucier de leurs aptitudes parentales. Que veux-tu savoir de plus ?

— Pourquoi ne pas m'avoir raconté cela tout à l'heure ?

— Je n'ai pas oublié que Noa nous a dit un jour « Sauve un enfant et tu sauveras l'humanité », mais au risque de me répéter, pourquoi un seul, quand il y en a des milliers qui subissent le même sort ?

— Que suggères-tu ? demande Cordelia.

— La Russie a établi un fichier des familles d'accueil, avec les noms de tous les enfants et leurs adresses. Vous imaginez la valeur de ces informations pour les parents ukrainiens qui espèrent un jour retrouver leur progéniture. Il existe une copie de ce fichier dans l'ordinateur de Maria Belova. Vous avez la main, alors, à vous de décider si Maya doit faire le nécessaire. Je vous laisse, je suis en retard pour la réunion des journalistes et mon patron est d'humeur exécrable.

Vital hésite un moment avant de se tourner vers Cordelia qui semble aussi consternée que lui.

— Nous sommes d'accord, Maya n'avait pas l'air d'être au mieux de sa forme tout à l'heure. On tire à pile ou face celui de nous deux qui lui parle de la suggestion de Janice ? propose Cordelia.

— J'ai déjà des doutes sur ses capacités à ramener Valentyn en trois jours, mais faire un hack de cette ampleur serait suicidaire.

— Écoute-moi... Mon grand-père, fervent républicain, a passé sa jeunesse à se battre contre le régime de Franco. Et quand la guerre d'Espagne a été perdue, il a traversé les Pyrénées pour rejoindre le maquis français. Son sang coule dans mes veines, déclare Cordelia, avec une fierté sans réserves. Après la guerre, il s'est lié d'amitié avec un juif d'origine castillane, rescapé des camps. Un certain Isaac, si je me souviens bien. Isaac était convaincu qu'Israël n'existait pas, que c'était une invention des nazis pour attirer les juifs dans un nouveau ghetto avant de les renvoyer tous dans les camps, ce qui rendait mon grand-père dingue. Il avait beau lui montrer des photos de la jeunesse israélienne dans les rues de Tel-Aviv, des documentaires sur les kibboutz, Isaac n'en démordait pas. À sa décharge, son séjour à Dachau l'avait rendu soupçonneux envers les Allemands. Qu'Isaac ne trouve pas la paix de l'esprit était insupportable pour mon grand-père et, un jour, il a décidé d'emmener son ami en voyage. En débarquant à Jérusalem, voyant qu'Isaac rasait les murs, il l'a supplié de faire un effort. Ils ont visité la ville pendant trois jours, ont dîné dans d'excellents restaurants, se sont rendus au mur des Lamentations et à la fin du séjour, mon grand-père a demandé à Isaac si devant tant de beautés, il souhaitait bénéficier de la loi du retour pour s'installer en Israël. Isaac l'a remercié chaleureusement pour sa peine et les dépenses qu'il avait engagées et lui a répondu que les Nazis avaient tout à fait les moyens d'avoir monté un coup aussi tordu ; il rentrait avec lui, pour échapper au sort de tous ceux qui étaient tombés dans le panneau et qui seraient raflés tôt ou tard. Je n'ai jamais rencontré Isaac ni su si cette histoire était vraie, mon grand-père avait une imagination magnifique, mais ce que je n'ai pas oublié, c'est la morale qu'il en tirait. Il ne sert à rien de se laisser aller au pessimisme.

— Donc, c'est toi qui parleras à Maya, conclut Vital.

— Ce n'est pas ce que j'ai dit, répond Cordelia en sortant une pièce d'une livre sterling de sa poche. Pile ou face ?

*

Pour se vider la tête, Maya débute sa journée par un footing. Le jour s'est levé sur Moscou, elle court sur le pont Bolchoï Moskvoretski, traverse la Moskova, bifurque et s'enfonce dans les allées du parc Zariadié.

Elle est en sueur, les joues en feu, elle a trop tiré sur ses muscles et ralentit l'allure, craignant un claquage. Pour profiter d'un rayon de soleil, elle reprend son souffle sur un banc, d'autres joggeurs la dépassent sans lui prêter attention.

De retour à l'hôtel, elle reste un long moment sous la douche, renonce à aller se détendre au spa, par manque de temps. Elle s'habille, se demande, devant le miroir, à qui elle écrirait ou qui penserait à elle, si cette mission se terminait en prison. Elle a laissé des femmes entrer dans sa vie aux grands moments de renoncement, mais elle a toujours rompu, comme on le fait quand on cherche, sans succès, à rompre avec soi-même. Elle referme la porte de sa chambre et entre dans l'ascenseur avec sa solitude.

La circulation est encore fluide, dix minutes après que le voiturier de l'hôtel lui a remis ses clés, Maya arrive à destination. Un café, à l'angle d'une rue perpendiculaire, offre un point d'observation direct sur la résidence. Maya se range le long du trottoir, entre dans l'établissement, commande un thé et s'installe sur un tabouret du comptoir accolé à la vitrine.

Une heure s'écoule, les habitants du numéro 26 partent au travail, croisant les employés qui prennent leur service, un cantonnier balaie devant les grilles, deux gouvernantes accompagnent des enfants à l'école, aucun ne correspond à la photo que Maya regarde sur son portable.

À 9 heures, le portail s'efface pour laisser entrer un 4 × 4, un modèle allemand luxueux à la carrosserie rutilante, qui ressort peu après. Maya distingue une silhouette de femme à l'arrière, elle saisit ses clés et s'apprête à rejoindre sa voiture pour la prendre en filature. Le 4 × 4 passe devant la vitrine du café, elle aperçoit le visage du chauffeur et constate que Maria Belova n'est pas accompagnée d'un enfant mais d'un homme.

Deux heures à observer les va-et-vient des habitants, des livreurs, des employés, sans aucun signe de Valentyn. La matinée lui semble déjà très longue. Pour ne pas éveiller de soupçons, elle a ouvert son ordinateur portable, mais le temps passe, et le barista commence à s'interroger. Elle ne fait pas partie des habitués et elle préfère ne pas avoir à répondre aux questions qu'il finira par lui poser. Elle range son ordinateur dans son sac, se lève, s'offre un croissant et retourne à sa voiture pour passer un appel.

— Il est midi et Valentyn n'est toujours pas sorti de l'immeuble, apparemment il ne va pas à l'école. Si Bloody Mary le garde prisonnier ici, je ne vois aucun moyen de lui mettre la main dessus.

— Il sortira sûrement à un moment donné, suggère Vital, désormais optimiste.

— J'ai vu passer Belova en voiture, en compagnie d'un homme, son mari peut-être.

— Habillé en prêtre orthodoxe ?

— Non, sauf si les prêtres portent des costumes.

— C'est son assistant, un certain Vadim Azarov.

— Comment le sais-tu ? demande Maya

— Comme d'habitude ; par les réseaux sociaux ; son compte Telegram reprend toutes les publications de Belova.

— Épargne-moi ce ton condescendant. Ce Vadim Azarov est corruptible ?

— Aucune condescendance de ma part, et pour Azarov peut-être, mais pas au sujet de Belova, il vénère sa patronne de manière inconditionnelle.

— Qui d'autre travaille dans son entourage ?

— Du personnel de maison, son chauffeur, mais je n'ai rien trouvé sur lui. J'ai vraiment quitté Paris sans réfléchir. Peut-être par nostalgie de ce que j'ai vécu à Istanbul. Mais retrouver la petite Naëlle m'avait pris des semaines. Je ne vois pas comment sauver Valentyn dans un délai aussi court.

— Tu as deux jours devant toi, rappelle Vital.

— S'il s'agissait d'un hack, je serais la première partante, mais enlever un enfant est une autre histoire. Et je suis seule sur le terrain.

Du bout du doigt, Cordelia fait glisser sa pièce devant Vital.

— J'ai peut-être un moyen d'obtenir du renfort, confie-t-il.

— Quel genre de renfort ?

— Il est tenu au secret, intervient Cordelia qui n'en peut plus de voir Vital tourner autour du pot, mais pas moi. Mon fiancé s'ennuyait tellement sans moi, qu'il s'est enrôlé dans l'IT Army.

— Vous vous êtes fiancés ? s'étonne Maya.

— À l'instant même où je te l'annonce, sauf s'il refuse ma demande ; il est d'un formalisme…

— Toutes mes félicitations.

— Je transmettrai. Bref, les supérieurs de mon fiancé, donc, sont prêts à déployer l'artillerie lourde pour faciliter notre mission, mais il y a une contrepartie.

— C'est-à-dire ?

— Des dizaines de milliers d'enfants ont été déportés en Russie, retrouver leur trace est une priorité pour le gouvernement ukrainien. Ceux qui en ont la charge épluchent les photos qui circulent sur la toile, les recoupent avec celles remises par les parents, quand les parents sont encore en vie. Les localiser est un travail de fourmi, mais les Russes les ont recensés dans un fichier qui contient aussi les adresses où ils sont retenus.

— Où est ce fichier ?

— Dans un serveur que personne n'a encore identifié, mais il en existe une copie dans l'ordinateur de Bloody Mary.

— Tu plaisantes ?

— Tu voulais un hack, je t'en sers un sur un plateau.

— Injouable ! s'exclame Maya.

— Attends, tu ne m'as pas encore demandé ce que signifiait « artillerie lourde ». Pour commencer, les plans de l'immeuble de Belova – nos amis de l'IT Army ont hacké le bureau d'architecture qui a conçu la résidence où elle vit ; un penthouse avec une grande baie vitrée. Pour continuer, la géolocalisation en temps réel de son 4 × 4 ; et je peux donc te dire qu'elle est en train de visiter le chantier d'une école militaire où seront enrôlés les adolescents dès leur majorité. C'est une jeunesse très prisée en ce moment ; Poutine manque de chair à canon et les contingents de Wagner recrutés dans les prisons russes ne sont plus en odeur de sainteté.

— Et pour finir ? demande Maya.

— Tous les détails sur le théâtre où se tiendra, après-demain, une cérémonie d'adoption et de naturalisation d'une centaine d'enfants, dont Valentyn. Parmi les familles qui seront dans la salle, il y aura une invitée de marque, si tu vois ce que je veux dire.

— Et ce théâtre sera gardé comme une forteresse, je suppose.

— Pas forcément. En plein cœur de Moscou, les Russes n'ont aucune raison d'être sur le qui-vive.

— Et pour l'extraction ?

— Vital y travaille d'arrache-pied.

— Je dois réfléchir.

— Réfléchis vite, répond Cordelia.

*

Il a plu toute la matinée. Lilya, un casque sur les oreilles, écoute de la musique dans la chambre de Stefan. M. Vasylyk a rallumé son alambic et distille autant qu'il peut dans son atelier ; sa femme a organisé un déjeuner avec des voisines auxquelles elle raconte ses exploits, en oubliant la discrétion qui lui a été demandée. Veronika a repris son service. Toutes les heures, elle regarde sa montre, passe innocemment devant l'accueil, espérant des nouvelles des maquisards. Elle n'a pas oublié qu'Artëm lui a demandé de faire preuve de patience, mais elle n'y arrive pas.

C'est un après-midi étrange : la porte du dispensaire s'ouvre sur une petite fille qui vient pour sa séance de rééducation hebdomadaire. C'est la première fois que Veronika la revoit depuis l'enlèvement de Valentyn. Son père, qui l'accompagne, a un teint d'alcoolique, l'air vague d'un homme malheureux qui a renoncé. Sa fille est tout le contraire, son visage pâle est d'une finesse extrême, étonnant de candeur avec ces gouttes de pluie qui ruissellent de sa frange autour de ses grands yeux pleins de promesses.

Elle fixe Veronika, pousse sur les accoudoirs du fauteuil et réussit à se lever à la force des bras.

— C'est à cause de moi, dit-elle.

Son père cherche, un peu hagard, quelle bêtise sa fille a encore bien pu faire. Elle attrape sa béquille. Veronika la voit avancer vers elle.

— C'est ma faute s'ils ont pris Valentyn, dit-elle du bout des lèvres.

Son père la tire par le poignet pour qu'elle retourne s'asseoir, il aurait voulu qu'elle se taise. Veronika le congédie calmement et Cosima raconte tout. Valentyn l'a poussée vers la sortie du gymnase pendant qu'il rebroussait chemin pour occuper les hommes en noir, le temps qu'elle s'enfuie.

— Tu n'y es pour rien, Cosima, son père et moi l'avons élevé ainsi. Je suis fière de lui.

— Je lui ai écrit une lettre, dit la petite fille, mais je sais pas où l'envoyer.

— Tu la lui donneras à son retour, il sera très heureux, j'en suis sûre.

— Quand est-ce qu'il reviendra ?

— Je n'en sais rien ; bientôt, j'espère.

— Allez, viens, n'embête pas Madame, rouspète le père. Ta séance va commencer.

Cosima obéit et part avec lui.

*

Maya passe en voiture devant la résidence, elle conduit d'une main et de l'autre tape une commande sur son ordinateur portable, posé sur le siège passager. Les réseaux Wi-Fi à proximité apparaissent, elle lance une copie d'écran et se range un peu plus loin, à cheval sur le trottoir. En consultant la page, elle en dénombre à peine trente, beaucoup d'autres sont hors de portée. Le seul moyen d'identifier celui de Maria Belova consiste à monter jusqu'au dernier étage afin de scanner les signaux les plus puissants. Autant dire se jeter dans la gueule du loup. Un projet improbable.

Elle envoie un message au manoir, résolue à inverser les paramètres de la négociation. Si les supérieurs de Vital veulent leur fichier, ils devront lui envoyer sans délai le plan de cette résidence aussi vaste qu'un paquebot ; à prendre ou à laisser, et rapidement.

Cordelia lui envoie le dossier dix minutes plus tard, accompagné d'un mot.

— Ils te font confiance.

— Ils n'ont pas vraiment le choix, et c'est plutôt moi qui dois leur faire confiance, rectifie Maya.

Vital analyse les plans en même temps qu'elle. Une fois le portail franchi, une allée contourne le bâtiment et débouche sur cinq entrées de service. Chacune a son escalier qu'empruntent les employés des propriétaires et un monte-charge pour les livraisons et le personnel de maintenance.

— Le hall principal est gardé par les concierges. À l'arrière, il faut un badge pour entrer, probablement le même qui ouvre la grille à côté du portail. Le modèle des lecteurs apparaît sur le plan, mais ils ont pu être changés depuis.

— À la grille d'entrée, je me faufile derrière une domestique, je la suis dans l'allée, une fois devant la porte de service, elle me cède gentiment le passage, je grimpe au dernier étage, je m'installe sur le palier pour pirater le Wi-Fi de Madame Belova, et je suis filmée par toutes les caméras de surveillance, c'est épatant.

— Ou tu rejoins les sous-sols, tu accèdes au boîtier du câble et tu t'y connectes. Si tu réussis à leur ouvrir un accès, les équipes de l'IT Army feront le reste.

— Et si je croise quelqu'un dans les sous-sols, j'explique que je suis venue réparer la chaudière ?

— Si tu veux renoncer, je comprendrai, répond Vital.

— La question n'est pas ce que je veux, mais ce que je peux. Je vous recontacte plus tard, le petit vient de sortir de l'immeuble.

23

— Rester dans ta chambre par un temps pareil, ça n'a aucun sens ! Mais, si *qui tu sais* te demande où tu étais cet après-midi, tu n'es pas obligé de mentionner notre petite escapade, suggère Anatoly.

Valentyn n'a aucune intention de se confier à l'assistant de Madame Belova. Il est heureux de se promener dans les rues de Moscou. Tout lui paraît plus grand que chez lui, plus lumineux. Le soleil se reflète sur les façades en verre, les trottoirs sont larges, les carrefours animés, et la nourriture abonde aux terrasses des restaurants. Il s'émerveille devant des voitures de luxe qu'il n'avait encore jamais vues ailleurs que dans des livres.

— Nous pourrions aller au parc, mais je dois t'avouer que les toboggans me dépriment, et les balançoires encore plus, quant aux oiseaux qui vous font sur la tête, très peu pour moi !

Anatoly faire rire Valentyn. La joie de vivre du majordome a survécu à tout, même aux pires défaites.

— Tu sais ce que j'aime le plus ? poursuit-il enjoué. Les livres, et quelque chose me dit que nous sommes pareils. Tu ne trouves pas qu'ils adoucissent un peu les choses ?

Valentyn hoche la tête pour approuver.

— Eh bien, figure-toi, qu'une des plus belles librairies du monde, en tout cas du mien, se trouve tout près d'ici. Et le rayon des livres pour enfants est gigantesque. Mais avant, que dirais-tu d'un gâteau ? Je connais un endroit épatant.

*

Un véhicule de location verbalisé à cent mètres de la résidence de Madame Belova attirera l'attention de la police et la mettra sur ses traces, mais Maya n'a pas le choix et abandonne sa voiture sur un passage piéton.

Elle règle son pas, marchant vingt mètres derrière l'homme qui accompagne Valentyn. Elle choisit une table à la terrasse du café où ils viennent de s'installer, commande un thé et les observe. L'homme, affable, parle autant qu'il gesticule, l'enfant se régale d'une pâtisserie et semble passer un moment agréable.

Un peu plus tard, l'homme demande l'addition au serveur, Maya a déjà réglé la sienne. Passer à l'action sur le chemin du retour est tentant, mais trop risqué, Valentyn pourrait avoir peur, et se débattre. Elle n'a pas droit à l'échec et elle doit s'assurer de pouvoir remplir son contrat avec l'IT Army pour le sortir de Russie. Elle quitte la terrasse du café et la filature reprend son cours.

Anatoly pousse la porte d'une librairie, cède le passage à Valentyn, Maya attend quelques instants avant d'entrer. Elle traîne près de la caisse, étudie les lieux, met ses écouteurs, fait semblant de choisir une peluche sur un rayon, puis, elle appelle le manoir.

— J'ai besoin d'infos pour mettre le petit en confiance.

— Sa mère s'appelle Veronika, sa sœur Lilya, ils vivent à Rykove ; mais tu sais déjà tout ça, répond Vital.

— Ça ne suffira pas à le convaincre, et je ne veux pas courir le risque qu'il ait peur de moi et qu'il hésite à me suivre. Interroge sa sœur, demande-lui de te confier quelque chose qui n'appartient qu'à eux.

— C'est plus compliqué que tu l'imagines. Elle et sa mère ignorent qu'il est à Moscou.

— Tu es sérieux ?

— Elles le croient en Crimée et s'accrochent aux paroles de la résistance qui a promis de le libérer.

— Tu comptes entretenir longtemps ce mensonge ?

— Je n'ai pas pu trouver les mots.

— Débrouille-toi comme tu veux, Vital, il me faut ces informations, sinon je ne peux rien tenter.

Maya raccroche. Elle observe la peluche et pose son regard sur Valentyn, emporté loin du monde par sa lecture. Elle admire sa force de caractère et d'imagination qui l'ont guidé dans ce périple insensé. Une pierre se détache de son cœur, libère une onde qui monte en elle et lui interdit de renoncer.

Du bout de l'ongle, elle cisaille la couture, glisse dans les floches du petit ours le mouchard qu'elle a gardé dans son sac, tire délicatement sur le fil pour refermer l'ouverture et va payer le jouet en espèces à la caisse.

D'un pas tranquille, elle se dirige vers le rayon des livres pour enfants, en choisit un qu'elle repose sur l'étagère, puis un autre, un troisième, et se tourne vers Anatoly avec un aplomb remarquable.

— Je dîne chez des amis ce soir, leur fils a le même âge que le vôtre, et je ne sais vraiment pas quoi choisir, auriez-vous un conseil à me donner ? dit-elle dans son meilleur russe.

— Vraiment, vous trouvez qu'on se ressemble ? demande Anatoly, amusé.

— Je ne suis pas très physionomiste, répond Maya, le plus aimablement possible.

— Je n'ai pas d'enfant, je ne suis pas le mieux placé pour vous renseigner ; je vous aurais bien proposé de demander son avis à mon neveu, mais…

Valentyn foudroie Anatoly du regard, non pour son mensonge, car il n'a rien contre l'idée d'avoir un oncle, mais son mutisme ne regarde pas une étrangère. Il se penche sur l'ouvrage qu'il avait choisi et le tend à Maya.

— *Le Vieux Génie Khottabych* ! s'esclaffe Anatoly. Un classique, là, vous ne pouvez pas vous tromper.

— Tu m'as rendu un fier service, souffle Maya à Valentyn, je t'en suis très reconnaissante.

Son regard alterne entre la peluche et le livre et soudain, son visage s'éclaire.

— Puisque tu m'as si gentiment donné ton livre, à mon tour de te faire un cadeau. Tiens, dit-elle en lui offrant le petit ours, choisis bien son prénom, il te portera bonheur.

Valentyn fait une moue dubitative, l'idée de passer pour un gamin auprès d'Anatoly lui déplaît.

— Tu ne l'aimes pas ? s'inquiète Maya, l'air attristé.

— Bien sûr que si, intervient Anatoly. C'est très généreux de votre part et nous vous souhaitons un excellent séjour. Sans vouloir être indiscret, d'où vient votre accent ?

— De France.

— Ah Paris, soupire le majordome. C'est votre première visite à Moscou ?

— Non, j'y viens souvent pour mon travail. Je vais finir par être en retard. Merci encore, dit-elle en agitant le livre du *Vieux Génie Khottabych* avant de s'en aller.

Maya quitte la librairie, remonte la rue et hèle un taxi, comme l'aurait fait une touriste.

*

Cordelia entre dans la salle informatique. Elle a meilleure mine, mais Vital connaît ce regard sévère.

— Je n'ai encore rien décidé, dit-il en prenant les devants.

— Puisque tu ne veux pas de mes conseils, tu écouteras peut-être Ilga, lance Cordelia, je lui demanderai ce qu'elle en pense, ce soir à table.

— C'est malin !

— Si Veronika compte autant pour toi, mets-la au courant, Maya est d'accord sur ce point. Tu n'as rien à te reprocher, sauf si tu attends pour lui parler, car alors elle t'en voudra pour toujours.

— Deux jours, qu'est-ce que ça change ?

— Ça change tout si Maya échoue, parce que tu l'auras privée de la seule promesse à laquelle personne ne peut renoncer, l'espoir. Si tu n'y arrives pas ce soir, fais-le demain, pas plus tard.

Cordelia regarde son portable qui vibre, et décroche.

— Prévenez vos amis que j'ai rempli ma part du contrat, annonce Maya.

— Tu es entrée dans l'immeuble ? s'inquiète Vital.

— Non, mais le mouchard est en place. Je suis dans ma voiture, je viens d'infiltrer le réseau Wi-Fi de l'appartement de Bloody Mary.

— Tu es remontée à son ordinateur ?

— Pas encore, le signal est faible, je scanne les adresses IP.

— Tu nous ouvres un accès ?

— Il n'y aura aucun hack avant que je quitte la Russie. Tes amis peuvent me remercier d'avoir accompli une telle prouesse en si peu de temps. Dis-leur que les clés de l'ordinateur de Belova sont mon assurance-vie, ils les auront quand je serai en lieu sûr.

— Et pour Valentyn, tu en es où ?

— J'ai une idée, et n'oublie pas que j'ai besoin de tous les détails sur la cérémonie de demain.

— Tu les auras avant d'être rentrée à ton hôtel, promet Cordelia.

*

Anatoly en a pris pour son grade. Le sermon a duré dix minutes, pendant lesquelles Azarov, qui préfère au titre d'assistant celui de secrétaire particulier, buvait les paroles de sa patronne, jubilant chaque fois qu'elle réprimandait l'inconséquence du majordome.

Il n'a pas cherché à se défendre. Expliquer que le petit dépérissait seul dans sa chambre n'aurait fait qu'envenimer la situation. Quand Maria Belova a cessé de hurler dans ses oreilles, il a tenu à préciser que Valentyn n'y était pour rien et qu'il était seul responsable. Après quoi, il a présenté ses excuses, promis que cela ne se reproduirait pas et s'est retiré dans son bureau, digne en apparence, mais profondément humilié.

Puis Maria Belova a fini de passer ses nerfs dans la chambre de Valentyn.

— Vadim t'avait donné l'ordre de ne pas quitter cette pièce, et pourtant, le concierge t'a vu sortir cet après-midi avec Anatoly. Je ne suis pas du tout contente, dit-elle en haussant le ton. Et s'il t'était arrivé quelque chose, de quoi aurais-je eu l'air demain ? Jeudi, tu pourras aller à l'école, tu t'y feras de nouveaux camarades, fais-moi confiance, ils voudront tous devenir tes amis. Tu ne crois pas que tu devrais être un peu plus reconnaissant ? Regarde comme je t'ai gâté, tu as tout ce qu'il faut pour t'amuser ici et je suis certaine que tu n'as jamais eu autant de jouets. Si tu veux profiter de cette belle vie que je t'offre, tu dois apprendre l'obéissance.

Valentyn hoche la tête. Maria Belova s'en va et il entend la clé tourner dans la serrure.

Il passe la fin d'après-midi avec ses nouveaux jouets. À l'heure du dîner, la femme de ménage déverrouille la porte et le conduit à la cuisine. Evgenyia est déjà à table.

— Bonne ou mauvaise journée ? demande-t-elle. J'ai entendu que ça a bardé.

Les deux, écrit Valentyn en posant la peluche devant lui.

— C'est ton doudou ?

Valentyn pousse le petit ours vers elle. Evgenyia s'en empare et le regarde sous toutes les coutures.

— Il n'est pas en très bon état. Il a un nom ?

— Non, répond Valentyn de la tête.

— Tu veux qu'on lui en trouve un ?

Les larmes lui montent aux yeux, mais pleurer devant Evgenyia, ce serait le coup de grâce. Alors il fait la seule chose qui puisse l'en empêcher, et saisit son cahier. D'une écriture nerveuse, il explique qu'il est trop grand pour avoir un doudou, s'il a acheté cet ours, c'est pour le lui offrir.

Evgenyia s'en amuse, elle n'a pas le temps de le remercier, Valentyn repousse sa chaise et part se coucher sans dîner. La jeune fille termine sa compote, observe l'ours qu'elle ne trouve pas à son goût, il est décousu et sent la poussière. Elle le prend du bout des doigts, et va le jeter avec dédain dans la poubelle avant de quitter la cuisine.

*

La nuit est tombée sur Rykove. Lilya passe voir sa mère au dispensaire, elle a du sommeil en retard et voudrait se coucher tôt. Veronika termine son service à minuit, elle montera l'embrasser dans sa chambre. Demain sera un autre jour, elles auront peut-être des nouvelles d'Artëm.

En traversant le parking, Lilya sent le pager vibrer dans la poche de son jean, elle a passé la journée avec Stefan et se demande ce qu'il peut bien encore avoir à lui raconter. Il fait froid, la pluie s'annonce, Lilya accélère le pas ; le message peut bien attendre qu'elle soit rentrée chez elle.

*

Vers 22 heures, le chirurgien entre dans la salle de repos et s'assied à côté de Veronika.

— Eh bien, je me suis trompé.

— Sur quoi ? demande Veronika.

— Vous ne leur portez pas la poisse, c'est drôlement calme ce soir.

— J'avoue que ce n'est pas pour me déplaire.

— Simple curiosité professionnelle, mais comment faites-vous ? Je vous observais tout à l'heure avec la petite qui a perdu une jambe.

— Et qu'avez-vous vu ?

— La façon dont vous lui parliez, enfin je n'entendais pas ce que vous disiez, mais il y avait dans ses yeux une tristesse effroyable, et j'ignore comment vous vous y êtes prise, mais après, elle était différente.

— Je ne me souviens pas, répond Veronika.

— Si, si, je suis sûr que vous avez un truc, moi, je ne sais que prendre des notes.

— Je mets un peu de couleur dans mes mots, confie Veronika. Ça vous dirait de prendre l'air ?

— Pourquoi pas ?

Il se lève, tire la chaise de Veronika et lui ouvre la porte.

La pluie a mouillé l'asphalte, le parking luit dans la nuit qui les enveloppe. La lune adoucit un peu le noir du ciel où s'enfuient les nuages. Veronika défait ses cheveux, glisse ses mains dans les poches de sa blouse et se tourne vers le chirurgien. Dans la lumière du soir, il paraît différent.

— Quel genre de couleurs mettez-vous dans vos mots ? bredouille-t-il.

— De la gentillesse, c'est essentiel dans la vie, dit-elle en s'approchant un peu plus. On ne devient pas infirmière avec des manuels, mais avec de l'amour.

— Ah, dit-il en rougissant. Vous ne me trouvez pas repoussant ?

— Vous avez toujours été très élégant.

— Alors c'est que vous êtes vraiment désespérée, ma chère.

Et, fragile, il se penche et l'embrasse sur les lèvres.

*

Dans sa chambre d'hôtel, Maya étudie le rapport confidentiel qui lui a été adressé. Selon les renseignements fournis par l'IT Army, la cérémonie se tiendra au Rossiya, un théâtre aux allures de petit palais des congrès.

Le bâtiment est moderne. Elle découvre sur des photos le hall de réception où la foule s'agglutine devant un bar, la galerie qui entoure la salle et les rangées de fauteuils qui font face à la scène.

Maya se demande si Vital lui a mâché le travail par amitié ou parce qu'il ne fait confiance qu'à lui-même. Sur le plan, il a indiqué où parquer sa voiture hors du champ des caméras de surveillance ; une croix désigne l'entrée des artistes. Une note l'informe qu'elle n'est généralement gardée que par un employé du théâtre qui abandonne parfois son poste, car il est aussi suppléant machiniste. Il est probable que la sécurité soit renforcée en raison de l'importance du spectacle qui se donnera au Rossiya. Ce n'est pas la première fois qu'un tel événement a lieu, le déroulement est toujours le même. Les enfants patientent dans les coulisses, les parents d'adoption dans la salle. Dans la fosse, les musiciens jouent quelques mesures d'une symphonie chaque fois qu'un appelé se présente sur la scène, et pendant que l'orchestre confère à l'instant toute sa solennité, ses futurs parents se lèvent pour le rejoindre. On remet à l'heureux élu un passeport qu'il doit brandir fièrement devant les photographes, avant de remercier le gouvernement de la Russie de lui offrir une nouvelle vie. Photos, applaudissements, et on passe à l'enfant suivant.

Maya a rarement lu quelque chose qui la révulse autant. Elle referme le dossier. Elle a besoin d'alcool, peut-être même de sexe. Elle décide de descendre au bar de l'hôtel, mais avant cela, elle passera par le centre d'affaires, imprimer l'accréditation produite par les membres de l'Armée Numérique.

*

Anatoly a attendu que tout le monde soit couché pour sortir de son bureau. Il y serait encore si son appétit ne lui promettait pas de guérir ses blessures d'amour-propre. Il se prépare une assiette digne d'un soir de défaite ; ce grand con d'Azarov a enfin obtenu ce qu'il voulait.

En jetant la boîte de caviar dont il s'est régalé, il découvre la peluche dans la poubelle. Laisser partir à la benne le souvenir d'un après-midi enchanté lui fend le cœur ; peut-être que plus tard, Valentyn changera d'avis, et sinon il attendra qu'il ait grandi pour lui remettre le petit ours en mémoire de cet après-midi de rébellion qui les avait réunis.

24

Lilya a dormi tard. À son réveil, elle va gratter à la porte de sa mère, mais Veronika n'est pas dans sa chambre. Elle veut la prévenir que son ami de Kyiv l'a contactée hier soir, il avait besoin d'une information qu'elle et Valentyn étaient seuls à connaître. Le message lui a semblé étrange, mais lui a donné l'espoir qu'Artëm se prépare à passer à l'action. Elle lui en parlera ce soir, à condition que sa mère prenne la peine de passer par la maison entre deux gardes.

*

Valentyn enfouit son nez dans la tenue qu'on a posée sur son lit. La même qu'il portait devant les journalistes. La chemise a une odeur de propre qui lui rappelle sa mère quand elle repasse dans la cuisine en chantant faux, mais à tue-tête.

Il s'habille, espérant qu'Evgenyia viendra avec lui au théâtre. Madame Belova ne lui a rien dit au sujet du spectacle, sinon qu'il marquerait un moment important de sa vie et qu'après plus rien ne serait comme avant. Il sent le trac monter. À la fête de l'école, il était humilié de ne pouvoir comme les autres réciter un texte devant tout le monde.

Evgenyia n'est pas dans la voiture, Madame Belova non plus, elle arrivera pour le lever de rideau. Les conversations sans intérêt autour du buffet l'ennuient autant que le discours du maître de cérémonie.

— Tiens, c'est ton passeport, dit l'assistant en lui tendant une enveloppe. Quand tu seras grand, tu pourras voyager avec. En attendant, range-le précieusement dans la poche de ta veste et ne le perds surtout pas. Les autres reçoivent le leur sur la scène, mais toi tu es différent, tu es un privilégié. J'espère que tu en es fier.

Valentyn ne répond pas, il glisse l'enveloppe dans sa veste et se tourne vers la vitre pour admirer la ville.

Le chauffeur les dépose à l'arrière du Rossiya ; Azarov entraîne Valentyn vers l'entrée des artistes.

Il n'a encore jamais visité les coulisses d'un théâtre. C'est un capharnaüm où règne une odeur de poussière. Valentyn relève la tête, une passerelle est suspendue en l'air.

— C'est la véranda, explique l'assistant, très fier de ses connaissances.

Des cordes dégringolent d'un plafond si haut qu'on le voit à peine.

— Les cintres, précise Azarov.

Des enfants jouent aux équilibristes sur les câbles qui courent au sol, d'autres s'amusent derrière les panneaux de décors, avant de se faire rappeler à l'ordre par le personnel d'encadrement. Le machiniste qui fume un vieux cigare est de mauvaise humeur, le mécanisme du grand rideau est à nouveau grippé. Chaque fois qu'il hurle, il a une quinte de toux.

Valentyn profite de ce que l'assistant passe un appel pour échapper à sa vigilance. Il avance vers la scène, écarte un pan du grand rideau et observe par la fente. La foule a envahi la salle, les invités commencent à s'installer. Il fait un calcul rapide, soixante fauteuils multipliés par seize rangées, soit neuf cent soixante places, sans compter les strapontins. Il aurait préféré ne pas être doué en algèbre. À l'école, il n'y avait qu'une quarantaine de parents les jours de fête. Il tient ses joues dans ses mains, le brouhaha de la salle l'enveloppe et finit par l'écraser.

Azarov panique, le gamin a disparu de son champ de vision, il regarde de tous les côtés, se fraie un passage en bousculant les enfants agglutinés, l'appelle à plusieurs reprises et l'aperçoit enfin, droit comme un piquet, les mains accrochées au rideau.

La dureté du regard d'Azarov accroît l'angoisse qui étreint Valentyn. Son cœur bat fort, trop fort, il se sent nauséeux, la scène tourne autour de lui, ses jambes vacillent, et il s'écroule dans les bras de Vadim Azarov.

L'assistant le porte vers la pièce où le maître de cérémonie s'est fait coiffer. La maquilleuse l'allonge sur un canapé. Elle s'agenouille, lui parle avec douceur, le rassure, lui dit que tout va bien se passer. Valentyn ouvre les yeux, la maquilleuse lui tend un verre d'eau sucrée. Elle lui explique que les plus grands acteurs ont le trac, elle en a même vu certains vomir dans les coulisses avant d'entrer en scène. Et pour lui, ce ne sera l'affaire que de quelques minutes. Valentyn ne veut rien savoir, il secoue la tête pour faire comprendre qu'il ne bougera pas d'ici.

— Mais c'est bientôt fini cette comédie ? s'emporte l'assistant.

La maquilleuse l'invite à plus de délicatesse, un mot dont Azarov a perdu le sens avec son appétit de pouvoir.

— Très bien, demande-moi ce que tu veux et je te l'accorde mais tu cesses ces simagrées.

Valentyn prend un crayon pour les yeux sur la table de maquillage et écrit en grosses lettres sur le miroir *Anatoly*.

*

Maya remonte le couloir des loges ; elle s'est faufilée dans le théâtre sans croiser personne à l'entrée des artistes. Elle se réfugie dans une alcôve près d'un monte-charge, camouflée derrière des cartons d'accessoires empilés les uns sur les autres. Deux manutentionnaires discutent au pied de l'escalier ; les costumes du *Rossignol* qui se jouera ce soir, suspendus à un rack, forment un rempart idéal. Et si quelqu'un l'interroge, Maya prétendra être journaliste ; dans son métier, tout doit paraître authentique, elle est donc venue constater la joie des enfants. Son accréditation falsifiée de reporter pour la revue française ultraconservatrice *Valeurs factuelles*, dont la bienveillance à l'égard de Poutine n'est plus à démontrer, donnera le change.

Les machinistes s'éloignent enfin. Maya grimpe aussitôt les marches jusqu'à la véranda. Maintenant, elle peut voir la scène, côté cour et côté jardin, et comme il n'y a aucun décor, elle peut aussi observer les coulisses où elle cherche Valentyn.

Tous les fauteuils ou presque sont occupés, les retardataires se faufilent vers leur place, lorgnant les élus des premiers rangs avec envie. Maya a beau savoir qu'il s'agit d'une cérémonie destinée à raffermir les cœurs et soigner le moral d'un peuple opprimé par une dictature, ce qu'elle découvre dépasse toutes les limites de l'horreur.

*

Le majordome est arrivé juste à temps. Le machiniste a réussi à dégripper le mécanisme et le rideau pourra bientôt se lever. Anatoly aurait aimé avoir le temps de se changer, mais comme il restera en coulisses, peu importe, et la fierté dont il se pare devant Azarov vaut toutes les élégances vestimentaires. Il s'offre le plaisir de lui demander de prendre ses distances, histoire de ne pas traumatiser plus encore Valentyn qui est tout de même très pâle. Un peu moins depuis qu'il est auprès de lui, mais encore loin d'avoir la mine réjouie d'un enfant qui va vivre le plus grand jour de sa vie. D'ailleurs, s'il continue à faire cette tête, Madame ne sera vraiment pas contente.

— Je vais tenter de réparer les dégâts, en attendant allez voir là-bas si j'y suis, ordonne Anatoly. Non, plus loin, dit-il en le voyant s'éloigner, encore plus loin, voilà, sortez des coulisses, ce sera parfait.

Anatoly se retourne vers son protégé, le visage affable, prêt à toutes les grimaces et il en connaît plus d'une.

— Bon, voilà ce que je te propose. Ton tour ne viendra pas avant une petite heure, mais si tu restes dans cette pièce, tu vas te faire plein d'idées, des mauvaises. En revanche, si tu me laisses t'emmener sur le côté de la scène, tu verras par toi-même que ce qui t'attend n'a rien de douloureux, je te le jure. Tu es le cinquante-huitième à passer, c'est écrit sur la liste que j'ai arrachée des mains de ce crétin d'Azarov, alors si au numéro cinquante, tu n'as pas changé d'avis, je t'emmène manger une glace. Tu te feras sûrement gronder en rentrant, et pour moi… ce sera le goulag ! mais une promesse est une promesse. Qu'en dis-tu ?

Valentyn ignore tout du goulag, mais il suppose que ce doit être pire que le pensionnat. Anatoly prend un risque énorme pour lui venir en aide, et sa mère lui a appris que la confiance fonctionne à double sens.

Depuis qu'il est à Moscou, ses pensées ont été occupées par Evgenyia ; et avec tous les jouets qu'il a découverts dans sa chambre, il n'a eu le temps de penser à sa famille qu'en s'endormant le soir. Anatoly ferait sûrement un oncle formidable, mais Valentyn voudrait se blottir dans les bras de sa mère, se chamailler avec Lilya et retrouver sa maison. Il se lève à contrecœur, tend la main et part vers son destin.

*

— Je l'ai repéré, chuchote Maya.

L'écouteur sans fil qu'elle porte à l'oreille la relie à la salle informatique du manoir.

— Tu peux l'approcher ? demande Cordelia.

— Je n'en sais rien, il est avec le même homme qu'hier, celui qui s'est présenté comme son oncle d'adoption.

Elle descend l'escalier en courant ; s'arrête alors que le maître de cérémonie sort de sa loge pour rejoindre les planches, et s'élance pour atteindre Valentyn avant qu'il soit trop tard. Elle croise un accompagnateur qui l'ignore, ils ne sont que quatre pour contenir les enfants à chaque extrémité de la scène.

*

L'assistant n'a pas pu résister à l'envie de mettre son grain de sel. Il se tient à distance, faisant craquer ses doigts. Anatoly le foudroie du regard, et se penche vers Valentyn.

— Je reviens dans un instant, ne bouge pas d'ici.

Le majordome s'élance de toute sa masse vers Azarov, arborant son air le plus redoutable. Maya en profite pour quitter l'endroit où elle s'est abritée derrière un pilier et s'approche de Valentyn.

— Ta mère est infirmière en chef du dispensaire de Rykove, ta sœur se prénomme Lilya, elle est allée en Crimée pour te sauver, elle est rentrée avec ton copain Mykolaï. Il a raconté à qui voulait l'entendre que tu as été un héros au pensionnat, il paraît même que tu as terrassé cette brute de Guzenko. Elle m'a aussi parlé de votre petit jeu pendant les repas et de la boîte de bonbons dans ta chambre. Je suis venue te chercher pour te ramener chez toi. Je t'en supplie, fais-moi confiance, viens avec moi.

Valentyn ne réagit pas, il fixe Maya, le regard vide.

L'orchestre se met à jouer, les enfants sont au garde-à-vous, le son des violons emplit le théâtre Rossiya et le rideau se lève lentement sur la salle où Maria Belova vient de s'asseoir au milieu du troisième rang.

— Qu'est-ce qui se passe ? demande Cordelia.

— C'est trop tard, répond Maya, la Symphonie des monstres a commencé.

25

L'évocation du « monstre » a fait resurgir le souvenir de l'intendante générale du pensionnat. Le regard de Valentyn change, la lumière revient dans ses yeux, il attrape la main de Maya.

Elle remonte avec lui le rang des enfants, croise l'accompagnateur, lui demande dans son meilleur russe où se trouvent les toilettes. Il lui indique la direction et retourne s'occuper du gamin qui devra se présenter sur scène dès que le maître de cérémonie aura terminé son discours.

Maya tient Valentyn serré contre elle, le pousse dans le couloir qui mène à la sortie des artistes. La liberté n'est plus qu'à quelques mètres quand une voix l'interpelle.

— Où allez-vous ?

Valentyn s'arrête net et se retourne. Anatoly cherche à mettre un nom sur ce visage qui ne lui est pas étranger. Il reconnaît la femme à la peluche, se précipite et lui reprend l'enfant.

— Qui êtes-vous ? demande le majordome, furieux.

— Une bonne âme qui le ramène auprès de sa mère.

— Qu'est-ce que vous racontez, c'est absurde !

— Réfléchissez… Un jour vous devrez rendre des comptes.

— De quelle mère, parlez-vous ? Il est orphelin.

— Non, il a une famille, une mère, un père, une sœur ! insiste Maya en haussant le ton. Il a été enlevé, comme la plupart des gosses qui sont ici, kidnappés dans des écoles, des hôpitaux, dans les ruines des immeubles que vous bombardez. Comment pouvez-vous cautionner l'horreur qui se joue dans ce théâtre ? Avez-vous encore assez d'humanité pour regarder la réalité en face ?

Anatoly fixe Maya, les yeux brillants de colère et de honte.

— C'est vrai que tu as encore tes parents ? demande-t-il d'une voix chevrotante en s'agenouillant devant Valentyn.

Valentyn le regarde avec une telle confiance que le majordome a soudain envie de réussir quelque chose de plus important que sa vie, d'accepter une vérité qui le lavera de toutes les lâchetés, des échecs et des renoncements… Il pose ses mains sur les épaules de Valentyn et le considère avec une extrême attention. Il inspire profondément, se mord la lèvre, et d'une voix douce lui demande pardon.

— Je ne serai plus jamais seul, ton souvenir me tiendra toujours compagnie. Ce n'est pas une excuse suffisante, mais quand tu seras grand, dis-toi juste qu'ils nous ont nourris de peurs et de haines pour nous asservir, alors peut-être que tu m'en voudras un peu moins. Ce jour-là, tout cela sera du passé. Je ne suis qu'un vieux Turc qui a perdu ses racines, mais toi… il faut que tu partes avant d'avoir oublié qui tu es.

Puis, avec beaucoup de dignité, il regarde sa montre et s'adresse à Maya.

— Il est attendu sur scène dans moins d'une heure. Le temps dont vous disposez pour filer le plus loin possible d'ici. Bonne chance.

*

Maya entraîne Valentyn en courant sur le parking, ouvre la portière arrière, le pousse sur la banquette et se précipite au volant.

— Mets ta ceinture.

Valentyn ne répond pas, elle jette un œil dans le rétroviseur, le voit déjà attaché et démarre en trombe.

Elle roule vers la gare de Leningrad, regarde, inquiète, la montre du tableau de bord.

— Le prochain train part dans combien de temps ?

— Dans une heure, répond Vital, mais c'est un omnibus et tu arriveras à Saint-Pétersbourg après le départ du bateau et il faudra te cacher là-bas jusqu'à demain soir. Prends le suivant, une heure après, c'est un direct.

— Je ne veux pas être pessimiste, mais dans deux heures, ils auront sans doute bouclé la gare, suggère Cordelia.

— Je vais y aller en voiture.

— Si tu fonces, c'est jouable, mais ne te fais pas arrêter pour excès de vitesse…

— Tu as une autre solution pour transporter un enfant qui sera bientôt recherché dans tout le pays ?

Vital reste silencieux, et Maya sent l'étau se refermer sur elle.

*

— Comment ça, disparu ? vitupère l'assistant.

— Il n'est ni là ni ailleurs, c'est le sens exact d'une disparition, répond Anatoly, impassible.

— Comment vous a-t-il échappé ?

— Si vous n'aviez pas repointé votre nez, je n'aurais pas été obligé de le laisser seul. Et il a suffi d'un instant.

— Madame doit monter le rejoindre sur scène dans quinze minutes, devant la presse, et des centaines de personnes. Vous savez ce qu'il vous en coûtera, si elle subit une humiliation pareille ?

— Dois-je vous rappeler que c'est vous qui aviez la responsabilité de cet enfant ? Je n'ai fait que vous seconder. Et d'ailleurs, je ferais bien de m'en aller, car je vous rappelle aussi que je ne suis pas invité.

— Et vous avez fouillé tout le théâtre ? demande l'assistant qui commence sérieusement à s'inquiéter pour son avenir.

— Autant que possible, compte tenu de ma corpulence ; j'ai même demandé du renfort au personnel qui, je l'avoue, n'est pas très coopératif. Je suis sûr qu'il se cache quelque part, cet endroit est un vrai labyrinthe, j'ai failli m'y perdre. Oh, il finira par réapparaître, mais dans combien de temps, ça, lui seul le sait. Il faut dire que si vous ne l'aviez pas terrorisé, nous n'en serions pas là.

— Alors qu'est-ce qu'on fait ? panique Azarov.

— À votre place, j'irais informer Madame au plus vite. Elle a forcément des moyens dont nous ne disposons pas et vu l'urgence…

— Ça vous fait plaisir, n'est-ce pas ?

— Vous me prêtez de mauvaises intentions, mon cher ; un jour, vous vous en voudrez d'avoir été aussi injuste. N'ai-je pas accouru dès que vous m'avez appelé à l'aide ? Allez, dépêchez-vous !

Azarov quitte les coulisses en courant, passe par la galerie, entre dans la salle, descend l'allée et, arrivé à la hauteur du troisième rang, fait de grands signes à Madame Belova qui finit par comprendre à sa mine défaite, qu'elle doit quitter son fauteuil.

Elle s'excuse poliment en passant devant ses voisins et rejoint Azarov qui l'entraîne vers la galerie.

Maria Belova est ivre de rage, mais les ouvreuses, postées ici et là, la retiennent de faire un esclandre.

— Vous avez fouillé partout ? demande-t-elle d'une voix glaciale.

— Oui, absolument partout, mais ce théâtre est un vrai labyrinthe, explique l'assistant, reprenant à son compte l'argument de son ennemi juré.

— Il n'a pas pu quitter les lieux, vous en êtes sûr ?

— Certain, il n'y a qu'une seule sortie et elle était gardée, ment-il.

Madame Belova se pince le menton, elle réfléchit. *La situation est grave, mais pas désespérée.* Anatoly ne s'est pas trompé sur son compte, Bloody Mary a des moyens que les autres n'ont pas.

— Dans combien de temps dois-je monter sur scène ?

— Quinze minutes, mais je peux demander qu'on fasse traîner.

— Non, dit-elle d'une voix maintenant polaire, n'ébruitez pas l'affaire, personne ne doit savoir, et trouvez-m'en un autre.

— Un autre quoi ?

— Un autre enfant, imbécile !

— Je vous demande pardon ?

— Ça, vous le ferez plus tard, en attendant, choisissez-en un qui lui ressemble. Vous avez son passeport ?

Azarov déglutit, sa pomme d'Adam à l'air d'un ascenseur qui ne trouve pas son palier.

— Je le lui ai remis, selon vos consignes, avoue-t-il, consterné.

— Vous prendrez celui de son remplaçant, nous réglerons les questions administratives un peu plus tard.

— Et pour les parents qui devaient l'adopter ?

— S'ils se lèvent alors qu'on ne les a pas appelés, donnez-leur assez d'argent pour qu'ils s'en aillent discrètement. Et si l'autre sort de sa cachette, faites-le disparaître pour de bon !

Maria Belova retourne dans la salle et l'assistant court vers les coulisses, plus décidé que jamais à réussir cette nouvelle mission, qu'il considère comme sa planche de salut.

*

La voiture est bloquée dans les embouteillages traditionnels du Ring, le boulevard périphérique de Moscou. Valentyn en profite pour détacher sa ceinture. Il glisse sur la banquette et tapote l'épaule de Maya.

— Je sais, dit-elle, accrochée au volant, la chance n'est pas avec nous.

Valentyn laisse tomber son passeport tout neuf sur le siège passager.

Maya l'ouvre et le referme.

— Oui, mais non, dit-elle, en se retournant. Avec le nom qui est inscrit dessus, il ne nous servirait pas à grand-chose. À l'heure qu'il est, toutes les polices te cherchent. Allez, attache-toi, ça avance un peu, respire, on va trouver une solution.

Maya s'en veut déjà d'avoir fait une promesse aussi difficile à tenir. Son portable vibre, elle décroche.

— La situation a changé, dit Vital.

— Un problème avec le bateau ? demande Maya d'une voix distante, pour atténuer la gravité d'une mauvaise nouvelle de plus.

— Aucun, mais tu seras soulagée d'apprendre que personne ne vous recherche.

— Pourquoi, le Kremlin a été bombardé ?

— Pas encore, mais Bloody Mary vient de poster des photos pour le moins surprenantes sur ses réseaux sociaux. Puisque ça n'avance pas, regarde ce que je viens de t'envoyer sur ton portable.

Maya attrape son téléphone, ouvre le fichier et écarquille les yeux en découvrant des photos de Maria Belova, sur scène, agenouillée devant un enfant qui ressemble vaguement à Valentyn, et se félicitant d'avoir un nouveau fils.

— Elle ne préviendra pas la police. Valentyn n'existe plus pour elle et s'il réapparaissait après ce qu'elle vient de faire, elle aurait beaucoup de mal à s'expliquer. Tu peux rouler l'esprit tranquille.

— Tu vois, je t'avais dit qu'on trouverait une solution, dit-elle à Valentyn.

*

Six heures. Une course contre la montre, d'autant plus périlleuse que Maya ne peut pas risquer de se faire contrôler pour excès de vitesse. Les kilomètres s'effacent sous les roues, jamais suffisamment vite. Elle doit s'arrêter à deux reprises dans une station-service pour faire le plein, puis quand elle voit Valentyn se tortiller sur la banquette arrière, un troisième arrêt s'impose, sur une aire de repos. Valentyn a mal au cœur après avoir mangé trop de bonbons.

18 h 30, ils entrent enfin dans Saint-Pétersbourg. La ville baigne dans la lumière rougeoyante d'un coucher de soleil qui s'étirera jusque tard dans la soirée.

18 h 45, Maya se fraie un chemin dans la circulation à grand renfort de klaxons, elle contourne le centre-ville, le GPS s'affole et la dirige vers les berges de la rivière Fontanka. Elle manque de percuter un camion en franchissant le pont, le double de justesse et accélère encore.

— Merde, merde et merde ! On va le rater ! crie Maya dans son portable.

— Tu es encore loin ? s'inquiète Cordelia.

— Dix minutes et il est presque 19 heures.

— Fonce, je m'occupe du reste, lui ordonne Vital.

Elle traverse la Neva. Pour rejoindre la voie rapide qui file vers le port, il faut contourner un rond-point encombré. Elle braque sèchement et serre le frein à main. Les pneus crissent, la voiture part dans un drift. Maya sait tenir un volant, et le moteur ne manque pas de puissance. Sur la banquette arrière, Valentyn a l'air d'un pantin désarticulé, il s'accroche comme il le peut à sa ceinture, fasciné par cette chevauchée endiablée.

*

19 h 10, le navire est encore à quai, la passerelle principale se relève tandis que les marins s'apprêtent à larguer les amarres. Maya abandonne la voiture sur le parking de la zone portuaire, attrape son sac d'une main, Valentyn de l'autre et court à perdre haleine.

À l'entrée du quai, un douanier sort de sa guérite.

— Vital ! Merde, tu avais dit qu'il n'y aurait pas de contrôle, et on avance tout droit vers un douanier.

— Garde ton sang-froid, tu as le passeport de Valentyn ?

— Oui, répond Maya.

— De l'argent liquide ?

— Aussi.

— Mets 200 euros dans tes papiers et supplie-le de te laisser monter à bord.

Elle s'exécute juste avant d'arriver à la barrière du quai. Le douanier ouvre son passeport, fait mine d'étudier le visa pendant qu'il glisse les billets dans la poche de sa chemise, et examine celui de Valentyn avec suspicion.

— Tout est ma faute, se lamente Maya, j'ai voulu lui montrer le musée de l'Ermitage et nous sommes affreusement en retard. C'est la fin des vacances, il reprend l'école demain, il faut vraiment qu'on embarque, je vous en prie, le bateau va partir.

Et avant que le douanier ne remarque que les deux passeports sont de nationalités différentes et ne se demande pourquoi un enfant russe voyageant avec une ressortissante française est scolarisé en Finlande, Maya sort les clés de sa voiture et montre du doigt l'endroit où elle est stationnée.

— La location est payée jusqu'à la fin de la semaine, elle est à vous, un bonheur à conduire et en plus, j'ai refait le plein.

Le douanier lorgne l'Audi ; sans un mot, il attrape discrètement les clés, restitue les deux passeports et la laisse passer.

Maya se rue avec Valentyn vers la rampe de l'équipage. Un officier de bord lui fait de grands signes, pour qu'elle se hâte. Inspiré par un appel de Vital, il a prétendu rencontrer un problème pour relever la passerelle, afin de retarder le départ, au grand dam du capitaine finlandais, très à cheval sur la ponctualité. Aussitôt après, il conduit ses passagers dans une cabine et prie Maya de ne pas en sortir avant que le navire ait gagné le golfe de Finlande.

*

Sur le pont du navire, Maya tient la main de Valentyn comme si elle avait peur de le perdre.

Lui n'a plus peur, le bateau navigue en mer calme, la brise est douce.

Dans la nuit blanche, Valentyn ne peut voir les étoiles, mais il les imagine encore plus belles que depuis le jardin de sa maison à Rykove.

Il est heureux de voir cette terre s'éloigner, encore plus de savoir qu'une autre apparaîtra à l'aube, comme le lui a confié Maya. Elle a tenu sa promesse.

Il s'appelle Valentyn Khodova, il est libre et il rentre chez lui.

26

Veronika et Lilya dînent dans la cuisine. Quand Lilya évoque le message qu'elle a reçu la veille sur son pager, Veronika s'émerveille devant sa fille si farouchement décidée à ne jamais capituler. Les larmes lui montent aux yeux.

Le téléphone sonne. Elles écoutent les mots de Vital, sans d'abord oser y croire, sans comprendre ensuite comment et pourquoi Valentyn fait route vers Helsinki. Puis Maya se joint à la conversation. Le bateau vient d'entrer dans les eaux finlandaises. Cordelia a déjà tout arrangé. Un avion sanitaire emmènera Valentyn à Lviv, elle ira en personne chercher les deux rescapés pour les ramener demain soir au manoir.

Veronika ne désire plus qu'une chose, parler à son fils.

— Tiens, c'est pour toi, dit Maya en tendant son portable à Valentyn.

Il colle le téléphone à son oreille et regarde fixement la ligne d'horizon.

Valentyn écoute sa mère lui dire des mots d'amour. Dès qu'elle raccrochera, elle préparera les valises et aux premières lueurs du jour, elle prendra la route avec Lilya pour le rejoindre à Kyiv. Elle connaît le chemin.

Demain, elle le serrera dans ses bras, ils dormiront tous les trois ensemble, dans la même chambre et plus rien ni personne ne pourra les séparer.

— Ton père aussi viendra te voir, ajoute-t-elle. Il est rentré de la guerre, il va bien. Ta sœur est près de moi, elle pleure beaucoup, mais parce qu'elle est heureuse ; moi aussi je pleure beaucoup, je vais te la passer. Je t'aime si fort, mon amour, si fort ; le cauchemar est terminé, je serai bientôt avec toi, mon cœur. Je t'aime, mon enfant, dans quelques heures nous serons ensemble.

Valentyn prend une longue inspiration, sa poitrine le brûle, sa gorge se déchire, il inspire à nouveau, un souffle de liberté illumine son regard et pour la première fois Veronika entend son fils articuler :

— Maman.

Épilogue

Au moment où Maya et Valentyn débarquent à Helsinki, le chef des milices Wagner mord la main du dictateur qui a fait sa renommée sanglante. Alors que ses troupes avancent vers Moscou, libérant les routes de la zone occupée, Danylo fonce, sirènes hurlantes, vers Kyiv.

Le chirurgien a établi les faux papiers nécessaires ; en cas de contrôle, Lilya, allongée sur la civière, jouera le rôle de la malade.

Avant de quitter Rykove, Veronika a promis au chirurgien de revenir dès que la guerre sera gagnée ; le médecin lui a répondu qu'il était temps qu'elle pense à elle. Si ses enfants se plaisent à Kyiv, et si elle le veut toujours, il trouvera un poste pour enseigner à l'Ouest. Il l'a remerciée d'avoir donné un autre sens à son existence.

L'ours en peluche et son mouchard reposent dans le tiroir d'Anatoly. Le bureau du majordome jouxtant celui de Maria

Belova, le signal Wi-Fi est optimal. Les membres de l'Armée Numérique ont déjà réussi à prélever le fichier des enfants volés et travaillent à les rapatrier.

Valentyn et Maya arrivent au manoir vers 21 heures, Lilya court si vite vers son frère, qu'elle réussit l'exploit de le prendre dans ses bras avant leur mère.

C'est le début d'une fête inouïe, Valentyn préside à table, Veronika et Lilya assises à ses côtés n'arrêtent pas de le couvrir de baisers. Maya est épuisée mais heureuse. Ilga abandonne son tablier pour danser avec Danylo pendant que Vital et Cordelia célèbrent discrètement leurs fiançailles.

Aux alentours de minuit, Vital s'éclipse un instant pour descendre dans la salle informatique. Il allume son écran et lit un message qui le fait sourire.

Bien joué,
Et toutes mes félicitations,
Noa.

Fin de communication à 00 h 00 GMT.

La Cour pénale internationale (CPI) a émis un mandat d'arrêt international contre le président russe, Vladimir Poutine, et Maria Lvova-Belova, sa commissaire aux droits de l'enfant, pour le crime de guerre de « déportation illégale » d'enfants ukrainiens.

Références
Carte de l'Ukraine
Table des codes
Biographie des 9

Références bibliographiques

Yale Humanitarian Research Lab, Raymond and Caitlin N. Howarth *et al.*, *Russia's Systematic Program for the Re-education & Adoption of Ukraine's Children. A Conflict Observatory Report*, 14 février 2023

Andreï Kourkov, *Journal d'une invasion*, Éditions Noir sur Blanc, 2023

***

Heidi Levine, « What I've seen in Bucha », *The Washington Post*, 8 avril 2022

Lori Hinnant, Cara Anna and Erika Kinetz, « How Moscow grabs Ukrainian kids to make them Russians », suite d'articles, Associated Press (AP), 13 octobre 2022

Emma Bubola, « Using Adoptions, Russia turns Ukrainian Children into Spoils of War », *The New York Times*, 22 octobre 2022

Robyn Dixon, Natalia Abbakumova, « Ukrainians Struggle to find and reclaim Children Taken by Russia », *The Washington Post*, 22 décembre 2022

Jennifer Hansler, « Report says Russian Government is operating Network of Camps where it has held thousands of Ukrainian Children since Start of War », CNN, 15 février 2023

Helen Sullivan, « Thousands of Ukrainian Children put through Russian "Re-Education" Camps. US report finds », *The Guardian*, 15 et 21 février 2023

Sabrina Tavernise, Emma Bubola, « Why Russia is taking Thousands of Ukrainian Children », *The New York Times*, 3 mars 2023

Marc Santora, Emma Bubola, « Russia signals it will take more Ukrainian Children, a Crime in Progress », *The New York Times*, 18 mars 2023

Ed Vulliamy, « We had to hide them: how Ukraine's "kidnapped" Children led to Vladimir Putin's Arrest Warrant », *The Guardian*, 18 mars 2023

Carlotta Gall, Olleksandr Chubko, « The Russian took their Children. These Mothers went and got them back », *The New York Times*, 8 avril 2023

« An Arctic Welcome. Russia's orphan listings have abruptly increased in number. In their midst, Ukrainian children are listed for adoption, too. Some have already been placed with families in the Russian Far North », *Meduza.io/en*, 2 juin 2023

Carte de l'Ukraine
BIÉLORUSSIE
RUSSIE
POLOGNE
SLOVAQUIE
HONGRIE
ROUMANIE
MOLDAVIE
SERBIE
RUSSIE
Vistule
Dniestr
Dniepr
Dniepr
Don
Kouban
Danube
Mer d'Azov
Mer Noire
Kovel
Lutsk
Rivne
Lviv
Ternopil
Drohobych
Ivano-Frankivsk
Uzhgorod
Chernivtsi
Kamyanets-Podilskyy
Khmelnytskyy
Vinnytsya
Korosten
Jytomyr
Chernobyl
KYIV
Brovary
Bila Tserkva
Chernihiv
Nizhyn
Shostka
Konotop
Sumy
Cherkasy
Uman
Kremenchuk
Poltava
Kharkiv
Kupyansk
Lysychansk
Luhansk
Kramatorsk
Horlivka
Makiyivka
Donetsk
Kirovohrad
Dnipro
Kryvyy Rih
Zaporizhzhya
Nikopol
Voznesensk
Mykolayiv
Odessa
Illichivsk
Kherson
Melitopol
Marioupol
Rostov
Berdyansk
Rykove
Djankoï
Kertch
Yevpatoriya
Simeropol
Sevastopol
Yalta
Izmayil
Krasnodar
0
100 km
EdiCarto

Table des codes de messagerie

A = 6	J = 7	S = 5
B = 8	K = 15	T = 7
C = 0	L = 4	U = 17
D = 0	M = 2	V = 11
E = 3	N = 17	W = 111
F = 7	O = 0	X = 25
G = 9	P = 9	Y = 3
H = 4	Q = 4	Z = 5
I = 1	R = 12	

001 = Oui.

002 = Non.

003 = Peut-être.

004 = OK.

20 = Maman.

21 = Moi.

31 = Bien.

34 = Suis

35 = Étais.

38 = Pars, va-t'en.

044 = Je viens de partir.

045 = Bonne nuit.

065 = Bonne nouvelle.

072 = Mauvaise nouvelle.

123 = Tu me manques.

189 = Je suis en route.

303 = Prépare-toi à décrocher le téléphone.

308 = Suis occupé(e).

312 = Je te parle plus tard.

315 = Je vais me coucher.

318 = Je ne me sens pas bien.

322 = Arrête.

372 = Qu'est-ce que tu fais ?

390 = Où es-tu ?

378 = Tu es sérieux(se) ?

393 = Quand ?

395 = Comment ?

404 = Laisse tomber.

434 = Tu n'as pas compris.

475 = Suis de l'autre côté de la rue.

440 = Suis fatigué(e).

450 = J'ai mal.

470 = Attends.

490 = J'ai quelque chose pour toi.

502 = Tu as besoin de quelque chose ?

505 = Essaie de m'appeler.

513 = Appelle-moi dans une heure.

540 = N'oublie pas cette chose !

550 = Besoin de toi.

911 = Important.

911 = Urgent, dépêche-toi.

Biographie des 9

Maya

Maya vit à Paris, où elle tient une agence de voyages de luxe héritée de son père. Son métier lui permet d'avoir de nombreux contacts à l'étranger et lui assure une parfaite couverture pour ses activités officieuses : elle a travaillé pendant un temps comme *courrier* pour les Renseignements généraux français. Courageuse, elle n'a jamais respecté les règles, et elle a une plus grande expertise du terrain que ses camarades.

Dans le roman *Le Crépuscule des fauves,* elle mène une opération secrète en Turquie pour sauver une enfant syrienne, qui détient des informations capitales pour le Groupe 9.

Janice

Activiste dans sa jeunesse, Janice est devenue journaliste d'investigation pour le quotidien *Haaretz*. Éprise de liberté, elle réside à Tel-Aviv, où elle partage une maison avec son meilleur ami.

Dans le roman *Noa,* ses ennemis sont prêts à tout pour la faire taire : procès, menaces. En s'en prenant aux plus puissants, Janice risque sa réputation, sa carrière et même sa vie. En 2022, son enquête sur les manipulations et malversations du milliardaire Ayrton Cash a failli la détruire.

Vital et Malik

Ukrainiens, Vital et Malik, frères jumeaux, vivent dans le manoir familial et travaillent en binôme. Ils sont tellement proches et complémentaires qu'ils ont longtemps opéré au sein du Groupe 9, sous le seul nom de Vitalik. Vital a perdu l'usage de ses jambes à la suite d'un attentat qui a coûté la vie à ses parents. Les jumeaux font des affaires, un peu de politique et sont des stratèges ainsi que des hackeurs redoutables.

Cordelia et Diego

Cordelia, sœur aînée de Diego, son alter ego, travaille dans une agence de sécurité informatique à Londres. Diego tient un restaurant de bistronomie à Madrid.

Étudiant, Diego a perdu son grand amour, Alba, diabétique, victime des spéculations qui font monter les prix des médicaments comme l'insuline. Depuis la disparition d'Alba, un pacte lie le frère et la sœur. Dans le roman *C'est arrivé la nuit*, ils réussissent un hack spectaculaire, détroussant les coupables du scandale de l'insuline pour dédommager leurs victimes. Cordelia a risqué sa vie, mais a tenu la promesse faite à son frère de venger la mort d'Alba.

Ekaterina

Ekaterina est professeure de droit à la faculté d'Oslo. Elle a connu la violence de la rue quand elle s'est retrouvée livrée à elle-même à l'adolescence. Elle en a développé un fort instinct de survie qui lui sert au sein du Groupe 9. Dans le roman *C'est arrivé la nuit*, elle s'est approchée au plus près des Fauves pour les faire tomber. Mateo et elle ont réussi à déjouer un attentat fomenté par le dirigeant d'un parti d'extrême droite visant l'université d'Oslo.

Mateo

Mateo est un techno-entrepreneur brillant qui cultive l'art du secret. Après avoir vendu sa première start-up à Friends-Net, il dirige une société d'informatique de pointe à Rome. Son côté caméléon, toujours en contrôle, en fait un fin stratège. Dans le roman *Noa*, pour empêcher le Groupe d'être repéré après une mission visant à faire tomber le dictateur qui règne sur la Biélorussie, il sacrifie ses serveurs et ferme son entreprise avant de partir au Vietnam avec Ekaterina.

Noa

Noa est une amie de Janice. Brillante, elle travaille pour les services de renseignement de l'armée israélienne. Dans *C'est arrivé la nuit*, elle aide officieusement Janice dans son enquête sur les PSYOPS et les manipulations politiques pour renverser les démocraties. Dans le roman *Noa*, elle révèle enfin l'identité du neuvième membre du Groupe.

Remerciements

À

Mes parents
Pauline, Louis, Georges et Cléa
Ma sœur Lorraine
Susanna Lea, Léonard Anthony
Emmanuelle Hardouin, Antoine Caro, Marie-Odile Mauchamp,
Elsa de Saignes, Louise Danou, Miguel Courtois
Sophie Charnavel, Céline Poiteaux
Solveig de Plunkett, Caroline Babulle
Catherine Lauprêtre, Joël Renaudat, Céline Ducournau,
toutes les équipes des Éditions Robert Laffont
Marie-Ève Provost et Pauline Normand,
Sébastien Canot, Capucine Delattre
Mark Kessler, Carole Delmon, Adèle Fabre
Neyla Downs, Lauren Wendelken
Thérèse Coen, Una McKeown
Sarah Altenloh
Rémi Pépin
Audrey Sourdive, Xavier Baur.

www.marclevy.info
www.laffont.fr
www.versilio.com

Et pour m'écrire, une seule adresse :
marc@marclevy.net

marclevy

Dessins :
paulinelevequelevy

Composition et mise en pages
Nord Compo à Villeneuve-d'Ascq

CET OUVRAGE
A ÉTÉ ACHEVÉ D'IMPRIMER
SUR ROTO-PAGE
PAR L'IMPRIMERIE FLOCH
À MAYENNE EN OCTOBRE 2023

N° d'édition : 66096/01 – N° d'impression : 103235
Imprimé en France